Mischa Martini

ENDSTATION MOSEL

ENDSTATION MOSEL

© Verlag Michael Weyand, Friedlandstraße 4, 54293 Trier
www.weyand.de, verlag@weyand.de

Lektorat: Gabi Belker, Birgit Weyand, Dr. Hans-Joachim
Kann, Marie Therese Frigerio
Umschlaggestaltung: Bob, Trier
Satz: Verlag Michael Weyand, Trier
Druck und Bindung: Clausen & Bosse, Leck
ISBN 3-935 281-02-1

Personen und Handlung
sind frei erfunden.

Ähnlichkeiten mit
Verhaltensweisen von Menschen
an der Mosel und anderswo
sind zufällig,
mitunter unvermeidlich.

*

Der Mann hinter dem Steuer schenkte den Kaffee aus der Thermoskanne wie immer dreiviertel hoch in den Becher.

Rock-Musik hörte er am liebsten, wenn er nachts arbeitete. Johan war darauf seit vielen Jahren konditioniert wie ein Pawlowscher Hund. Mit dieser Musik verband sich für ihn Konzentration, Übersicht und, was bei seiner Arbeit immer, aber besonders bei Nacht, nötig war: Wachbleiben.

Lenny Kravitz sang *American Woman*. Das eintönige Nageln des Dieselmotors, die Strecke, die er fast so oft gefahren war, wie er diesen Song gehört hatte. Er brauchte keine Karte, er kannte jeden Kilometer, jede Biegung, jedes Hindernis.

Die Brücken von Trier und Schweich lagen hinter ihm. Die Mosel stand hoch und machte den Kahn schnell, nur ein Meter fehlte bis zur Hochwassermarke. Erst am späten Sonntagabend, vor ein paar Stunden, war der Fluss wieder freigegeben worden. Johans ganze Terminplanung war über den Haufen geworfen.

Er griff nach dem Becher, in dem der Kaffee stets in Bewegung blieb, wie alles an Bord einem stetigen Hin und Her ausgesetzt war.

Unter Deck war es wieder ruhig. Das Klopfen war verstummt. Hatten sie sich also wieder eingekriegt. Piet behauptete noch am Mittag, die Geräusche kämen eigentlich ganz anders zustande. Die würden die ganze Zeit über... Er hatte eine obszöne Handbewegung gemacht. Das wäre bei den Schwarzen so, er sei lange genug in Surinam gewesen. Als sich das Klopfen auch nach Stunden nicht gab, zuckte er nur mit den Schultern.

Bis zur nächsten Schleuse war es nicht mehr weit, dahinter würde für die da unten die Reise zu Ende sein. Einen Tag später als geplant, aber was sollte es, wer es wirklich eilig hatte, der sollte ein schnelleres Fahrzeug wählen.

Das Schiff tauchte in eine Nebelbank. Der nicht einmal hundert Meter entfernte Bug war nicht mehr zu sehen. In den dunkelgrünen Linien des Radarschirms erschien alles so, wie er es in Erinnerung hatte. Auf dem nächsten halben Kilometer war nichts Besonderes zu beachten. Nachdem Johan den Autopiloten eingeschaltet hatte, stellte er das Funkgerät auf Kanal 78 um.

Ein Platzregen setzte ein. Hinter den Scheibenwischern strahlten die Scheinwerfer eine undurchdringliche Wattewolke an. Der Regen trommelte auf das Dach und unterlegte die Musik mit einem blechernen Stakkato. Johan schaltete auf Handsteuerung und legte den Maschinenhebel um ein paar Grad zurück. Er steuerte vom Ufer weg, um an der Longuicher Brücke nicht die Aufbauten abzureißen. Das Schiff passierte den weiten Bogen in respektvollem Abstand zum rechten Pfeiler. Dahinter schaltete Johan wieder den Autopiloten ein und ließ den Maschinenhebel bei voller Kraft einrasten.

Im Radar tauchte ein Hindernis auf, viel zu groß, um daran vorbei zu kommen. Es sah aus, als würde ein Kahn quer zur Fahrrinne liegen. Johan blieb ruhig. Er stellte die Auflösung des Radars gröber. Das Fehlecho verschwand. Feinheiten würde er jetzt nicht mehr sehen können. Um diese Zeit waren keine Ruderboote mehr unterwegs und wenn – er würde sie nicht auf dem Schirm haben – , dann mussten sie sehen, dass sie aus seiner Bahn kamen.

Er trank einen Schluck und behielt den Becher in der Hand. Bis Mehring war es nicht mehr weit. An der Feyener Staustufe und über nautische Information war auf eine Brückenbaustelle hingewiesen worden. Johan stellte den Kaffee ab. Der Regen trommelte unvermindert auf das Dach und an die Scheiben des Steuerhauses. Die Sicht wurde noch schlechter. Selbst die roten Bojen am Ufer waren verschwunden.

Auf dem Radar tauchte vorne rechts ein Hindernis auf, ein Warnfloß. Wo blieb das Brückensignal, das auf dem Radarschirm den Fluss wie ein dicker Querbalken abriegeln sollte?

Johan drosselte den Motor und stellte die Auflösung des Radars feiner. Mehrere dunkle Konturen zeichneten sich auf dem Schirm ab. Ganz nahe waren sie, viel zu nahe. Johan warf den Bugmotor an, den Blick unverwandt auf dem Radar lassend. Das da müsste ein vor Anker liegendes Schiff sein, aber wo war die Brücke? Er riss den Motorhebel nach hinten. Beide Maschinen heulten auf und liefen rückwärts. In seinem Rücken begann der Fluss zu kochen. Der Schwung des Frachters war zu groß. Er konnte nicht mehr allen Hindernissen ausweichen. Johan musste sich in Sekundenbruchteilen entscheiden. Auf keinen Fall durfte der Stillleger gerammt werden, vielleicht konnte er auch noch dem Warnfloß ausweichen und das Schiff bis zur Brücke wieder auf geraden Kurs bringen. Johan entschied sich. Das Warnfloß sollte dran glauben. Das war das kleinere Übel. Es würde dem Stoß nachgeben. Wenn er Pech hatte, riss die Verankerung. Die Motoren jaulten. Das ganze Schiff vibrierte unter der Kraft der 1400 PS, die sich gegen den Sog des Flusses anstemmten.

Der Frachter kam nicht mehr am Floß vorbei. Es war zu knapp. Das Schiff havarierte. Aber was war das? Der Schlag war gewaltig. Scheiße, das war kein Warnfloß! Johan wurde mit Wucht gegen die Frontscheibe katapultiert, in seiner Hand brach der Steuerknüppel ab. Das Ding da vorn gab keinen Millimeter nach. Krachend und knirschend schob sich der Frachter mit mehr als 2.000 Tonnen weiter. Das Leck im Bug riss um so gewaltiger auf. Endlose Sekunden später kam der Frachter für einen Moment zum Stillstand, um sich dann in

Zeitlupe, wie ein Zirkel, mit dem Heck um den am Brücken-pfeiler festsitzenden Bug zu drehen.

Johan stieß sich von der Scheibe ab, an der sein Kopf einen blutigen Fleck hinterlassen hatte. Er löste das Dreitonsignal aus.

Der Heck- und die beiden Buganker rasselten herunter, als Piet in Pyjamajacke und Unterhose ins Führerhaus stürzte.

»Da vorne steckt ein riesiger Betonklotz im Boot«, krächzte er außer sich. »Was ist passiert, wo sind wir?« Er schlug mit der flachen Hand auf den Receiver. Die Musik brach ab.

»Mehring, da stimmt was nicht mit der Brücke.«

Es gab wieder ein krachendes Getöse. Das Schiff unterbrach für einen Moment die Drehung. Das Vorschiff löste sich unter dem Heulen aufgerissener Stahlplatten von dem Brücken-pfeiler.

»Oh Gott, hilf uns!« Piet ergriff das zweite Funkgerät.

»*Populis* meldet schwere Havarie an der Mehringer Brücke, wir sind gegen den Brückenpfeiler gestoßen, starker Wasser-eintritt...«

Das Schiff rumpelte und knirschte, die beiden Männer wur-den an die Rückseite des Führerhauses geworfen.

»Wir saufen ab...«

Johan verharrte kreidebleich an der Stelle, wo er soeben hin-geschleudert worden war.

Piet schaltete die Motoren aus, die weiter an den Anker-ketten zerrten.

»Mach die Schotten dicht«, Johans Gesicht war ausdrucks-los.

»Was redest du?«

Johan fasste sich an den Kopf. Mit blutiger Hand tippte er Piet an den Pyjama: »Du musst die da unten rausholen!«

Das Dreitonsignal dröhnte unablässig seinen Notruf. Johan

10

erinnerte es an die ersten drei Töne des Kinderliedes »Bruder Jakob«. Piet riss ihn aus seinen Gedanken und zerrte ihn aus dem Führerhaus. Das Schiff hatte sich um 180 Grad gedreht, den Bug stromaufwärts gerichtet. Vorn brauste das Wasser mit Wucht in den Kahn. Johans Augen brannten. Er wischte mit dem Arm darüber. Erst jetzt registrierte er das Blut, das den Ärmel seines Hemdes dunkel färbte und warm über sein Gesicht lief.

Johan lauschte. Was war das? Immer, wenn das Notsignal für einen Moment aussetzte, war es zu hören. Da war es wieder, das Klopfen. Nur schwach hob es sich vom Rauschen des Wassers ab. Es war viel schneller als zuvor, wuchs zu einem Trommeln an.

»Verdammt, was sollen wir tun?« Johan schwankte. Piet drängte ihn im letzten Moment von der Reling weg, sonst wäre er in den Fluss gestürzt.

»Reiß' dich zusammen!« Piet stieß ihn grob gegen die Abdeckung des Laderaums.

Das Schiff senkte sich zum Bug hin ab. In der Ferne ertönte eine Sirene. Wenig später tauchten die ersten Blaulichter aus dem Nebel auf. Am Ufer wurden Schlauchboote zu Wasser gelassen.

*

Mitten in der Nacht schreckte Walde mit klopfendem Herzen auf. Im Traum war er in einem Ruderboot gefahren. Ein Erdbeben hatte eine riesige Welle auf ihn zu getrieben. Als das Wasser über ihm zusammenschlug, wachte er auf.

Durch das Fenster drang ein schwacher Lichtschein.

Er hörte Jos regelmäßige Atemgeräusche. Seit Jahren übernachteten sie auf ihren Wanderungen gemeinsam in einem Zimmer. Jos gleichmäßiges Ausatmen mündete in dem vertrauten leisen Schnarcher, wenn er zum Einatmen wechselte. Nur schwach zeichneten sich seine Konturen ab. Er lag da wie ein Walross beim Nickerchen am Strand.

Walde drehte sich auf die Seite und drückte einen dicken Zipfel des Federbettes auf das freie Ohr. Jetzt hörte er nur noch das Rauschen seines Blutes und seinen Herzschlag, der langsam ruhiger wurde.

Was machte seine Freundin Doris wohl in diesem Moment? Wahrscheinlich schlief sie tief und fest. Sie hatte einen guten Schlaf. Zwei Tage und zwei Nächte war er von ihr getrennt und hatte sie nicht angerufen, obwohl er ein Handy dabei hatte, damit das Präsidium ihn im Notfall erreichen konnte. Sie hatte sich auch nicht gemeldet, aber eigentlich war er es, der ihr hätte mitteilen sollen, dass alles in Ordnung war, dass sie wohlbehalten ihre Etappenziele erreicht hatten.

Ziele. Walde hatte immer Ziele. Die wichtigsten waren seine Fälle. Sein Vater hatte einmal gesagt, wenn man lange genug sägt, fällt auch der stärkste Baum. Für eine Ermittlung hatte Walde fast zehn Jahre gebraucht. Dann endlich fiel der Baum.

Der Vergleich seines Vaters hinkte, er hatte damals einen ganzen Wald vor sich und hatte mit Glück irgendwann den richtigen Baum gefunden.

Jo seufzte im Schlaf. Draußen fuhr ein Auto vorbei und warf Lichtbündel durchs Fenster.

Waldes letzter größerer Fall lag Monate zurück. Er hatte sich mit dem Polizeipräsidenten angelegt. Es ging um die Erpressung eines Tabakkonzerns, die mehrere Opfer forderte. Übrig blieb nur noch das Rätsel um eines der Opfer, das irgendwo im Wald vergraben lag. Auch der Mörder war tot und konnte die Position des Grabes nicht mehr verraten.

Waldes Gedanken kehrten zum Traum zurück. Auf der Welle, die auf ihn zukam, schwammen Delphine, sie würden ihn retten...

*

Mit markerschütterndem Knirschen riss die Strömung an den Ankerketten.

»Scheiße, so läuft uns das Wasser volle Kanne rein!«, fluchte Piet. »Was hast du bloß gemacht?«

Ein erstes Boot bewegte sich vom Ufer auf den Fluss hinaus.

»Was ist nur los?«, fragte Johan und blickte über die Reling zu dem Schlauchboot, dessen Besatzung die Strömung offensichtlich unterschätzt hatte. Das Boot trieb weit ab.

»Zu spät für die Kaffer!«, schrie Piet, dessen regennasse Pyjamajacke wie eine zu eng gewordene Schlangenhaut an seinem Körper klebte. »Wir saufen ab.«

Johan schüttelte den Kopf und kramte ein Päckchen Tabak aus seiner Jackentasche. Das Papier war im Nu durchnässt. Nach ein paar Sekunden zerbröselte der Tabak in seinen zitternden Händen und flatschte auf seine Schuhe.

Der Regen hatte den Nebel aufgelöst.

Zwei weitere Boote fuhren vom Ufer los. Sie nahmen Kurs gegen die Strömung und bemühten sich, ihre Scheinwerfer auf die *Populis* zu richten. Stromaufwärts kämpfte sich das andere Boot langsam heran.

Johan begann zu jammern: »Mein Gott, was ist nur los?«

Piet rüttelte ihn an der Schulter.

»Wach auf, sonst ist alles aus!«

Als Johan weiter jammerte, packte Piet fester zu: »Komm zu dir, die sind gleich hier und…« Er versuchte den Verwirrten mit den Augen zu fixieren. »Kein Wort von denen da unten! Hast du verstanden?«

Die Scheinwerfer blendeten die beiden. Als die Boote anlegten, nahmen sie die ihnen zugeworfenen Seile und vertäuten sie vorsorglich nur mit einem leichten Knoten.

Johan klappte wie ein nasser Sack zusammen und schlug auf den Planken auf.

Unter dem Stiefelgetrappel der Retter ging das Klopfen unter Deck endgültig unter.

*

Jemand hängte Johan eine Decke um. Die Feuerwehrleute hievten Material über die Reling. Die *Populis* lag inzwischen so tief im Wasser, dass für die weiter eintreffenden Männer kaum noch ein Höhenunterschied von den Schlauchbooten aus zu überwinden war.

Piet instruierte die Feuerwehrleute. Bald wimmelte es an Deck von Männern mit weißen Helmen und roten Schwimmwesten über den weißen Reflektorstreifen an den Jacken. Schläuche wurden ausgerollt. Schon knatterten die ersten Dieselmotoren der Generatoren los. Pumpen liefen an. Lampen flackerten auf.

Am Ufer vergrößerte sich das Blaulichtspektakel.

Ein Feuerwehrmann führte Johan von Bord und brachte ihn an Land in einen Container. Dort versorgte ihn ein Arzt. Johan zuckte nicht einmal zusammen, als die Platzwunde am Kopf genäht wurde. Jemand zog ihm die nassen Sachen vom Leib und reichte ihm einen grauen baumwollenen Jogginganzug. Johan wurde in eine Sitzecke geführt. Erst stützte er den Kopf auf, dann ließ er ihn auf die Tischplatte sinken.

»Die saufen ab, wenn sie keiner rausholt…«, murmelte er immer wieder vor sich hin.

Nach einer Tasse heißem Tee begann sein Verstand langsam wieder zu arbeiten.

»Hier, trink', der bringt die Lebensgeister zurück.« Ein Mann im Unterhemd schob ihm ein Glas Schnaps über den Tisch. Johan leerte es auf einen Zug und schüttelte sich.

»Noch einen?« Der Mann zog wieder den Korken aus der Flasche.

»Günther, lass', wer weiß, ob die Bullen nachher eine Blutprobe wollen«, mischte sich ein anderer ein. Sonst befand sich niemand mehr in dem schlicht möblierten Raum.

Johan hob abwehrend die Hand.

Von draußen drang eine Kakophonie herein aus dem Dröhnen der Generatoren, gebrüllten Anweisungen und dem Rauschen des Wassers aus den Schläuchen, ab und zu übertönt vom Martinshorn oder von Außenbordmotoren.

Er musterte die beiden Männer, die ihm gegenüber am Tisch saßen, und konnte nicht einordnen, was es mit ihnen auf sich hatte. Sein Blick streifte durch den Raum. Neben dem Fenster stand ein Etagenbett, daneben befanden sich zwei Metallspinde.

»Du bist in unserer Bude«, erklärte der Mann im Unterhemd, der mit Günther angesprochen worden war. »Wir bau'n hier die Brück' wieder auf«, er musterte Johan und fügte dann leise hinzu: »Falls der Pfeiler noch zu gebrauchen is.«

Es klopfte. Ein Uniformierter mit Mütze trat ein, gefolgt von einem weiteren rot-weiß gekleideten Mann, der einen Koffer trug.

»Wie geht es Ihnen?«, fragte der Feuerwehrmann. »Schmitt, Wehrleiter.« Er sprach abgehackt, für Johan klang es wie Befehlston. »Brauchen Sie weitere medizinische Hilfe?«

Johan schüttelte den Kopf. Der Notarzt zog sich zurück. Der Wehrleiter schaute zu den beiden Arbeitern hinüber. Sein Blick genügte und sie erhoben sich.

»Danke«, der Feuerwehrmann nickte den beiden zu, die sich ihre Jacken anzogen.

Erst als sie allein waren, sprach der Wehrleiter wieder: »Ihr Kollege hat uns schon soweit informiert. Sie hatten eine Kollision mit dem Brückenpfeiler, wodurch ein Leck an der Steuerbordseite entstanden ist. Wir haben es bereits untersucht. Es liegt unter der Wasserlinie. Die Pumpen halten das Schiff noch oben, aber wir müssen dringend einen Teil der Ladung löschen.« Der Mann unterbrach seinen Bericht: »Können Sie mir folgen?«

Johan, der bisher reglos zugehört hatte, nickte.

»Ich habe hier zur Zeit etwa 50 Mann von Feuerwehr und Technischem Hilfswerk im Einsatz und habe weitere Verstärkung angefordert. Sobald sie eintrifft, werden wir vorsorglich eine Ölsperre errichten. Wieviel Treibstoff haben Sie an Bord?«

Johan dachte nach und rieb sich dabei die schmerzende Stirn.

»Ihr Kollege meinte, es seien noch etwa zehn Tonnen Öl im Tank.«

Johan antwortete nicht.

»Ist noch jemand an Bord?«

»Warum?« Johan war perplex. Hatte Piet etwas gesagt?

Der Wehrleiter wiederholte seine Frage.

Johan schüttelte den Kopf.

Der Feuerwehrmann nickte so vernehmlich, wie er es wohl auch bei der Befragung eines kleinen Kindes getan hätte und fuhr fort: »Ein Abdichten des Lecks scheint nicht machbar zu sein, deshalb werden wir so bald wie möglich mit dem Entladen beginnen.«

»Aber wie?«, fragte Johan.

»Hier liegt ein Baggerschiff an der Baustelle, und die *Twins* oder wie das Schiff heißt, ist von Detzem nach hier unterwegs. Sie hat zum Glück eine Leerfahrt und der Kapitän ist bereit zu helfen.«

Johan nickte. Als er wieder aufschaute, verschwand der Wehrleiter durch die Tür und ein Mann in dunkelblauer Uniform trat ein.

Johan stand ebenfalls auf und wollte sich an ihm vorbeidrängen.

»Einen Moment, Stadler, Wasserschutzpolizei, ich hätte da ein paar Fragen«, hielt ihn der Mann zurück.

»Ich muss zurück auf mein Schiff«, entgegnete Johan.

Stadler ließ nicht locker: »Aber vorher...«

Johan wurde ungeduldig, »Da draußen, da werde ich gebraucht.«

Mit diesen Worten war er zur Tür hinaus und lief zum Ufer, gerade noch rechtzeitig, bevor Wehrleiter Schmitt mit ein paar Mann Verstärkung im Schlauchboot ablegte.

Er ließ Johan neben sich auf der schmalen Holzpritsche Platz nehmen und drückte ihm eine Schwimmweste in die Hand:

»Ohne die kann ich Sie nicht mitnehmen.«

Johan gehorchte und ließ sich von einem der Wehrmänner beim Anlegen der Weste helfen.

*

Doris, Marie und Elfie saßen an einem Tisch in der *Gerüchteküche* und tranken »Getürkten«. Nach einem gemeinsamen Kinoabend hatte sie Elfie zu einem Schlummertrunk in ihre Kneipe eingeladen. Inzwischen hatte Elfie die Flasche auf den Tisch stellen lassen.

An den übrigen Tischen hatte die Kellnerin bereits die Stühle hoch gestellt.

An der Theke war das halbe Dutzend Hocker ausschließlich von Männern besetzt, von denen sich ab und zu einer zu den drei Frauen am Tisch umdrehte.

Hinter der halbhoch verglasten Stirnwand des Lokals brannte noch Licht im leeren Büro der Redaktion des *Käsblatts*. Auf zwei Rechnern schwamm Meeresgetier über den Bildschirm. Rechts auf der Glasscheibe prangte ein auf Plakatformat vergrößerter Titel des *Käsblatts* mit dem Konterfei von Karl, dem Gitarristen und stadtbekannten Spaßmacher mit herausgestreckter Zunge. Mit diesem Foto hatte er vergeblich versucht, einen neuen Pass zu beantragen. Die Tageszeitung hatte mit keiner Silbe darüber berichtet, Uli war es die Titelseite wert.

»Nun sagt den Typen doch, dass es keinen Zweck hat, weiter zu warten«, flüsterte Elfie mit einer leichten Kopfbewegung zur Theke in die Stille hinein, die zwischen zwei Musikstücken entstand.

»Wem?«, fragte Marie.

»Dem, der wie Brad Pitt aussieht«, antwortete Elfie.

»Wo?«, fragten Doris und Marie im Chor und schauten zur Theke.

Elfie prustete los.

»Mensch, jetzt bin ich mal Jo mit seinen Witzen für ein paar

Tage los, und dann werde ich von dir veräppelt«, beschwerte sich Marie.

Die Bedienung kam an den Tisch und fragte, zu Elfie gewandt: »Sollen wir schließen?« Die Angesprochene sah auf die Uhr und nickte: »Wer will, kriegt noch ein Getränk.«

Bald darauf säuselte aus den Boxen Time to say goodbye.

»Wer wird heute der letzte sein?«, Doris nippte an ihrem Glas. »Ich tippe auf den im dunklen Hemd.«

»Du meinst den, der vor Lässigkeit fast vom Hocker fällt?«, fragte Marie.

Die drei sahen zur Theke, wo Britta kassierte.

»Dafür, dass du als einzige hier verheiratet bist, hast du dich aber sehr genau umgesehen!«, sagte Elfie.

»Du musst mal mit Marie nach Frankreich zu ihrer Familie in die Médoc fahren. Fünf Schwestern, reden alle gleichzeitig, kriegen alles mit und können dabei noch Stricken, Kinder hüten, Fernsehen gucken und mit den Männern flirten.«

»Du übertreibst«, wehrte sich Marie.

»Gut, lassen wir das Fernsehen mal weg.«

»Die Chancen stehen jetzt fifty-fifty.

Auf den Hockern waren noch zwei Männer übrig geblieben, einer davon trug ein schwarzes Hemd. Hinter der Theke lachte Britta laut auf.

*

Die Unfallstelle war in gleißendes Licht getaucht. Neben den Scheinwerfern der *Populis* und denen des Baggerschiffs, das längs des Havaristen angelegt hatte, war am nahe gelegenen Moselufer eine ganze Batterie von Lampen aufgebaut worden.

Von dort aus ragte eine lange Feuerwehrleiter über das Wasser bis auf das Deck der *Populis*, auf dem es von weitem so aussah, als würden weiße Striche und Quadrate einen gespenstischen Tanz aufführen. Beim Näherkommen erkannte Johan, dass es Reflektorstreifen auf den Jacken der Helfer waren. Immer lauter wurde das Dröhnen der Generatoren und Pumpen. Obwohl er es eigentlich nicht anders erwarten konnte, erschrak Johan, als er an Bord ging. Das Schiff war praktisch vollgelaufen. Nur wenige Zentimeter fehlten, bis es versinken würde.

Seine Turnschuhe liefen voll Wasser. Die Beine der Baumwollhose waren im Nu durchnässt. Johan zog sie hoch und versuchte, sie aufzurollen. Zu spät.

Es fiel ihm schwer, sich in dem Gewirr zu orientieren. Vorne waren zwei Ladeluken geöffnet. Darüber schwebte der Kran des Baggerschiffes. Von der Schaufel baumelte ein Drahtseil, das in den Laderaum dirigiert wurde. Der Mann, der sich dort abmühte, stand bis zu den Hüften im Wasser und hatte keine Schutzjacke an. Es musste Piet sein.

Johan spürte, wie sich der Nebel in seinem Kopf lichtete. Er arbeitete sich über Schläuche, Brettersteg e und Leitungen an seinen Kollegen heran.

»Mensch, wo warst du denn? Ich dachte, du kommst gar nicht mehr «, rief Piet. Seine Zähne klapperten: »Wir müssen dringend Ballast loswerden, sonst wird das nichts mehr. Wann kommt denn endlich die *Twins*?«

»Der soll einfach in die Mosel abladen«, schrie Johan zu Piet hinüber, der mit dem Stahlseil im Wasser hantierte und dann mit dem Daumen in Richtung der Brücke des Baggerschiffs deutete.

Das Stahlseil straffte sich. Piet kletterte aus der Ladeluke und kam zu Johan an die Reling. Langsam fuhr das Seil nach oben und hievte ein Bündel Rohre, aus dem sich ein riesiger Schwall Wasser ergoss, über das Schiff. Einige Helfer wichen, so gut es ging, zurück. Wie von einer riesigen unsichtbaren Hand gepackt, hob sich das Frachtschiff um mehrere Zentimeter. Das Bündel schwebte eine Weile schwankend über der Populis, dann schwenkte der Kran seine Fracht aufs Wasser hinaus.

Johan gestikulierte dem Kranführer, die Rohre einfach abzukippen. Doch der reagierte nicht.

»Mensch, lass' fallen«, schrie Johan immer wieder, obwohl er wusste, dass der Mann ihn nicht hören, geschweige denn verstehen konnte.

»So eine Scheiße, wo bleibt denn der Kahn?«, fluchte Piet.

»Zum Teufel mit den Rohren, der soll sie fallen lassen!« Johan guckte zornig zu dem Kranführer und ballte die Fäuste. Er stapfte los. Um zum Kranschiff zu gelangen, das auf der anderen Seite lag, musste Johan die offene Ladeluke umrunden. Er kam nur ein paar Meter weit, da machte das Schiff eine heftige Bewegung, sodass er gegen einen Polder geschleudert wurde. Um ein Haar wäre er über Bord gegangen.

Verdammt, die Ladung hatte sich verschoben, schoss es Johan durch den Kopf. Das Schiff bekam Schlagseite. Nach einer Schrecksekunde kam Bewegung in die Helfer an Bord. Befehle wurden gebrüllt. Johan verstand so was wie »Alle Mann von Bord«, und da stürzten auch schon die ersten zu den Booten oder versuchten sich über die Leiter zu retten.

»Komm, es ist vorbei«, Piet war bei ihm und legte einen Arm um seine Schulter. »Wir müssen hier weg!«

Johan spürte, wie das Wasser binnen Sekunden Zentimeter um Zentimeter stieg. Er warf einen letzten Blick zum Führerhaus, es ragte aus einer geschlossenen Wasserfläche heraus. Der komplette Laderaum war in kürzester Zeit überspült worden. Wie er an Land kam, daran würde er sich sein ganzes späteres Leben nicht mehr erinnern können, ebenso, wie er nie erklären konnte, warum er den Brückenpfeiler nicht gesehen hatte.

*

»Ich mach' dann mal Schluss, Nacht«, Britta ging hinter dem Mann im schwarzen Hemd zur Tür.

»Ich sperre hinter dir ab.« Elfie stand auf. Als sie von der Tür zurückkam, grinste sie vielsagend: »Die Wette hätte ich gewonnen.«

»Passiert das öfter?«, fragte Marie.

»Was?«

»Dass Britta sich von Gästen abschleppen lässt.«

»Mhm«, Elfie nickte.

Niemand sagte etwas.

»Soll ich uns noch einen Espresso machen?«, beendete Elfie das Schweigen. »Oder wollt ihr noch woanders hin? Hier gibt es in den umliegenden Kneipen zu dieser Zeit noch 'ne Menge Typen, die an der Theke hängen und davon träumen, eine Frau für die Nacht zu bekommen.«

»Ich glaub', ich geh' jetzt besser nach Hause«, Marie gähnte.

»Draußen regnet es. Du kannst gerne hier bleiben, ich habe oben in der Wohnung noch von dem Weinbergspfirsich, der dir so gut schmeckt.«

»Nach dem Wein und dem Raki kommt es nicht mehr drauf an, ich müsste das Auto sowieso stehen lassen.«

»Dann bleib' hier, unser Bett ist frisch bezogen und Doris schläft in der Besucherritze.«

Sie schenkte den Rest des Raki in Doris' Glas.

»Was ist, du schaust so nachdenklich?«, fragte Elfie.

»Haben Uli oder Jo schon angerufen?« Doris schaute zur Tür, an der draußen jemand vergeblich rüttelte.

Marie und Elfie schüttelten die Köpfe.

»Walde wollte sich eigentlich melden.« Doris schob ihr Glas

über den Tisch.

»Dann ruf' du ihn doch an«, schlug Marie vor. »Für heute ist es eh zu spät, nach dreißig Kilometern Wandern werden die längst in den Betten liegen.«

»Oder an einer Theke hocken und die Bedienung anschmachten«, sagte Elfie.

»Kennst du den Mann, der gerade mit Britta gegangen ist?«, fragte Doris.

»Nur vom Sehen, er kommt ab und zu mal her, Uli kennt ihn.«

»Wen kennt Uli nicht?«, stellte Marie fest. »Und Britta, kannte sie ihn?«

»Ich glaube nicht.«

»Und das ist nicht das erste Mal, dass sie jemanden mitnimmt?«

»Nee, sie ist im ersten Semester an der Uni und endlich von zu Hause raus, da will sie wohl mal was ausprobieren.«

»Ich dachte das weniger moralisch, eher an Aids und so«, sagte Marie.

»Britta wird sich schon zu helfen wissen, jedenfalls war der Typ eine Sünde wert.«

»Meinst du?«

»Mhm«, Elfie grinste.

»Sag' mal, hast du dich auch schon mal so eines späten Thekenhockers erbarmt?«

Elfie grinste immer noch.

»Und was ist mit Uli?«

»Der soll schön ruhig sein, der hat immer noch was mit seiner Frau.«

»Die sind doch geschieden!«

»Aber er geht noch regelmäßig hin.«

»Wegen der Kinder...«

»Wenn sie spätabends anruft, ist das bestimmt nicht wegen der Kinder.«

»Und was sagt er dann?«

»Nichts, ich frag' auch nicht...«

»Und bedienst dich anderweitig...«

Elfie ließ die Rollläden herunter und schaltete die Rechner und das Licht in Büro und Bistro aus. Die drei waren an der steilen Holztreppe, die zur Wohnung führte, angelangt, als das Telefon im Lokal klingelte.

Schnauz war dran, so nannte sie den Fotografen, der ab und zu Fotos für das *Käsblatt* lieferte.

»Sorry, hab' ich dich geweckt?«

»Nein.« Der Empfang war schlecht. Aus dem Rauschen hörte Elfie deutlich ein Martinshorn.

»Ist Uli noch wach?«, fragte der Schnauz.

»Weiß nicht.«

»Wo ist er denn?«

»Wandern. Hast du es über sein Handy versucht?«

»Hab' ich schon, ist abgeschaltet.«

»Worum geht's denn, wo bist du?«

»In Mehring, da ist ein Frachter voll gegen einen Brücken-pfeiler gedonnert, hier ist ein riesiges Spektakel am laufen. Ich glaub', der Kahn geht trotzdem bald unter.«

»Kannst du Fotos machen?«

»Klar mach ich die!«

»Morgen versuche ich, Uli zu erreichen, halt' mich auf dem Laufenden!«

Der Schnauz sagte noch etwas, aber Elfie konnte ihn nicht mehr verstehen und legte auf.

»Ist was passiert?«, erkundigte sich Marie, als sie die knarrende Treppe hinauf stiegen.

*

Vom Saartal wehte ein warmer Wind zu ihnen herauf. Es war der dritte Tag, an dem sie unterwegs waren. Morgen würde ihre Wandertour schon wieder zu Ende sein.

Walde hatte sich lange darauf gefreut, so wie die drei anderen auch, mit denen er schon seit vielen Jahren im Frühjahr eine mehrtägige Wanderung unternahm.

Der Weg war so schmal, dass sie hintereinander gehen mussten.

Walde hielt sich dicht hinter seinem besten Freund Jo und klopfte an den großen Rucksack auf dessen Rücken: »Was schleppst du in diesem Monstrum mit?«

Jo nahm die Augen nicht von dem steilen Pfad, der sich zur Saar hinunterschlängelte: »Bananen, Handy, Zelt, Schlafsack, Brockhaus, Laptop, Spirituskocher, Klappspaten, Kondome...«

»Erinnert mich an meinen Interrailtrip.«

»Die Kondome?«, fragte Jo.

»Nein, dein großer Rucksack. Nur mit dem Unterschied, dass es damals nicht nur eine Dreitageswanderung, sondern eine Dreimonatstour quer durch Europa...«

»War das die, wo du schon in Stuttgart hängen geblieben bist?«, unterbrach ihn Jo.

»Nach Athen, Amsterdam und Alcesiras für 300 Mark war für einen armen Studenten supergünstig«, antwortete Walde.

»Stuttgart hätte höchstens dreißig Mark gekostet.«

»Ich wollte ja dort nur einen kurzen Zwischenstopp einlegen.«

»Und nach drei Monaten war das Ticket abgelaufen, und dann hat das Mädel dir den Laufpass gegeben.«

»Die Semesterferien waren vorbei, ich musste zurück...«

Uli rief ihnen zu. »He, ihr da oben, streitet ihr schon wieder?«

Sie schlossen zu Uli und Karl auf, die weiter unten neben einer Schieferhalde auf sie warteten.

»Eine Kreuzotter«, Uli deutete auf eine tote Schlange zwischen den Steinen.

Jo schnallte den Rucksack ab und kramte seine Kameratasche hervor. Uli verdrehte die Augen, als er sah, wie Jo einen Objektivköcher öffnete: »Soll ich noch ein Stativ aufbauen oder soll Walde gleich die Spurensicherung rufen?«

Walde knipste Uli ein Auge und ließ sein Handy unauffällig in Jos Rucksack gleiten.

Die drei marschierten weiter und ließen Jo mit der Kreuzotter zurück. Unten am Saarufer warteten sie auf ihn. Als Jo sie einholte, hatte er die Kamera um den Hals gehängt.

»Und, hast du die Schlange im Kasten?«, fragte Uli.

»So ähnlich, es war zu dunkel...«, brummelte Jo. »Bleibt mal so, ich mach' ein Gruppenfoto.«

»Ich hab' Durst«, maulte Uli.

»Dauert nur eine Minute«, Jo ging vor der Ufermauer in die Hocke, schaute durch den Sucher und stellte dann die Kamera auf die Mauer. Er spannte den Selbstauslöser und hechtete zu der Gruppe. Noch bevor die Kamera klickte, piepte leise ein Handy.

Die vier verharrten einen Augenblick mit eingefrorenem Lächeln, dann löste sich die Gruppe aus der zusammengerückten Position.

»Geht denn niemand ran?«, fragte Jo nach einer Weile. »He, Walde, ist bestimmt für dich.«

»Hört sich an, als käme es aus deinem Rucksack«, antwortete Walde.

»Ist nicht möglich, ich habe kein Handy.« Jo packte seine

Kamera in den Rucksack und hielt plötzlich inne: »Seit wann ist das da drin?«

Er holte weit aus, als wolle er Waldes Handy ins Wasser werfen. Das gedämpfte Klingeln ging weiter.

»Meins läutet«, Uli hatte sein Telefon aus dem Rucksack genommen. Nach den ersten Worten entfernte er sich ein paar Schritte, um dann ein angeregtes Gespräch zu führen.

»Ist was passiert?«, fragte Jo, als Uli zurückkam.

»Ein Kahn hat auf der Mosel bei Mehring einen Brückenpfeiler gerammt und ist mit dem gesamten Pumpen-Equipment der umliegenden Feuerwehren abgesoffen.«

»Und dich informiert keiner?«, wandte sich Karl an Walde.

»Höchstens, wenn es Tote gegeben hat.«

»Gab es Tote?«

»Die Besatzung soll um Haaresbreite davongekommen sein«, Uli schüttelte den Kopf.

»Bedeutet das, du musst zurück?«, fragte Karl.

»Wir gehen jetzt erst mal wie geplant nach Mettlach zur Brauerei und dann sehen wir weiter.«

*

Eine Kellnerin stellte weitere vier Glaskrüge mit dem naturtrüben Brauereibier auf den Tisch des Mettlacher Biergartens und räumte die leeren Teller und Gläser ab.

»Ich fahre zurück«, sagte Uli unvermittelt.

Die anderen schauten überrascht auf. Selbst die Bedienung verharrte einen Moment beim Einsammeln der leeren Gläser.

Lange sagte keiner etwas, jeder machte sich Gedanken über die neue Situation.

Endlich brach Jo die Stille: »Wann?«

Uli sah ihn verständnislos an.

»Wann musst du zurück?«, präzisierte Jo.

»Bis 20 Uhr fährt alle dreißig Minuten ein Zug nach Trier«, antwortete Uli.

Karl zeigte vor sich auf die Wanderkarte: »Morgen über Kastel-Staadt nach Saarburg, das wäre eine wunderbare Tour geworden.«

Er hatte die Route ausgearbeitet und bisher dafür gesorgt, dass sie immer die richtigen Wege gefunden hatten. Die Wanderkarte hatte er praktisch immer in den Händen gehabt, und auch jetzt lag sie aufgefaltet vor ihm auf dem Tisch.

»Es tut mir Leid, aber diese Schiffsgeschichte…«, Uli trank einen großen Schluck. »Ich muss zurück, da ist zumindest ein *Extrablatt* fällig.«

Uli hatte vor zwanzig Jahren nach seinem Volontariat in der Trierer Tageszeitung einen Redakteurposten in der Lokalredaktion übernommen und es im Laufe der Jahre bis zum stellvertretenden Lokalchef gebracht. Als sein Chef in den Ruhestand ging, wurde ihm ein neuer vor die Nase gesetzt. Da es nur eine Zeitung in Trier gab, blieb Uli nur die Möglichkeit, gute Miene zum bösen Spiel zu machen oder zu kündigen. Zur Überraschung vieler kündigte er und machte eine eigene Zeitung auf. Eine Tageszeitung im Sinne eines täglich erscheinenden Blattes wurde es nicht. Das Käsblättchen, wie er es nannte, erschien vierzehntägig und behandelte sämtliche Themen, die die Tageszeitung bewusst oder unbewusst ihren Lesern vorenthielt.

*

Auf dem Mettlacher Bahnhof ergriff Walde die bedrückende Stimmung, die ihn immer wieder auf kleinen Bahnhöfen überkam. Auch hier wurden die Bahnhofsgebäude nicht mehr gebraucht und verfielen zusehends. Seine Freunde waren ebenfalls schweigsam geworden. Zum Glück tauchte bald der Zug aus dem Tunnel auf. Sein modernes Design stand im krassen Gegensatz zu dem vergammelten Gelände ringsum.

Die Zugfahrt durch das Tal der Saar im Licht der abendlichen Sonne stimmte Walde wieder milde. Er lehnte sich in seinen Sitz zurück und genoss die am Abteilfenster vorbeiziehende Landschaft mit den Windungen der Saar und den steilen Hängen.

Uli drehte sich eine Zigarette, als der Zugbegleiter in den Waggon kam.

»Hier ist Nichtraucher«, schnauzte der Schaffner gleich los.

»Ja und?«, fragte Uli zurück.

»Hier dürfen Sie nicht rauchen!« Der Mann baute sich drohend vor ihm auf.

»Rauche ich?«

»Nein.«

»Dann ist es ja gut.« Uli leckte die Gummierung des Zigarettenpapiers. »Darf ich jetzt weiter in Ruhe Bahn fahren?«

»Ihre Fahrkarte bitte!« Der Zugbegleiter wirkte jetzt sichtlich angefressen. Vor den Fenstern zogen die Klause von Kastel-Staadt und die Serriger Schlösser vorbei.

»Hab' ich keine.« Uli steckte die Zigarette zwischen die Lippen und verschränkte trotzig die Arme vor der Brust.

Der Bahnbeamte nahm einen tiefen Atemzug.

Karl griff ein: »Herr Schaffner, wir fahren mit Gruppenkarte.« Er streckte ihm von der anderen Seite des Gangs eine Fahrkarte entgegen.

»Gruppentarif oder Außenwohngruppentarif?«, mischte sich Uli wieder ein.

»Herr Schaffner, Sie müssen entschuldigen, der Herr...«

»Ich wollte nur Bahn fahren,« Uli hob die Stimme. »Ist das denn verboten, muss denn gleich...«

»Und nehmen Sie Ihre Schuhe vom Sitz!«, befahl der Schaffner in barschem Ton.

»Die sind genauso wenig auf dem Sitz, wie ich rauche!«, schnauzte Uli zurück.

Der Zugbegleiter verschwand durch die Schiebetür in den nächsten Wagen.

»Musste das jetzt sein?«, fragte Karl.

»Der überlegt sich beim nächsten Mal, welchen Ton er anschlägt. Servicewüste Deutschland!«

»Das musst gerade du sagen. In deiner Kneipe ist Rauchen verboten.«

»Aber Zigaretten drehen darf man!«

»Komm, Uli, dein Rauchverbot ist nach hinten losgegangen. Job kündigen, Familie verlassen und mit dem Rauchen aufhören war etwas zu viel des Guten.«

»Du wirst sehen, wenn ich wieder jogge, ist das Rauchen passé«, wehrte sich Uli.

»Und bis dahin dürfen die Gäste aus der Nichtraucherkneipe zusehen, wie du in der Redaktion qualmst.«

Der Zug hielt im Saarburger Bahnhof. Ulis Handy klingelte. Während des Gesprächs zündete er sich die im Mundwinkel hängende Zigarette an. Er stand auf und ging, mit dem Handy am Ohr, in den nächsten Waggon.

Als sie am Trierer Hauptbahnhof ausstiegen, stand Rob, der Schnauz, auf dem Bahnsteig. Walde kannte ihn. Rob arbeitete im Innendienst bei der Verkehrspolizei. Im letzten Jahr war Walde mit ihm aneinandergeraten.

»Tag, Herr Kommissar, gibt's was Neues im Fall Mathey?«

»Nicht, dass ich wüsste«, knurrte Walde.

Uli winkte und eilte mit Rob zur Bahnhofshalle.

Karl rief: »Wir sehen uns am Donnerstag«, und folgte den beiden.

Jo hatte sich umständlich seinen Rucksack auf den Rücken geladen und schloss zu Walde auf.

»Der kam mir irgendwie bekannt vor?«

»Wer?«

»Der mit dem dicken Schnurrbart.«

»Das ist Rob, Elfie nennt ihn Schnauz. Der fotografiert fürs *Käsblatt*. Er sucht seit letztem Jahr nach Mathey, diesem Wachmann, der plötzlich verschwunden ist und irgendwo im Wald begraben sein soll.«

»Da hat er sich aber allerhand vorgenommen.«

*

Als Walde seine Wohnungstür aufschloss, fiel ihm ein, dass er unten nicht in den Briefkasten gesehen hatte. Er zog die Luft durch die Nase. Es stank hier.

Walde öffnete die Balkontür. Der Geruch kam aus der Küche. Der Abfall vergammelte seit über einer Woche unter der Spüle. Den hatte er ebenso vergessen wie das Anschalten des Anrufbeantworters.

Er räumte den Rucksack aus und überlegte, wie er Doris erklären sollte, warum er sich die letzten Tage nicht gemeldet hatte.

Während das Wasser in die Wanne lief, rasierte er sich. Seine Waden schmerzten, ein warmes Bad würde gut tun. Doris rechnete damit, dass er erst morgen zurückkäme. Walde fiel keine Ausrede ein, warum er erst heute anrief. Er legte das Telefon auf den Rand der Wanne, der bald vom Schaumteppich erreicht wurde.

Er hatte gerade genüsslich seine langen Beine im warmen Wasser ausgestreckt, als das Telefon klingelte. Auf dem Display erschien Präsidium-G.

Walde tauchte mit dem Kopf in den Schaum. Gut, dass es nicht Doris war.

»Ja?« Er hielt das Telefon, um es nicht nass zu machen, zwischen auseinandergespreiztem Daumen und Zeigefinger.

»Chef, bist du es?«, fragte Grabbe, Walde erkannte seine Stimme. Er atmete tief durch und überlegte, was er auf eine so blöde Frage antworten sollte. Nicht auszudenken, wenn er das Telefon nicht griffbereit gehabt hätte und jetzt irgendwo tropfend in der Wohnung stehen würde.

»Bist du noch da?«

»Ja, Grabbe, hast du nur deswegen angerufen?« Walde überlegte, wie Grabbe mit Vornamen hieß. Alle nannten ihn nur Grabbe.

»Nein, ich dachte, weil Montag ist, du wärst noch gar nicht zurück.«

»Warum rufst du denn dann an, wenn du denkst, ich wäre nicht da?« Walde angelte mit den Zehen einen Schwamm aus dem Badewasser.

»Sicherheitshalber, würde ich mal sagen«, antwortete Grabbe.

»Gut, jetzt weißt du es, darf ich weiterbaden?«

Walde wrang den Schwamm so aus, dass das platschende Wasser am anderen Ende der Leitung zu hören sein musste.

»Ich hab' nur vorsichtshalber«, er hatte Schwierigkeiten, dieses Wort auszusprechen, »angerufen, weil…«

Walde unterbrach ihn: »Okay, das weiß ich jetzt, komm' bitte zum Punkt.«

Walde hörte, dass Grabbe mit jemandem im Hintergrund sprach.

»Was ist denn jetzt?« Walde wurde ungeduldig.

»Entschuldige, die Kollegen meinten, es wäre nicht nötig, aber ich wollte dich darüber informieren, dass wir hier draußen eine Leiche gefunden haben.« Grabbe machte eine Pause.

Als Walde stumm blieb, sprach er weiter: »In einer Baugrube liegt eine unbekleidete, wahrscheinlich weibliche Person.«

»Was heißt wahrscheinlich?«, fragte Walde.

»Ja, wir kommen nicht so leicht an sie heran, und meine Brille, die kann ich im Moment nicht finden.«

»Weißt du denn wenigstens, wo ihr seid?«

»Eine Ausgrabungsstelle in der Karthäuser Straße, das ist…«

»Kenn' ich, bin gleich da.«

Er frottierte sich nur flüchtig ab und war in weniger als zwei Minuten auf der Straße. Als er den Zündschlüssel drehte, gab der Volvo keinen Mucks von sich.

Walde hielt sich nicht lange auf und schnappte sich im Hausflur sein Fahrrad. Es war nicht sein richtiges Fahrrad. Im letzten Jahr hatte derselbe Kerl, der den Wachmann Mathey hatte verschwinden lassen, auch Waldes teures Mountainbike auf Nimmerwiedersehen entsorgt. Erst vor einem Monat hatte sich Walde ein Gebrauchtes zugelegt. Der Rahmen war nicht hoch genug und auch sonst hatte er einiges daran auszusetzen. Obwohl es schon ziemlich dunkel war, ließ er das Licht aus.

Nach Sonnenuntergang war die Luft frisch. Walde bereute, keine Kappe über die nassen Haare gezogen zu haben. Nach zehn Minuten Fahrt erreichte er die Baustelle, vor deren Absperrung sich eine kleine Menschenansammlung gebildet hatte.

Harry hielt das rotweiß gestreifte Plastikband hoch, als er den sich durch die Gaffer drängenden Walde erkannte.

»Wie war die Wanderung?«, begrüßte er seinen Chef.

»Gut, wo ist es?« Walde lehnte sein Rad gegen eine Baubude und sperrte es ab.

»Was ist denn mit deinen Haaren passiert?« Harrys Blick wanderte zum Boden, wo er mit einem Schuh über kleine Steinchen scharrte.

»Die sind nass, Grabbe hat mich aus der Wanne geholt. Was läuft hier eigentlich?«

»Du hättest nicht zu kommen brauchen.« Harry wirkte verlegen.

»He, ich weiß, dass ihr auch ohne mich zurecht kommt, aber wenn ich nun mal da bin... So, gehen wir!«

»Es ist da hinten«, Harry zeigte auf Zelte und einen kleinen Bagger in etwa zehn Meter Entfernung. Keine Menschenseele war dort zu sehen. Walde glaubte, Grabbes Stimme zu hören.

Harry deutete auf die Leute vor dem Absperrband: »Ich muss leider hier bleiben. Du siehst ja, sonst kommen die alle hier aufs Gelände.«

»Keine Schupo hier?«, fragte Walde

»Nee, ging nicht.«

»Rettungskräfte, Notarzt und so weiter?«

»Der Fall liegt irgendwie anders.« Harry scharrte schon wieder mit dem Fuß Steine weg.

Jetzt roch Walde Harrys Alkoholfahne: »Was heißt irgendwie anders?«, Walde dehnte die Worte. »Was läuft hier?«

»Das Museum untersucht zur Zeit das Gelände nach römischer Besiedlung und so, bevor neu gebaut wird.«

»Das meine ich nicht, hier ist doch was faul«, Walde wurde sauer.

»Geh' doch hin und guck' es dir selbst an!«, sagte Harry, schaute ihm für den Bruchteil einer Sekunde in die Augen und zuckte dann resigniert die Achseln.

Walde musste auf dem Weg zu den Zelten über mehrere kleine, nicht abgesicherte Gräben hinwegsteigen. Es war inzwischen so dunkel, dass er erst, als er die Zelte erreichte, den Bretterweg erkannte, der sich über das Gelände schlängelte.

An der offenen Seite eines der Zelte, die als Schutz gegen Sonne und Regen dienten, standen zwei Gestalten nebeneinander mit weit nach vorn gebeugten Oberkörpern.

Als sie Walde hörten, drehten sie sich kurz um und kicherten. Es waren seine Kolleginnen Monika und Gabi. Letztere gehörte nicht zum Morddezernat, sondern war bei der Sitte.

»Wo ist Grabbe?«, fragte Walde.

»Psst, stör' ihn nicht!«, zischte Gabi, legte einen Finger vor den Mund und deutete nach unten.

Dort bewegte sich eine Gestalt mit platschenden Geräuschen langsam einen tiefen Graben entlang.

»Meine Taschenlampe ist ausgefallen«, rief jemand von unten. Das Wort ‚Taschenlampe' hörte sich im höchsten Maße nach Lallen an.

Monika und Gabi pressten sich kichernd die Hände vor die Münder und stolperten ein paar Schritte nach hinten. Dabei taumelte Gabi gegen Walde. Ihre knochige Schulter stieß an seine Brust. Walde hielt sie fest, damit sie nicht stürzte.

»Du hättest schon früher da sein sollen!«, säuselte sie ihn an.

Walde musste das Gesicht wegdrehen, so unerträglich schlug ihm ihre Schnapsfahne entgegen.

»Hatten wir schon mal?«, Gabi schaute zu ihm hoch. »Ich meine, wir beide, das Vergnügen miteinander?«

Walde ließ sie los.

»Och«, beschwerte sich Gabi, »gerade war es so gemütlich.«

»Was ist denn, ich seh' nix?«, rief die Stimme aus dem Graben.

Es platschte heftiger. Grabbe war offensichtlich ausgerutscht und ins Wasser gestürzt.

Die beiden Frauen trippelten auf der Stelle und versuchten mit größter Anstrengung einen Lachanfall zu vermeiden.

»Bääh«, kam Grabbes angewiderte Stimme von unten. »Ich bin auf sie gefallen.«

»Auf was?«, fragte Walde in den Graben hinunter.

»Auf… es ist eine Frau… Äh… Ihr Schweine! Sauerei…«

Gabi und Monika lachten schallend los und fielen sich in die Arme. Dabei torkelten sie nach hinten und kamen nur knapp vor einem kleineren Graben zum Stehen.

»Nun sagt schon, was los ist«, drängte Walde.

»Warte, bis Grabbe wieder hoch kommt, der kann dich aufklären.« Gabi hakte Monika unter. »Wir gehen noch einen Klitzekleinen trinken.«

»Tschöööh«, grölte Monika.

Unten im Graben ging das Platschen und Fluchen weiter.

Walde ging tiefer ins Zelt hinein. Er gelangte zu einer Leiter, die hinunter in den Graben führte, und rief: »Kann ich helfen?«

»Nee, verarschen kann ich mich selbst.«

Endlich kam Grabbe die Leiter hochgestiegen. Als sein Kopf über dem Graben war, wuchtete er etwas mit Schwung über den Rand.

Walde sprang zur Seite, um nicht getroffen zu werden. Was da so verdreht auf dem Boden lag, hatte die Größe eines Menschen. Walde ging näher heran. Ins Zelt fiel nur wenig Licht.

Das Ding war hautfarben. Es sah aus wie eine nackte Frau, aber die hätte Grabbe nicht so leicht aus der Grube werfen können. Walde stieß vorsichtig mit dem Fuß dagegen. Die Gestalt war ganz leicht. Er beförderte sie nach und nach vor das Zelt. Im Schein des Nachthimmels erkannte er eine von Schlamm verdreckte Beate-Uhse-Puppe.

»Ist ja widerlich!«, sagte er.

Grabbe kam schwankend herbei. Seine Kleidung war von oben bis unten voller Schlamm: »Wo sind die Schweine hin? Die können was erleben.«

Grabbe stank nach fauligem Wasser.

»Ich geh' dann mal. Für heute reicht's mir«, sagte er.

»Und was ist mit dem Ding da?«, fragte Walde und stieß mit dem Fuß gegen die Puppe. Sie verursachte ein unangenehm scheuerndes Geräusch auf dem Untergrund.

Grabbe kniete sich neben die Puppe und hantierte an ihr herum, wobei sie ein enervierendes Quietschen von sich gab. Nach einer Weile drehte er sie um: »Wo ist denn der verdammte Stöpsel, mir ist kalt.«

»Dann mach!«, sagte Walde gereizt.

Grabbe motzte: »Ich hab' dieses Ding nicht hierher geschafft!«

»Aber wir können es hier auch nicht liegen lassen.«

Endlich zischte es.

Als Grabbe die Puppe umständlich zusammengefaltet hatte, klemmte er sie unter den Arm und wankte neben Walde zur Baustelleneinfahrt. Dort hatten sich die Gaffer inzwischen zerstreut.

»Kannst du mich mitnehmen?«, fragte Grabbe.

»Damit?« Walde deutete auf sein Fahrrad.

»Meinst du, mit den verdreckten Klamotten nimmt mich ein Taxi mit?«

»Dann steig' auf!«

Walde kam sich vor wie ein chinesischer Rikschafahrer. Im kleinsten Gang strampelte er die Steigung zum Mattheiser Weiher hinauf. Auf dem Bürgersteig war niemand mehr unterwegs. In manchen Einfamilienhäusern links und rechts der Straße, wo keine Rollläden herunter gelassen waren, brannte Licht. Ab und an überholte sie ein Auto, zumeist in respektvollem Abstand. Walde versuchte das Tempo zu erhöhen, damit der Fahrtwind den fauligen Gestank abhielt.

»Halt mal an! Ich hab' das Ding verloren«, rief Grabbe.

»Mist!« Walde stoppte und schob das Rad auf den Bordstein, während sein Fahrgast über die Straße zurücktappte. Als Grabbe außer Atem wiederkam, hatte er die Puppe im Arm. Das Gesicht mit dem aufdringlichen Mund lugte unter seinem Ellbogen hervor, als habe er die Puppe im Schwitzkasten. Die kraftlosen Beine schleiften über die Straße.

»Nun falt' das Ding doch zusammen!«, Walde schaute sich um, ob sie beobachtet wurden.

Grabbe ließ das Corpus delicti fallen, wankte ein paar Meter weiter und erbrach sich in eine Garageneinfahrt.

»Womit habe ich das verdient?«, haderte Walde mit seinem Schicksal. Er faltete die Puppe zu einem Paket zusammen und klemmte es unter den Bügel des Gepäckträgers.

»Und, geht es wieder?«, fragte er, als Grabbe heranstolperte.

»Eben, im Wasser, da war ich auf einen Schlag nüchtern, da war mir auch klar, dass die mich bös' reingelegt haben.«

Er spuckte aus und wischte sich den Mund mit dem Ärmel ab. Dann nahm er wieder auf dem Gepäckträger Platz. Walde schaffte es mit Mühe und Not, an der Steigung anzufahren und dabei das schlingernde Rad auf Kurs zu halten.

»Scheiß Bullen, es stimmt doch, was mein Vater immer gesagt hat. Hätte ich auf ihn gehört, dann würde ich jetzt nicht hier sitzen...«

»Und hätt' ich auf meinen gehört, müsste ich mich jetzt nicht mit dir abplagen«, ergänzte Walde.

»Halt' bitte an, mir wird schon wieder schlecht…«

Endlich kamen sie in Grabbes Straße an. Der Schweiß perlte ihm von der Stirn.

»Du kommst noch mit rein!«, lallte Grabbe und mühte sich vor seinem Reihenhaus vom Gepäckträger.

»Nee, ist gut, ich fahr' dann mal zurück«, wehrte Walde ab.

»Ich geh' da nicht allein rein.« Dennoch versuchte Grabbe, den Schlüssel ins Haustürschloss zu stecken.

»Gib' mal her.« Walde half ihm.

Als er die Tür öffnete, stand eine Frau in der Diele.

»Oh Gott!«, stammelte sie beim Anblick ihres Mannes.

»Es sieht schlimmer aus, als es ist. Ihr Mann ist bei einer Verfolgung gestürzt!«, versuchte Walde zu erklären.

»Und das ausgerechnet an seinem Geburtstag!«

»Ich glaube, ein Bad und ein, zwei Tage Ruhe und er ist wieder auf dem Damm«, sagte Walde und stahl sich rückwärts die drei Eingangsstufen hinunter.

»Bleiben Sie doch, Herr Bock, ich hab' Ihnen noch gar nichts angeboten!«

»Danke, es ist schon spät.« Walde schwang sich auf sein Rad.

*

In der Kochstraße brannte in Doris' Wohnung noch Licht. Es widerstrebte ihm, den Schlüssel zu benutzen. Auf sein Klingeln wurde gleich aufgedrückt. Er schob sein Rad durch den Flur bis zum Durchgang zum Garten.

Oben stand Doris in der Korridortür. Sie trug eines seiner alten Hemden. Walde hatte fast vergessen, wie toll ihre Beine waren.

»Hallo«, er begrüßte sie mit einem Kuss und einer kurzen Umarmung. »Und wenn es jemand anderes gewesen wäre?«

Am Hemd fehlten die obersten Knöpfe.

»Wie viele Wochen hast du keine Frau mehr gesehen?«

Walde wandte seinen Blick von ihrem Ausschnitt: »Ich dachte, du hättest da eine neue Sommersprosse...«

»Schwindler«, sie küsste ihn, und er nahm sie fest in die Arme.

»Du fühlst dich gut an«, seine Hände schoben ihr Hemd hoch. »Viel besser als...«

»Besser als wer?«, sie versuchte, sich aus seiner Umarmung zu winden.

»Ach, die von eben.« Walde küsste ihren Hals.

Sie wich zurück: »Welche von eben?«

»Die war ganz schmutzig, ich musste Grabbe helfen, die Luft aus ihr herauszulassen.«

»Wie bitte?«

»Hast du schon mal die Luft aus einer Beate-Uhse-Puppe gelassen?«

Doris schüttelte irritiert den Kopf.

»Die Kollegen haben für Grabbe als Geburtstagsüberraschung frei nach Tom Sharpe einen Mord inszeniert, einen Puppenmord. Dabei ist er samt Puppe baden gegangen.«

»Wo?«

»In einem schlammigen Bauloch.«

»Das war aber ziemlich gemein.«

»Sollte wohl die Rache für Grabbes falsche Alarme sein.«

»Hat die Puppe dich da umarmt?« Doris kniff Walde in die Taille, wo Lehm an seinem Hemd klebte.

»Ein Andenken von Grabbe…«

»Zieh es aus.«

»Ich hab' aber nichts drunter«, warnte er.

»Ich auch nicht…«

*

Rob, der Schnauz, war mit Uli gleich vom Trierer Bahnhof aus nach Mehring gefahren, wo sie zuerst das Wrack aufsuchten. Rob fuhr auf eine kleine Auffahrt zum Brückenkopf hoch. Vor einer Absperrung hielten sie an. Von der Anhöhe aus betrachteten sie die lehmfarbene Mosel mit dem Dorf auf der anderen Seite. Die Scheinwerfer, die nach dem Unfall aufgestellt worden waren, um die Brückenbaustelle die ganze Nacht auszuleuchten, waren bereits angeschaltet. Nahe am Ufer lugten moselabwärts die Radarantenne und etwa hundert Meter davor ein Stück des Hecks mit einer dreieckigen Flagge an einem kurzen schrägen Mast aus dem Wasser. Drum herum trieb eine Kette gelber Bojen, an einem Schiff der Wasserschutzpolizei vertäut.

»Das ist eine Ölsperre, falls der Tank ein Leck haben sollte«, erläuterte Rob. »Die erste Ölsperre ist mit sämtlichen Pumpen und dem Schlauchmaterial aller Feuerwehren aus zehn Kilometern Umkreis abgesoffen.«

»Und wenn jetzt ein neues Hochwasser kommt?«, fragte Uli.

»Dann können die Leute gucken, wie sie ihre Keller leer kriegen«, Rob zeigte auf den einsam aus der Mosel ragenden Betonpfeiler: »Da ist er dagegen gedonnert und dran hängen geblieben, bis das Heck komplett flussabwärts abgetrieben ist, den Rest hab' ich dir erzählt.«

»Das heißt, der Kahn hat sich um 180 Grad gedreht.«

»Korrekt«, Rob nickte.

»Ich hab' genug gesehen, wo fangen wir an?«, fragte Uli.

»Gleich hier, bei den zwei Arbeitern, wo der Holländer gestern im Container verarztet wurde. Ich hab' mit dem einen gesprochen, hörte sich sehr interessant an.«

Es waren nur ein paar Schritte zu den Unterkünften der Arbeiter.

*

Der braungebrannte Mann trug einen offenen Weidenkorb auf dem Rücken. Der Hang, an dem er stand, war ziemlich steil. Von oben schüttete ihm ein lächelndes Mädchen Trauben in die Hotte.

Bitte, lieber Gott, lass' es einen Traum sein, ich möchte weiterschlafen, nur schlafen, und später, viel später aufwachen, auf meinem Schiff aufwachen, lass' es einen Traum sein, bitte…

Johan versuchte, wieder einzuschlafen. Er zwang sich dazu, die Augen geschlossen zu halten, lenkte seine Gedanken von den Wirrnissen, die ihn erschreckten, zurück in ruhiges Fahrwasser. Er lag im Liegestuhl an Deck, neben sich einen Teller mit belegten Brötchen, eine Flasche Bier in der Hand. Das sanfte Tuckern der Maschine und das Plätschern des Wassers an den Bootswänden hatten eine beruhigende Wirkung auf ihn. Er legte den Kopf zurück und schaute nach hinten. Das Führerhaus ragte in den blauen Himmel, hinter dem Steuer winkte ihm eine Frau zu. Er biss ein Stück vom Brötchen ab und nahm einen tiefen Schluck. Wie sah das Glück aus? Wenn es nur, wie viele behaupteten, aus kurzen Momenten bestand, dann war es jetzt da. Er brauchte nur Wasser, durch das er sich fortbewegte. Schwankenden Boden unter den Füßen, der sich, einem Naturgesetz folgend, immer wieder von selbst einpendelte.

Dahin hatte er erst einmal kommen müssen. Es war ein langer und beschwerlicher Weg gewesen, den er hatte gehen müssen. Aber nun lebte und arbeitete er Tag und Nacht und für alle Zeiten auf dem Wasser. Nicht nur das, er hatte eine Frau gefunden, die dieses Leben mit ihm teilte, mit der er eine Familie gegründet hatte und die die Leidenschaft zur Schifffahrt mit ihm gemein hatte. Er empfand auf dem Wasser das, was andere vielleicht auf der Piste beim Skifahren erlebten. Aber wer konnte schon von sich behaupten, dass sein Leben aus einer permanenten Abfahrt durch herrlichen Pulverschnee bestand?

Seine Piste waren die Flussläufe in Europa. Seine Pisten waren die längsten der Welt.

Seine Frau war längst tot und nun sollte die *Populis* gesunken sein?

*

Es klopfte an der Tür. Johan öffnete die Augen und sah eine helle Wand. Wieder wurde an die Tür gepocht. Er drehte sich um, da war es wieder, dieses kitschige Bild mit dem braungebrannten Mann und dem lachenden Mädchen.

Diesmal war die Realität zu stark.

»Herr Verbeek, ich möchte Sie sprechen!«

Johan wollte antworten. Seine Kehle war so trocken, dass er nur ein unverständliches Krächzen hervorbrachte. Er räusperte sich und versuchte es nochmals: »Einen Moment!«

Über dem Stuhl lag Kleidung, die ihm nicht gehörte. Er schaute sich in dem kleinen Zimmer um. Er war allein. War es ein Krankenzimmer? Nein. Vielleicht sah es so in der Psychiatrie aus.

Er zog den grauen Jogginganzug über. Da bemerkte er ein zweites, offensichtlich benutztes Bett.

Der Mann vor der Tür war kein Arzt. Er trug eine Uniform, die Mütze unter den Arm geklemmt. Genau konnte er die Farbe in dem schwachen Flurlicht nicht erkennen. Johan glaubte, die Uniform schon einmal gesehen zu haben.

»Mein Name ist Stadler, ich bin von der Wasserschutzpolizei. Ich möchte Sie zu einem Gespräch bitten.«

»Wohin?«, Johan war irritiert.

Stadler bemerkte die Verwirrung: »Möchten Sie, dass ich Ihnen einen Arzt rufe«, er zögerte einen Moment und fügte dann hinzu: »Oder einen Anwalt?«

Johan versuchte die Worte in Zusammenhang mit der düsteren Diele, dem Jogginganzug, in dem er steckte, und dem Mann in Uniform zu bringen. Es gelang ihm nicht.

»Verstehen Sie mich, sprechen Sie Deutsch?«, gingen die Fragen des Polizisten weiter.

Ein Schwindelgefühl erfasste Johan. Er wankte einen Schritt zurück und lehnte sich an den Türrahmen.

»Am besten, Sie legen sich wieder hin, ich werde einen Arzt verständigen«, Stadler führte Johan ins Zimmer zurück, wobei er seinen Ellbogen stützte, bis er sich aufs Bett gesetzt hatte.

Johan versuchte, sich auf das Geräusch, das Stadler beim Schließen der Tür verursachte, zu konzentrieren. Er hörte nur die Klinke, es wurde nicht abgeschlossen.

*

Rob und Uli saßen in der Baubude am selben Tisch, an dem am Vorabend Johan gesessen hatte, als die Rettungsmannschaften noch glaubten, die *Populis* vor dem Untergang bewahren zu können.

Günther, wieder im Unterhemd, saß bei den beiden, sein Kumpel hatte nicht einmal aufgesehen, als sie eingetreten waren. Er lag, die Fernbedienung in der Hand, auf dem obersten Bett und schaute auf einen Fernseher, der auf einem der beiden Spinde am Fußende des Etagenbettes stand. Der Ton war halblaut eingestellt. Nach den Geräuschen zu urteilen, wurde ein Motorradrennen übertragen.

Auf dem Tisch standen eine Schnapsflasche und drei gefüllte Gläser.

»Dann mal Prost«, Günther hob sein Glas. Die drei tranken ihren Schnaps in einem Zug aus. Günther schenkte nach.

»Hier hat heute Nacht dieser Johan Verbeek gesessen?«, versuchte Uli das Gespräch in Gang zu bringen.

»Von welcher Zeitung sind Sie noch mal?«

»Vom Stadtjournal«, schaltete sich Rob ein. »Wie ich dir schon sagte. Das ist Uli, der Chefredakteur.«

Stadtjournal hörte sich für den ortsfremden Günther sicher gewichtiger an als *Käsblatt.*

»Der Holländer war total von der Roll'«, erzählte Günther. »Ich hab' zuerst gedacht, der macht uns hier in der Bude schlapp.«

»Warum ist er überhaupt hierher gekommen?«, wollte Uli wissen.

»Ganz einfach, weil bei uns Licht gebrannt hat und ich gesagt hab', dat sie ihn hier reinbringen können.«

»Wer hat ihn gebracht?«

»Die Feuerwehr, dat ging ja drunter und drüber. Die kamen von überall her, von beiden Seiten, und haben Pumpen und Kram auf die Boote verladen, dat liegt jetzt alles da unten auf'm Grund.« Günther deutete durch das dunkle Fenster in Richtung Mosel und griff nach seinem Schnapsglas.

»Hat er gesagt, wie der Unfall passiert ist?«, hakte Uli nach.

Günther schüttelte sich und stellte das leere Glas ab.

»Nee, dazu war der geistig gar net in der Lage. Der war total von der Roll'.«

»Du hast mir doch erzählt, er hätte was vor sich hin gefaselt«, beteiligte sich Rob wieder am Gespräch.

»Der hatte zuerst den Kopp hier auf'm Tisch liegen und gebrabbelt, so fertig war er«, entgegnete Günther.

»Haben Sie etwas verstanden?«, Uli war gespannt, wirkte nach außen aber weiterhin locker, so als nehme er seinen Gesprächspartner wichtig, messe aber seinen Ausführungen keine größere Bedeutung bei.

»Dat war kaum zu verstehen, obwohl er Deutsch gesprochen hat.« Günther machte eine Pause. So unwichtig konnte es nicht sein, was er Rob erzählt hatte, sonst wäre der Chefredakteur nicht höchstpersönlich hier erschienen. Der konnte ein so gelangweiltes Gesicht machen, wie er wollte. Günther ließ sich davon nicht täuschen. Die waren ganz heiß darauf, dass er wiederholte, was der Käskopp gesagt hatte.

»Was haben Sie denn verstanden?« Uli verlor langsam seine Gelassenheit.

»Und wenn der Käskopp nachher sagt, er hätt' das nicht gesagt, ich hätt' mich verhört oder wollte ihm was anhängen?« Günther schenkte sich einen Schnaps nach und ebenso bei Uli und Rob.

»Wer?«, fragte Uli.

»Ihr schreibt doch bestimmt, was ich sage, und der Holländer sagt, das stimmt nicht, dann krieg' ich ein Verfahren an den Hals wegen Verleumdung oder so.«

Uli versuchte, ihn zu beschwichtigen: »Wir recherchieren erst mal, Tatsachen liegen ja schon genug auf dem Grund der Mosel. Jetzt wollen wir mehr erfahren. Sagen Sie uns, was Sie von seinem Gebrabbel verstanden haben, und ich verspreche, dass ich Sie nicht in Zusammenhang damit bringe. Die Presse genießt Informantenschutz, auch die Polizei kann da nichts machen.«

»Ist ja auch egal, ich sag's euch, irgendwas ist da faul gewesen.« Es klapperte. Dem Mann vom oberen Bett war die Fernbedienung aus der Hand gefallen. Günther stand schwerfällig auf, bückte sich nach dem Gerät, schaltete den Fernseher aus und setzte sich wieder an den Tisch.

»Das ist jeden Abend dasselbe, der pennt ein und lässt das Ding aus dem Bett fallen.«

Günther knallte die Fernbedienung auf den Tisch. Sie war rundum mit Isolierband umwickelt.

Uli und Rob sahen ihn schweigend an.

»Ach so«, Günther kratzte sich die braungebrannte Schulter.

»Also, der hat hier so gehangen.« Günther senkte den Kopf auf seine Unterarme. Wieder legte er eine Pause ein. Uli befürchtete, dass er gleich einschlafen werde.

Günther stöhnte, er hatte einen Hang zum Theatralischen: »Die saufen ab, wenn sie keiner rausholt…«

Er kam wieder hoch und ergriff sein Schnapsglas.

»Was soll das bedeuten?«, Uli sah auf das Fenster, von dem aus die angestrahlte Baustelle zu erkennen war.

»Da sind noch welche drin gewesen, was sonst«, erklärte Günther.

»Die Rohre saufen ab, die *Populis* hatte Rohre geladen«, versuchte Rob eine Erklärung.

»Nee, der legt doch net hier den Kopp auf den Tisch und klagt, dat die blöden Rohre absaufen!«, entrüstete sich Günther. »Da is wat faul, das sag' ich euch.«

»Was sagt die Polizei dazu?«, erkundigte sich Uli.

»Wozu?«

»Zu dem von eben, zu dem Gebrabbel von dem Holländer, dass die absaufen«, versuchte Rob dem Arbeiter auf die Sprünge zu helfen.

»Nix, denen hab' ich nix gesagt, werd' ich auch net sagen. Nachher muss ich vor Gericht und dann steht sowieso Aussage gegen Aussage. Wer weiß, wie lang' das dauert, bis zum Prozess, und ich hab' längst woanders eine neue Baustelle. In ein paar Monaten sind wir hier weg. Nee, da halt' ich mich lieber raus.« Günther schüttelte den Kopf.

*

Johan wusste nicht, wie viel Zeit vergangen war, bis Stadler mit einer jungen Frau zurückkam. Er stellte sie als Ärztin vor.

Sie maß Johan den Blutdruck, leuchtete ihm in die Augen und stellte ihm Fragen nach verschiedenen Dingen, auf die er ebenso wenig wie zu denen nach Ort, Tag und Uhrzeit eine Antwort wusste. Endlich war eine Frage dabei, die Johan mit einem klaren Ja beantworten konnte. Sie hatte sich danach erkundigt, ob Johan Hunger habe.

Die Wirtin servierte Frühstück und meinte, dass in ihrer Pension noch nie jemand am Spätnachmittag Frühstück bestellt habe, selbst nicht nach dem Mehringer Weinfest, wo es oft hoch her gehe.

Der Polizist mit den polierten Uniformknöpfen saß Johan gegenüber und trank Kaffee. Sie waren allein in einem Raum mit wenigen Tischen und Bildern mit Mosel- und Weinmotiven an den Wänden, die Johan an das in seinem Zimmer erinnerten.

Später räumte die Frau den Tisch ab. Ein schwergewichtiger Mann betrat den Raum und stellte sich als Mitarbeiter des Wasser- und Schifffahrtsamtes vor. Er bot Johan eine Zigarette an, die dieser zögernd annahm. Schon nach dem ersten Zug überkam ihn ein starker Hustenreiz und er drückte die Glut im Aschenbecher aus.

»Haben Sie sich verschluckt?«, erkundigte sich der Wasserschutzpolizist.

Johan fuhr sich mit beiden Händen an die Schläfen. Er schüttelte den Kopf: »Da ist alles so durcheinander.«

»Das gibt sich wieder«, versuchte ihn der korpulente Mann zu beruhigen. »Sie stehen noch unter einem leichten Schock. Die Ärztin glaubt, dass sich das in ein paar Tagen wieder geben wird. Sie besucht Sie später noch einmal und bringt Ihnen Medikamente.«

Der Mann zog an seiner Zigarette, blies den Rauch zur Seite und fuhr fort: »Das hier ist nur ein informelles Gespräch. Möchten Sie, dass wir Angehörige von Ihnen benachrichtigen oder wollen Sie das selbst tun?«

Johan überlegte, seine Frau war tot, sein Sohn studierte in Rotterdam. Sie hatten sich lange nicht mehr gesehen. Was sollte er ihm erzählen?

»Überlegen Sie es sich«, sprach sein Gegenüber weiter. »Wo ist Ihr Schiff versichert?«

»Hapag-Lloyd.«

Der Mann erhob sich: »Ich werde alles Nötige in die Wege leiten, Herr Verbeek. Ich wünsche Ihnen alles Gute.«

*

Am Dienstagmorgen setzte Walde gegen acht Kaffee auf. Er mochte es, wenn er vom Bäcker zurück kam und die Wohnung von Kaffeeduft erfüllt war. Mit Doris' Erwachen war so früh noch nicht zu rechnen. Unten im Treppenhaus schob er das Rad aus dem Flur in den von hohen Mauern umgebenen Garten. Die zusammengefaltete Puppe klemmte noch unter dem Bügel des Gepäckträgers. Könnte Grabbes Baustellengeschichte vom gestrigen Abend ein Nachspiel haben? Falls sich einer der Schaulustigen nach dem Anlass der Polizeiaktion erkundigte oder die Presse Wind von der Angelegenheit bekommen hatte, so war er aus der Schusslinie. Er hatte heute noch Urlaub. Das Handy war abgestellt und würde es auch bleiben.

Der Tag würde warm werden, vor der Tür regte sich kein Lüftchen.

Beim Bäcker kaufte er zu viele Brötchen und Croissants. Wer zuviel zu essen kauft, kann auch noch Blumen mitbringen, dachte Walde. Er kaufte bei einem Blumenhändler, der gerade seinen Laden aufschloss, eine Calla.

Die schmale Vase mit der weißen Blume stellte er neben den Brotkorb. Er deckte den Frühstückstisch fertig und schlich zum Schlafzimmer. Zu seiner Überraschung war das Bett leer. Doris kam bereits gestylt und angezogen aus dem Bad.

»Ich bin spät dran«, sie gab ihm einen flüchtigen Kuss.

»Wir können aber noch frühstücken?«

»Oh, das sieht toll aus, aber ich hab' um neun eine Stadtführung; ich muss in spätestens zehn Minuten in der Tourist-Information sein.«

»Mensch, das ist aber blöd.« Walde war enttäuscht.

»Ich hätte den Wecker gestellt, wenn ich noch dazu gekommen wäre, aber du warst ja heute Nacht so stürmisch...« Sie warf ihm lächelnd eine Kusshand zu und verschwand durch die Korridortür.

Lustlos schenkte sich Walde Kaffee ein und griff zur Tageszeitung. Über die Havarie der *Populis* wurde knapp in einer Spalte berichtet. Ausführlicher Bericht folgt, hieß es da. Vom »*Puppenmord*« auf der Baustelle war nirgends die Rede. Das wäre ja noch schöner, dachte Walde, war aber dennoch erleichtert.

Den restlichen Kaffee füllte er in eine Warmhaltekanne und ließ den Tisch gedeckt.

Dabei drapierte er die Blumenvase vor Doris' Teller und legte die Zeitung ordentlich gefaltet daneben.

In den Geschäftsstraßen der Innenstadt war noch wenig Betrieb. Die meisten Läden hatten gerade erst geöffnet. Vor vielen Geschäften war man damit beschäftigt, die Straßenauslagen herzurichten. Vor den Cafés wurden die Tische geputzt. Walde schob sein Rad, unter dessen Gepäckträger immer noch das Plastikbiest klemmte. Auf dem Markt herrschte an einigen Ständen bereits Gedränge. Walde konnte nicht quer über den Platz gehen und kam auf seinem Umweg an Ulis *Gerüchteküche* vorbei. Vor der Tür verteilte eine junge Frau die neueste Ausgabe an die Vorbeieilenden. Auf ihrer Schirmmütze las Walde *Käsblatt* extra.

Auch Walde ließ sich ein *Extrablatt* in die Hand drücken und blieb ein paar Meter weiter, das Fahrrad an die Hüfte gelehnt, stehen, um hineinzuschauen. Leute drängten sich an ihm vorbei. Er wurde zum Hindernis und entschied sich, das Rad zwischen Tischen und Souvenirständer abzustellen. Im Schaufenster hing ein großes Plakat mit der Aufschrift

RÄTSEL UM HAVARIE DER POPULIS! In der *Gerüchteküche* waren bereits einige Tische und die Theke besetzt. Hinter der Glasscheibe zur Redaktion des *Käsblatts* hantierte Uli herum.

Walde trat ein und bestellte bei Elfie an der Theke einen Espresso.

»Wie war die Wanderung?«, erkundigte sie sich. Sie füllte mit geschickten Bewegungen ein großes Tablett für eine Bestellung an einem der Tische.

»Danke, erholsam«, antwortete Walde und nahm seine Tasse entgegen.

»Die Erholung ist bei ihm schon aufgezehrt.« Sie deutete zur Glasscheibe.

Als Uli bemerkte, dass ihn jemand anschaute, blickte er auf und winkte Walde in die Redaktion. Walde nahm den Espresso mit nach hinten. Ulis Gesicht war grau. Im Gegensatz zur erfrischend rauchfreien Zone des Gastraumes war hier die Luft zum Schneiden. Mit einer filterlosen Zigarette im Mundwinkel faltete Uli Blätter, die aus einem Laserdrucker kamen, auf A-4-Format.

»Ich brauch' nicht zu fragen, ob du heute Nacht geschlafen hast«, begrüßte Walde seinen Freund.

»Hast du schon gelesen?« Die Zigarette in Ulis Mundwinkel wippte.

»Nein, ich wollte gerade damit beginnen.«

»Dann setz' dich«, Uli bot ihm einen Stuhl vor einem summenden Rechner an. Neben der Tastatur quoll ein Aschenbecher über.

Während Walde las und darüber nachdachte, wie lange er es noch in diesem stinkenden Raum aushalten würde, faltete Uli Blatt um Blatt, die der Drucker ausspuckte.

»Gute Schreibe, flott wie immer, die Fotos sind auch spitze«, Walde wies auf ein großes Bild auf der Innenseite, das die gespenstische Atmosphäre bei der missglückten Rettung treffend wiedergab.

»Der Rob hat was drauf, und alles mit der Digitalkamera gemacht, da war es kein Problem, die Ausgabe«, er tippte auf den Stapel vor sich, »innerhalb von vier Stunden vom Satz übers Layout bis zum Druck fertig zu haben.«

Obwohl Uli total fertig aussah, merkte man ihm den Stolz an.

»Es hat sich gelohnt, alle Achtung.« Walde schob den Aschenbecher an den äußersten Rand des Tisches. »Du hast da ein paar Andeutungen gemacht. Ist mit einer Fortsetzung zu rechnen?«

»Unbedingt!« Uli nahm den kompletten Stapel hoch und bündelte ihn, indem er ihn senkrecht mit der Kante auf den Tisch schlug. »Da ist was faul, das spür' ich. An den Kapitän bin ich noch nicht rangekommen. Der war gestern nicht ansprechbar, er hat eine dicke Beruhigungsspritze gekriegt. Aber den kauf' ich mir bei nächster Gelegenheit.« Uli drehte sich eine Zigarette und winkte durch die Glasscheibe zur Theke.

Gleich darauf brachte Elfie einen Kaffee.

»Bin gleich zurück, ich bring' Nachschub raus«, Uli nahm einen Packen und eilte aus dem Büro.

»Ich glaub', er sollte mal dringend ins Bett«, stellte Walde fest.

»Da wird so schnell nichts draus«, seufzte Elfie, »erst muss er mindestens fünfzig Kommentare zum *Extrablatt* hören und dann wird er noch weiter in dem Fall stochern. Er hat Blut geleckt.«

Uli kam zurück, ließ sich auf den Stuhl fallen und nahm einen tiefen Zug an seiner Zigarette.

»Wir haben gerade darüber geredet, dass es gut wäre, wenn du jetzt ein, zwei Stunden ins Bett gingst«, schlug Walde vor.

»Gute Idee, da wäre ich wirklich nicht drauf gekommen«, Uli nippte am Kaffee und rollte seinen Stuhl zu dem zweiten Rechner. »Aber vorher stelle ich die Story noch ins Internet.«

*

Acht Stunden später hatte sich an der Theke eine frühabendliche Runde von Geschäftsleuten, die sich nach Feierabend hier trafen, versammelt. Ein Knobelbecher ging rund. Besonders schlechte Ergebnisse wurden mit hämischem Lachen kommentiert. Uli setzte die ein oder andere Runde aus, um seine Gäste an der Theke zu bedienen und die Bestellungen der Kellnerin für die übrigen Tische im Gastraum und vor der Tür, die alle bis auf den letzten Platz besetzt waren, zu erledigen.

Er hatte am frühen Nachmittag ein paar Stunden geschlafen. Er fühlte sich ausgeruht und freute sich über die vielen Bemerkungen zum *Extrablatt*. Was er vermisste, war eine Zigarette. Zum Rauchen hätte er ins Büro oder vor die Tür gehen müssen, aber der Laden brummte und er war unabkömmlich. Britta wuchtete ihr Tablett mit leeren Tassen und Gläsern neben das Spülbecken und tippte emsig neue Bestellungen in die Kasse. Uli zapfte eine weitere Runde für die Knobelspieler und bekam von Britta zwei Kassenstreifen rübergeschoben. Um den Kaffee kümmerte sie sich selbst, er füllte Gläser mit Getränken.

Jemand schob eine Diskette über die Theke: »Da ist alles drauf für die Anzeige im nächsten *Käsblatt*. Platzierung neben dem Titel, wie abgemacht.«

»Danke, ich guck' nachher rein, ob ich mit den Daten klar

komme.« Uli legte die Diskette hinter sich auf die Ablage neben das ungespülte Geschirr.

Das Telefon klingelte. Uli klemmte den Hörer zwischen Ohr und Schulter und hantierte weiter mit den Gläsern: »Ja? Uli, bei der Arbeit.«

»Das ist gut so.« Rob war am Apparat.

»Gibt's was Neues?«, fragte Uli, stellte volle Gläser auf Brittas Tablett und spießte den Bon auf.

»Nee, es hat sich heute überhaupt nichts getan, der Kapitän steht unter Schock und der Bootsmann war den ganzen Tag nicht auffindbar«, berichtete Rob.

»Getürmt?«

Die Knobelrunde brach in schallendes Gelächter aus.

»Was?«, fragte Rob.

»Ist er getürmt?«

»Uli, eine Runde Kurze und für mich noch einen Dreispalter mit Schinken und Käse!«, bestellte einer der Geschäftsleute.

»Nein, glaub' ich nicht.«

Britta tippte eine weitere Bestellung in die Kasse ein. Sie hatte eine Weile gebraucht, um mit den Gerichten, die ausschließlich nach Begriffen aus der Zeitungsbranche benannt waren, klar zu kommen.

»Ich muss hier weitermachen, es ist einiges los. Kannst du später noch mal anrufen oder vorbeikommen?«, bat Uli und widmete sich wieder seiner Arbeit.

*

»Jaaaah, Ganz.«

»Hallo, Jo, es geht dir hoffentlich gut, ich hab' da ein kleines Problem«, legte Uli in seiner üblichen Schnellschwätzermanier los. »Du hast doch Taucherfahrung und die benötige ich eventuell. Ich muss dir aber gleich sagen, dass die Sache kompliziert ist.«

»Du möchtest bestimmt meinen Vater sprechen«, antwortete ihm Philipp, der nach dem Stimmbruch einen ebenso tiefen Bass wie sein Vater hatte und sich einen Spaß daraus machte, mit dem gleichen Wortlaut und den langgezogenen Betonungen auf den A's die Anrufer zu foppen.

»Philipp, mach' dich auf was gefasst!«, spielte Uli Entrüstung.

»Faust- oder Ringkampf?«, gab Philipp gelassen zurück.

Uli erinnerte sich, dass der Bengel ganz nach seinem Vater kam und inzwischen einen Kopf größer und zwanzig Kilo schwerer als er selbst war.

»Ich lass' dich nie wieder beim Schach gewinnen, aber jetzt möchte ich deinen Vater sprechen.«

»Papaaa!«, dröhnte es in einer Lautstärke aus dem Telefon, dass Uli den Hörer weit vom Ohr riss.

»Jaaaah, Ganz.«

»Bist du es, Jo?«, fragte Uli vorsichtig.

»Ja, ich bin's, ganz bei mir, nicht außer mir oder neben mir…«

»Gut, ich wollte nicht noch einmal auf deinen missratenen Sohn reinfallen«, erklärte Uli. »Also, es geht darum, du tauchst doch ab und zu mal.« Uli hielt inne. »Ich würde das am liebsten nicht am Telefon besprechen. Können wir uns treffen?«

»Wo und wann?«

»Bei mir oder bei dir? Wie du willst«, Uli fügte zaghaft hinzu: »Es ist leider ziemlich eilig.«

»Hast du noch von dem 98er Augenscheiner?«

»Sind noch ein paar Flaschen da«, bestätigte Uli.

»Ich kommentiere um 20 Uhr eine Weinprobe im Palais. Wird wohl ein, zwei Stunden dauern, dann komme ich zu dir in die *Gerüchteküche.*«

*

Der Volvo gab immer noch keinen Mucks von sich. In den fünf Tagen, in denen der Wagen gestanden hatte, war der Batterie der Saft ausgegangen.

In der Wohnung wischte Walde den Boden, stellte eine Maschine mit Kochwäsche an, zupfte zweimal lustlos am Bass und schwang sich anschließend wieder aufs Rad.

Es war angenehm warm. Die Sonnentage im Mai waren für Walde die schönsten des Jahres. Erst auf der Straße merkte er, dass er immer noch die Puppe dabei hatte. Von einer Radtour hielten ihn seine von der Wanderung schmerzenden Waden ab. Schon seit ein paar Wochen wollte er neue Klamotten kaufen. Er hätte gerne Doris dabei gehabt. Wenn er überhaupt etwas in seiner Größe fand, konnte es passieren, dass die allein erstandenen Sachen im Schrank hängen blieben. Das mit dem Frühstück war blöd gelaufen. Er überlegte, sie anzurufen.

Er spürte die Leere kommen. Dieses Gefühl, gegen das Doris jeden Tag anrannte. Wenn sie genug Kilometer abgespult hatte, ging es ihr besser. Sie brauchte das, als Ersatz für die Arbeit, die ihr fehlte.

Ihm ging es im Grunde nicht besser. Er brauchte die Arbeit, um sich zu spüren.

Früher hatte sich bei seinem Vater alles um Überstunden, Bilanzsteigerung, Kundentreue, Gewinnprognosen, Mitarbeitermotivation und ähnliches gedreht. Der Apfel fällt nicht weit vom Pferd. Das musste er bei aller Antipathie und bei allen guten Vorsätzen, es einmal anders zu machen, gestehen.

Er setzte den Walkman auf. Miles Davis' letzte und für ihn schönste CD *Live Around The World* versöhnte ihn für den Moment mit sich und der Welt...«

Als er in die Wohnung zurückkam, klingelte das Telefon. Walde las Doris' Namen auf dem Display: »Hallo!«

»Hab' ich dich geweckt?«, fragte Doris.

»Warum?«

»Weil du verschlafen klingst.«

»Nein.«

»Also warst du nur geistig weggetreten.«

Walde sagte nichts.

»Bist du noch sauer wegen heute Morgen?«, unterbrach Doris das Schweigen.

»Nein, ich dachte nur...«

»Dass ich verfügbar bin, so wie am Abend zuvor. Du rufst drei Tage nicht an und platzt dann einfach so herein. Dann machst du Frühstück und bist beleidigt, wenn ich etwas anderes vorhabe.«

Walde schwieg weiter.

»Bist du noch da?«, Doris wurde unsicher.

»Hmmh«, kam es zurück.

»Wenn du einen Fall hast, muss alles hinten anstehen, da käme ich gar nicht auf die Idee, von dir zu verlangen, mit mir zusammen zu sein. Das ist ja auch in Ordnung, aber das muss auch umgekehrt gelten.«

»Ich werde es auf mich wirken lassen«, Walde nahm die CD aus dem Gerät.

»Du lässt mich mit deinem Schweigen auflaufen. Eine einfache Entschuldigung würde genügen...«

»Okay, sorry.«

Beide schwiegen.

»Dann bis demnächst«, sagte Doris.

»Doris...«, Walde hörte, dass sie aufgelegt hatte.

»Mist«, er pfefferte den Hörer auf die Couch.

*

Johan hatte sich, nachdem er zurück in das Zimmer der Pension gebracht worden war, gleich aufs Bett gelegt. Sein Kopf war leer. Er wusste nur, dass nichts mehr so war oder werden würde wie früher.

Die Tür wurde geöffnet, Piet kam herein. Er hatte seine Schuhe in der Hand und ließ sie lautstark neben sein Bett fallen.

»Alles Kacke!«, fluchte er und fingerte sich eine Zigarette aus einem zerknautschten Päckchen. »Bist du noch gar nicht aufgestanden?«

»Wo warst du?«, Johan setzte sich auf.

»Einer muss ja etwas unternehmen. Ich hab' versucht, die Leute zu erreichen, aber es ist dauernd eine Mailbox angeschaltet.«

»Welche Leute?«

»Du weißt schon, die in Detzem die Kaffer abholen sollten«, Piet deutete zum Boden und brach die Handbewegung ab, als ihm ihre Sinnlosigkeit klar wurde.

Johan schüttelte den Kopf und rieb sich den Verband in Höhe der Schläfen: »Mein Kopf fühlt sich an, als wäre nur Nebel drin.«

»Der ist wohl schon länger in deinem Oberstübchen, jetzt erklär' mir mal, wie das passiert ist, mit dem Pfeiler«, Piet setzte sich zu Johan aufs Bett und blies ihm beim Ausatmen Rauch ins Gesicht. »Wir sind gegen einen Pfeiler gestoßen.«

Johan hatte immer noch die Hände an den Schläfen. Neben dem Zigarettenrauch roch er die gewaltige Weinfahne seines Bootsmanns.

»Jetzt komm, du musst doch wissen, was letzte Nacht passiert ist!«, Piet stand auf und ging zur Minibar. Er nahm einen Piccolo Sekt heraus, drehte den Verschluss auf und setzte die Flasche an den Mund.

»Johan, du musst wieder zu dir kommen, wir können das hier nicht aussitzen. Die da unten sind abgesoffen, die müssen da raus. Sonst sind wir dran!«

Johan schüttelte den Kopf: »Was machen wir hier?«

Piet ging zu Johans Bett und bückte sich, bis sein Gesicht ganz nah vor dem seines Chefs war: »Machst du auf unzurechnungsfähig? Damit kommst du nicht durch, das kann ich dir sagen. Wenn ich in den Knast komm', dann landest du in der Klapsmühle!«

*

Uli stand rauchend vor der Tür der *Gerüchteküche*. Vom Turm der Gangolfskirche klang die Lumpenglocke. Im Dämmerlicht erkannte er den über den Marktplatz herantappenden Jo.

»Und, hast du die Leute abgefüllt?«, rief er ihm entgegen.

»Das könnte ich dich auch fragen, stehst hier draußen und lässt die Gäste allein, um einsame Rauchopferriten zu vollziehen.«

»In einem Fachwerkhaus sollte nicht geraucht werden!«

»Es sollte überhaupt nirgends geraucht werden!«, stellte Jo fest.

»Du tauchst doch noch?«, wechselte Uli das Thema.

»Ich habe noch nie geraucht!«

»Ich meine, du hast doch bestimmt noch deine Taucherausrüstung?«, fragte Uli.

»Ach so, ja, warum fragst du?«

»Und die ist in Ordnung, genug Sauerstoff in den Flaschen und so?«, wollte Uli wissen.

»Nur Luft, hundsgewöhnliche Luft.«

Uli nickte: »Wie in meinen Autoreifen!«

»Mhm, nur mit etwas mehr Druck.«

»Das ist gut, gehen wir rein«, Uli fröstelte es offensichtlich.

»Trinken wir was, da redet es sich leichter. Ich hab' den Palliener Augenscheiner schon kalt gestellt!«

»Acht Grad Celsius wären recht.«

Drinnen war, nach dem Geräuschpegel zu urteilen, die Stimmung bestens. Elfie stand hinter der Theke und Britta war mit einem vollen Tablett zu den Tischen unterwegs, die – wie immer – alle besetzt waren. An der Theke standen und saßen die Gäste in zwei Reihen.

Während Jo Elfie begrüßte, schnappte sich Uli zwei Weingläser und dirigierte Jo ins Büro der Redaktion. Dort flimmerte auf einem Bildschirm abwechselnd *Käsblatt* und *POPULIS NIMMT GEHEIMNIS MIT AUF DEN GRUND*.

Uli zog den Korken aus der Flasche, setzte sich zu seinem Freund an einen Schreibtisch und schenkte ihm eine Kostprobe ein. Der prüfte den Wein laut gurgelnd und gab Uli nickend zu verstehen, dass der Augenscheiner in einwandfreiem Zustand sei.

»Sind deine Geschmacksnerven für heute Abend nicht schon überstrapaziert?«, fragte Uli.

»Du wirst lachen, ein Dutzend verschiedener Weine durcheinander zu trinken ist nicht mein Fall. Ich hab' bei der Weinprobe nur zwei Gläschen getrunken. Wie sagte doch ein Kenner? Das Leben ist zu kurz für schlechten Wein. Außerdem hab' ich mich schon die ganze Zeit auf den hier gefreut.« Jo hob sein Glas gegen das Licht einer Schreibtischlampe, nickte zustimmend zu der Farbe des Weins, lehnte sich zurück und nippte genießerisch. »Wen soll ich dafür umbringen?«

»Da liegst du gar nicht mal so falsch!« Uli lächelte. »Aber das Umbringen hat womöglich schon jemand anderes erledigt.«

»Erklär' mir das genauer.«

»Ich vermute, dass die von der *Populis*«, Uli deutete auf den Bildschirm, »im wahrsten Sinne des Wortes eine Leiche im Keller haben.«

Er erzählte ihm, was während der Rettungsaktion in der Baubude geschehen war.

»Und da soll…«, Jo war überrascht.

»Du bist doch Hobbyarchäologe!«

»Ich interessiere mich auch hin und wieder für Gräber, aber die müssen antik sein.«

Uli breitete eine Karte auf dem Schreibtisch aus. »Das hier ist die Mehringer Brücke, da liegt die *Populis*, und von hier aus«, er deutete auf einen Punkt hinter einer Biegung flussabwärts, »könnten wir die Aktion starten. Um das Schiff ist eine Ölsperre gezogen.« Uli legte ein Foto auf die Karte, das Rob am Nachmittag aufgenommen hatte. »Da musst du drunter durchtauchen.«

»Und was ist mit dem Boot da?« Jo tippte mit dem Finger auf das Foto.

»Das ist vom Wasser- und Schifffahrtsamt. Da wird wohl einer drauf sein, aber die Ölgefahr scheint gebannt. Entweder der pennt oder – wenn wir Glück haben – ist das Boot wieder abgezogen bis wir kommen.«

»Wie kommst du darauf, dass ich das mache? Ich bin wirklich neugierig, aber auf den Anblick von Wasserleichen kann ich weiß Gott verzichten. Außerdem bin ich im Staatsdienst und will nicht unnötig meine Karriere...«

»Du bist doch Kommissar«, unterbrach ihn Uli.

»Kommissar für Reblausbekämpfung, wohlgemerkt, aus den Viechern haben sich bisher noch keine Mutanten entwickelt, die sich in die Mosel zurückgezogen haben.«

»Du bist doch ein bekannter Hobbyarchäologe und bist spätestens seit der Entdeckung des größten Goldfundes, der jemals nördlich der Alpen...«

»Römischen Goldfundes«, verbesserte ihn Jo, »der mich dennoch hat ein armer Mann bleiben lassen, weil ich um meinen verdienten Finderlohn geprellt wurde.«

»Das bist du, aber in Mehring gibt's doch auch eine Römervilla und da könnte es doch sein, dass es in der Mosel...«

»Darauf willst du hinaus? Wenn ich erwischt werde, soll ich behaupten, ich wäre auf der Suche nach Römerfunden? Klar, bei Nacht ist die beste Zeit, um auf frisch gesunkenen holländischen Frachtern in der Mosel nach der Antike zu forschen.«

»War nur so ein Gedanke, dir fällt bestimmt noch was Besseres ein.«

Jo überlegte: »Warum rufst du nicht bei der Polizei an?«

»Das kann ich nicht, ich hab' dem Informanten Diskretion zugesagt.«

»Du kannst einfach nicht Nein sagen!«, schimpfte Walde hinter dem Lenkrad auf der Fahrt an der dunklen Mosel zwischen Schweich und Longuich entlang.

»Und was ist mit dir?«, entgegnete Jo und biss ein großes Stück seines dick belegten Baguette ab, einem von Uli spendierten Fünfspalter, der vor ein paar Augenblicken noch fast bis zur Frontscheibe gereicht hatte.

»Ich kann einen Freund doch nicht hängen lassen.«

»Ach so.«

Hinter ihnen auf dem Rücksitz lag Jos Neoprenanzug. Im Kofferraum befanden sich weitere Tauchutensilien. Sie fuhren ein paar Minuten schweigend über leere, dunkle Straßen. Außer dem Motorengeräusch war nur ab und an ein Krachen zu hören, wenn Jo einen weiteren zehn Zentimeter langen Happen in den Mund schob.

»Ich dachte, man sollte nicht direkt nach dem Essen schwimmen?«

»Ich gehe nicht schwimmen, sondern tauchen, außerdem brauche ich bei der zu erwartenden Kälte und Anstrengung ein paar zusätzliche Kalorien.«

»Wie viel Grad hat die Mosel?«

»Ungefähr acht bis zehn Grad«, antwortete Jo mit vollem Mund.

Instinktiv drehte Walde die Heizung höher.

Der Volvo lief wieder störungsfrei. Uli hatte Starthilfe geleistet und Saft auf die leere Batterie gegeben. Die Scheinwerfer streiften einen Weinberg mit in Reih und Glied ausgerichteten kahlen Stöcken. Der Wagen verließ die Bundesstraße und fuhr nun über eine schmale, direkt am Wasser vorbeiführende Piste, einen Radweg, der während der Brückenbauphase als Umleitung für Anlieger und Zufahrtsweg für Baufahrzeuge umfunktioniert worden war. Aus dem Dunkel tauchte die hell angestrahlte Brückenbaustelle auf.

»Mach' langsam«, bat Jo. Er versuchte abzuschätzen, wie weit es von der Stelle, wo die Aufbauten des Wracks der *Populis* aus dem Wasser ragten, bis zum Ufer war. Vom Boot des Wasser- und Schifffahrtsamtes beleuchteten zwei Scheinwerfer das von einer schwimmenden Ölsperre umgebene Wrack. Von der anderen Seite des Flusses warfen die Straßenlaternen von Mehring einen schwachen Schein auf das schnell fließende schwarze Wasser.

Walde fuhr langsam weiter. Der Radweg folgte der Biegung der Mosel. Walde schaltete die Scheinwerfer aus, bevor er den Volvo wendete und auf dem schmalen Hang zwischen Weg und Mosel parkte.

»Nach dem Tacho sind es etwa vierhundert Meter bis zum Schiff«, Walde sprach in gedämpftem Ton. Er löschte die Innenleuchten des Wagens.

»Bei der Strömung ist das viel Holz.« Jo zog den Pullover über den Kopf.

»Wie lange wirst du brauchen?«

»Etwa fünfundzwanzig Minuten bis zum Wrack, das Weitere ist schwer abzuschätzen. Zurück geht's auf jeden Fall schneller. Die Luft reicht für eine Stunde, aber bis dahin bin ich bereits erfroren.«

Sich mit dem Rücken am Wagen abstützend pellte sich Jo aus der Hose und griff nach dem Taucheranzug, der aus einer Art Latzhose und einer Jacke mit Kapuze bestand.

Walde assistierte seinem Freund und leuchtete mit einer kleinen Taschenlampe in den Kofferraum des Wagens, wenn er ein weiteres Utensil der Ausrüstung anreichen sollte. Jo band sich

65

den Schaft mit dem Tauchermesser und einem Schnorchel an den Unterschenkel. Walde half ihm in das Jacket mit der Pressluftflasche. Jo hängte sich das Band mit dem Kompass um den Hals, zog die Brille über und bat Walde: »Nimm bitte die Thermoskanne aus dem Rucksack!«

Walde fand sie mit Hilfe der Taschenlampe.

»So, jetzt hier rein damit«, Jo zog mit Zeige- und Mittelfinger der rechten Hand den Taucheranzug vom Hals.

»Wie bitte?«

»Ja, schütt' rein, das ist mir lieber als das kalte Moselwasser.«

Ein Teil des warmen Wassers floss außen über den Anzug.

»So, jetzt dreh das Ventil an der Flasche auf.«

Jo kontrollierte das Mundstück des Lungenautomaten.

Zum Schluss klinkte er eine große Taschenlampe und eine kleine Notlampe an die Ösen des Jackets, zog die Handschuhe und die Brille über und watschelte zum Wasser.

Walde prustete los. Wenn jetzt ein versprengter schottischer Tourist hier vorbeigeradelt käme, er hätte Stein und Bein geschworen, dass das Ungeheuer von Loch Ness in die Mosel übergesiedelt sei.

*

Jo bewegte sich vorsichtig. Sobald ihm das Wasser bis zu den Hüften reichte, atmete er tief ein und ging in die Hocke.

Die Strömung warf ihn fast nach hinten um. Er hielt sich mit den Händen am Ufergestrüpp fest, das vom Hochwasser überspült wurde. Jo machte sich lang und schwamm mit kräftigen Beinzügen los. Um nicht allzu stark abgetrieben zu werden, tauchte er nur langsam in tiefere Regionen ab. Der Schein der Lampe reichte nicht weiter als einen Meter.

Jo spürte, wie der Druck auf seine Ohren stärker wurde. Mit der linken Hand drückte er den Nasenerker der Brille zu und presste Atem in die Nase, bis es in den Ohren knackte. Er hielt sich dicht über dem Grund. Ein größerer Stein wurde von der Lampe angestrahlt. Jo hielt sich daran fest und ruhte die überanstrengten Beine aus. Kaltes Wasser lief an Hand-, Fußgelenken und Hals in den Anzug. Jetzt musste er mit seiner Körperwärme gegen die Kälte ankämpfen.

Ein Blick auf die Uhr zeigte ihm, dass er bereits zehn Minuten unterwegs war. Der Zeiger des Thermometers stand auf acht Grad Celsius.

Jo ließ die ausgeschaltete Lampe an der Schnur baumeln und nahm beide Hände zu Hilfe, um sich neben den Kraulbewegungen der Beine gleichzeitig mit den Armen, sofern etwas am Grund zu packen war, vorwärts zu ziehen. Um ihn war nichts als undurchdringliche Schwärze.

Sein Zeitgefühl orientierte sich am Kraftverlust seiner Beinmuskulatur. Bald musste er wieder eine Pause einlegen. Schon längere Zeit hatten seine Hände am Grund nur in Kies gegriffen, der keinen Halt bot.

Für einen Moment zweifelte Jo daran, gegen die Strömung überhaupt Boden gut zu machen. Wurde er vielleicht sogar zurückgetrieben? Seine Hände griffen in dünnen Bewuchs, der aber noch nicht stark genug war, um ihn halten zu können.

Plötzlich bekam er einen heftigen Schlag gegen die Brille. Etwas Großes hatte ihn gerammt. Es drückte gegen ihn, genau an der Stelle, wo die Lampe baumelte. Er nahm die zweite Hand vom Boden und stemmte sich mit aller Kraft gegen den harten Körper. Dabei verlor er die Orientierung.

Die Strömung kam jetzt von der Seite. Als er die Lampe anschaltete, warf sie Sekundenbruchteile ihr Licht auf ein rundes schwarzes, sich in Rollbewegung schnell entfernendes Ding. Es musste ein Autoreifen gewesen sein, der von der Strömung über den Grund mitgerissen worden war.

Jo ließ die Lampe an und nahm sie im Wechsel in diejenige Hand, die vom Voranziehen auf dem Boden ermüdet war. Nach 25 Minuten war von der *Populis* immer noch keine Spur. Hatte er sie verfehlt? Der Kompass zeigte, dass die Richtung, in die er unterwegs war, stimmte. Er gab noch weitere fünf Minuten zu. Dann wäre er gezwungen, aufzutauchen und sich auf die Gefahr hin, entdeckt zu werden, neu zu orientieren.

*

Marie hielt sich mit dem trockenen Soave zurück. Dennoch lachte sie am lautesten über Elfies Erzählungen aus ihrer Zeit als Betreiberin eines Hotels mit Restaurant, Metzgerei und Partyservice in einem kleinen Winzerdorf hinter Bernkastel-Kues. Vieles war weniger zum Lachen, weil Elfies Leben bis vor zwei Jahren, als sie ihren erwachsenen Kindern aus dem Haus folgte, nur aus einer absurden Plackerei bestanden hatte.

»Uli hat immer befürchtet, mein Exmann, der Metzger, würde eines Tages mit dem Hackebeil auftauchen und ihm das ein oder andere liebgewordene Glied abhacken.«

»Du meinst die an der Hand, die er als Keyboarder...« Maries Kichern hallte über den leeren Marktplatz, wo nur noch versprengte Nachtgestalten unterwegs waren.

»Was hast du eigentlich in deinem Mineralwasser?«, fragte Doris.

»So viel, dass ich gleich noch mit gutem Gewissen nach Hause fahren kann«, spielte Marie auf den ausgiebigen Weinkonsum ihrer beiden Freundinnen an.

Damit gab sie Elfie das Stichwort, die Wein in Doris' und ihr eigenes Glas nachschenkte.

»Und, ist er gekommen?«, fragte Marie.

»Wer ist gekommen?« Elfie stand auf dem Schlauch.

»Dein Ex, der Harmann mit dem Hackebeil?«

»Nein, der Hermann«, Elfie betonte das H und das E. »Das war kein Brutaler oder so, wenn du auf den Metzger anspielst. Sonst hätte ich es mit ihm bestimmt keine zwanzig Jahre ausgehalten. Der war auch nicht verkehrt, bis auf seine Arbeitshaltung.«

»Das hast du aber schön gesagt, Arbeitshaltung«, flötete Doris. »War das nicht ein Workaholic ersten Ranges, der von dir verlangt hat, dich neben dem Haushalt noch um Partyservice, Restaurant und Hotel zu kümmern, dein Hermännchen?«

»Danke, dass du mich erinnerst, sonst wäre ich noch aus Versehen zu ihm zurückgekehrt«, Elfie trank ihr Glas aus.

»Was macht deine Scheidung?«, fragte Marie.

»Es geht nur noch um Geld, um Zugewinn und so, ich wünschte, es wäre endlich vorbei«, Elfie trank erneut ihr Glas aus.

»Lass' dich nur nicht über den Tisch ziehen«, riet Doris.

»Das musst gerade du mir erzählen, dein Mann ist doch schon seit wie vielen Jahren weg?«

»Zehn«, antwortete Doris.

»Und immer noch keine Scheidung in Sicht?«

»Leo hat kein Geld, die müsste ich dann auch noch bezahlen, außerdem ist mir der Familienstand verheiratet lieber als geschieden oder alleinstehend. Man genießt mehr Respekt.«

Auch Doris leerte ihr Glas. Elfie schenkte ihr den Rest aus der Flasche ein.

»Dann heirate doch Walde!«

Britta kam raus und sagte zu Elfie: »Es sind nur noch zwei Gäste an der Theke.«

»Hast du dich für einen entschieden?«, fragte ihre Chefin.

Britta nickte.

»Gut, dann gibt's noch ein Getränk und dann ist Schluss.«

*

Jo spürte einen Fremdkörper im Mund. Hatte sich etwas von dem Luftautomat gelöst? Er fühlte mit der Zunge, das kleine Ding war hart, metallisch. Er musste aufpassen, dass er es nicht verschluckte. Ein stechender Schmerz ließ ihn zusammenzucken. Beim nächsten Einatmen war er wieder da, als würde ein Messer in den Kiefer gebohrt.

Er fühlte noch mal. Trotz des hindernden Luftautomaten fand seine Zunge die Lücke im Backenzahn des rechten Unterkiefers. Jeder Atemzug wurde von einem stechenden Schmerz begleitet, wenn die kalte Luft am frei liegenden Nerv vorbeigeblasen wurde. Ausgerechnet jetzt hatte er eine Zahnfüllung verloren. Die Luft in der nicht isolierten Flasche hatte die Temperatur des acht Grad kalten Moselwassers angenommen und wurde durch die Bewegung, die beim Einatmen entstand, noch kälter.

Am Grund lag ein besonders dicker Steinbrocken. Jo verschnaufte wieder und strahlte mit der Lampe einen Schwarm junger Barsche an, die gebannt vom Licht reglos verharrten. Erst als er die Lampe in eine andere Richtung schwenkte, verschwanden sie wie der Blitz.

Das Finimeter zeigte, dass er nur noch hundert Bar in der Flasche hatte. Die Hälfte der Luft war schon nach knapp einer halben Stunde verbraucht. Das lag sicher an der anstrengenden Fortbewegung und der Kälte des Wassers. Diese beiden Faktoren hatten seinen Sauerstoffverbrauch in die Höhe getrieben. Wenn er nicht bald das Schiff fand, musste er umkehren.

Was war mit der Strömung los? Sie kam nicht mehr so stark von vorn. Ein Blick auf den Kompass zeigte ihm, dass seine Richtung weiter stimmte. Das konnte nur bedeuten, dass ein größeres Hindernis die Strömung umlenkte. Dicht vor ihm tauchte eine schwarze Wand auf. Wo er auch hinleuchtete, überall war dieses Ungetüm. Es lag eindeutig auf dem Grund, nirgends war eine Handbreit Wasser unter dem Kiel. Jo schwamm daran entlang. Kein Zweifel, es war das Wrack der *Populis*.

An einer Ankerkette zog er sich nach oben. Die Strömung traf ihn mit voller Wucht, er packte die Deckkante des Schiffes. Der Tiefenmesser zeigte zwei Meter an. Das Licht der Lampe würde man an der Oberfläche nicht sehen, aber die verräterischen Luftblasen seines Atems ließen sich nicht verbergen. Er musste so schnell wie möglich in das Schiff hinein. Was da vor ihm verschwommen auftauchte, war eine Tür. Für einen Moment überlegte er, ob sie zum Steuerhaus gehörte oder zur Kombüse. Sie war zu klein. Sie gehörte zu einem Wagen. Hier stand ein Auto.

Jo tauchte tiefer. Er fand große Öffnungen. Das waren die Fenster zur Schiffswohnung. Das Glas hatte dem Druck der Strömung nicht standgehalten.

Er überlegte kurz hineinzutauchen. Noch zwanzig Minuten Tauchzeit bei sechzig Bar Luftvorrat. Das, was er suchte, befand sich sicher nicht in der Wohnung. Sein Schatzsucherinstinkt war erwacht. Er tauchte mit dem Oberkörper in eines der Fenster. Die Lampe beleuchtete ein Chaos aus Stühlen, Regalen und Kleinteilen. In einem Ohrensessel, der in seiner ursprünglichen Stellung eingeklemmt wurde, hatte sich ein Haufen Sand angesammelt.

Weiter vorn hing ein schiefes Gestänge. Das müsste das Führerhaus gewesen sein. Es dürfte nicht mehr lange dauern und es würde vom Wasser gänzlich flachgedrückt werden.

Jo hangelte sich dahinter an der Verkleidung des Laderaumes entlang, dem Vorschiff entgegen. Immer wieder tastete und leuchtete er die gerillten Bleche der Abdeckung ab. Er musste schon weit über das Mittelschiff hinaus sein.

Keine zwei Meter bis zur Oberfläche zeigte der Höhenmeter. Der Luftvorrat stand knapp über 50 Bar, eine Menge, die normalerweise Umkehr bedeutete. Aber was war in dieser Nacht normal?

Endlich fand er eine breite Öffnung. Der Bug konnte nicht mehr weit entfernt sein. Jo tauchte ohne Zögern hinein. Auch unter Deck betrug die Sicht nicht mehr als einen Meter. Wie die Rücken von schlafenden Walen lagen die Rohre in Reih' und Glied. Hier und da hatte sich eine Sandschicht abgelagert. Ein stetiger Strom aus kleinen Partikeln strich über sie hinweg. Das Wasser strömte unentwegt durch das Leck im Bug herein. Nach etwa dreißig Metern war der Laderaum an einer Stahlwand zu Ende. Jo tauchte unter die Verkleidung in die Richtung zurück, aus der er gekommen war. Über den Rohren war mehr als ein Meter freier Raum, genügend Platz, um nicht Gefahr zu laufen, irgendwo hängen zu bleiben.

Nach ungefähr zwanzig Metern begrenzte eine Trennwand die zweite Kammer.

Jo versuchte, mit dem Licht die Strömung zu verfolgen. Sie schien nach oben auszuweichen. Dort war eine schmale Lücke zwischen Blechabdeckung und Spundwand, höchstens fünfzig Zentimeter breit, zum nächsten Laderaum. Jo erkannte sofort, dass bei seiner Körperfülle samt der Flasche auf dem Rücken hier kein Durchkommen war. Er streckte die Arme nach vorn und versuchte es seitwärts. Er blieb in Schulterhöhe stecken. Die Lampe leuchtete in schwarze Leere.

Er zog die Beine an und schaffte mit den gegen die Stahlwand gepressten Knien zusätzlichen Druck, um sich aus der Öffnung zu befreien. Das Finimeter zeigte 35 Bar, also noch maximal eine Viertelstunde.

Jo löste die Verschnürung des Jackets, behielt das Atmungsgerät im Mund und streifte vorsichtig das Jacket mit der Flasche vom Rücken.

Einen Schultergürtel in der einen und die Lampe in der anderen Hand fest umklammert, schob er die Flasche in die nächste Schiffskammer. Er brachte seinen Körper in horizontale Lage. Mit kräftigen Schlägen der Flossen stieß er durch die Öffnung. Auf den ersten Blick lagen auch hier die glänzenden Rohre in der gleichen Anordnung wie vorhin.

Die Flasche mit einem Arm an den Bauch gepresst, verschnaufte er. Wäre ihm beim Passieren des schmalen Zugangs die Flasche aus der Hand geglitten, hätte er sie mit dem Mundstück allein nicht halten können. Lampe und Notlampe waren an den Halteringen der Jacketgurte befestigt. Ohne Lampe und Sauerstoffflasche wäre er im Schiffsbauch verloren.

*

Uli lehnte am Wagen und rauchte. Vom Weinbergsweg ober-halb der Brückenbaustelle hatten Rob und er alles im Blick: Den einsamen Brückenpfeiler, das Wrack mit dem roten Zaun und dem Überwachungsschiff für die Ölsperre, die Warnbojen, den Schwimmkran, den schmalen Zufahrtsweg am Ufer, das schlafende Winzerdorf auf der anderen Moselseite.

Sie schauten abwechselnd durch die auf ein Stativ geschraub-te Kamera. Ihr Teleobjektiv war auf das Wrack der *Populis* gerichtet. Nichts tat sich.

Uli trat die Zigarette aus und stampfte mit den Füßen. »Ganz schön kalt, heute Nacht«, stellte er fest.

Rob nickte. Er nahm eine Hand aus der Tasche und drehte am Ring des Objektivs.

Aus dem Wageninneren krächzten Stimmen. Sie hörten einem kurzen Dialog über Polizeifunk zu.

»Walde und du, kennt ihr euch?«, fragte Uli.

»Wir sind letztes Jahr aneinander gerasselt, wegen ein paar Halterfeststellungen, die ich an einen Wachmann von FAR-MERS weitergegeben habe.«

»Ist das der, der angeblich von dem Erpresser umgebracht wurde und irgendwo im Wald vergraben liegt?« Uli hatte schon wieder den Tabaksbeutel aus der Tasche gezogen.

»Ja, war ein guter Kumpel von mir, aber ich bin noch dran.«

»Wo dran?« Uli hörte nicht genau zu. Etwas am Rande sei-nes Blickfeldes erregte seine Aufmerksamkeit.

»Der liegt wahrscheinlich im Wald unter einer Baumwurzel. Grabbe hat mir die letzten Koordinaten von Matheys Handy gegeben. Ein Jogger soll den Erpresser dort mit der Kettensäge gesehen haben.«

»Ist ja eklig, hat er ihn damit zerteilt?«

»Nein, kein Kettensägenmassaker, er hat wahrscheinlich eine Wurzel von einem umgestürzten Baum zurückschnappen lassen und...«

»Was kommt denn da?« Uli stieß Rob an und zeigte auf eine Stelle flussaufwärts, wo ein dunkles Gebilde auf dem Wasser trieb. Rob schwenkte das Objektiv in diese Richtung. Er musste die Kamera anheben, weil Weinstöcke die Sicht versperrten.

»Ein Ruderboot«, stellte er fest.

»Seltsam.« Uli ließ den Tabakbeutel zurück in die Tasche gleiten.

»Zwei, nein, drei Mann sind drauf.« Robs Objektiv zog mit dem Boot mit, das schnell näher kam.

Jetzt konnte Uli es mit dem bloßen Auge erkennen. In der Mitte ruderte jemand.

Zwei weitere saßen links und rechts vor ihm.

»Ein Schlauchboot«, korrigierte Rob. »Mit einem Außenbordmotor.« Rob stellte das Stativ wieder auf die Erde und korrigierte die Scharfeinstellung des Objektivs. »Was haben die zwei... Scheiße, die tragen Taucheranzüge!« Rob trat zur Seite. Uli schaute durch den Sucher und richtete die Kamera auf das Boot. Als es ihm endlich gelang, bestätigte er: »Du hast Recht! Die wollen doch nicht etwa...«

Der Mann in der Mitte des Bootes hatte sich umgesetzt und ruderte nun gegen den Strom an. Er hielt Kurs auf das Wrack. Hinten war einer der Taucher aufgestanden und warf etwas über Bord.

»Ein Anker!« Rob klang aufgeregt.

Das Schlauchboot trieb langsam am Brückenpfeiler vorbei und kam oberhalb des Wracks an der Ölsperre zum Stillstand.

»Was wollen die?«, fragte Rob.

»Entweder dasselbe wie wir oder…«, Uli hielt inne. »Oder Jo könnte in ernsthafte Schwierigkeiten geraten.«

Er zog sein Handy aus der Jackentasche.

*

Jo streifte das Jacket mit der Flasche wieder über und befestigte die Gurte. Niemals zuvor in seinem Leben war ihm so kalt gewesen. Noch zehn Minuten Luft. Jo tauchte systematisch durch die zweite Kammer, um nichts zu übersehen. Wieder nur Rohre.

Er versuchte, den Kopf schräg zu halten, um so die kalte Atemluft von dem schmerzenden Zahn abzuhalten. Ohne Erfolg.

Die Verbindung zum dritten Laderaum war deutlich größer als die vorige. Jo glitt ohne Probleme hinüber. Wieder die gleichen Rohre. Er überlegte, ob er in den Maschinenräumen hätte nachsehen sollen. Da tauchte eine helle Wand vor ihm auf. Als er um die Ecke bog, stellte er fest, dass es die Rückwand eines Containers war. Der Riegel war verschlossen. Jo versuchte ihn hochzuziehen. Es gelang ihm nicht. Er stemmte die Flossen auf den Boden und versuchte es nochmals. Mit einem Ruck gab der Riegel nach. Jo schwenkte die rechte Ladeklappe auf und fasste nach der linken, die leichter nachgab. Er nahm mehrere Atemzüge und glitt hinein.

Zuerst glaubte er, er habe die restliche Atemluft bereits verbraucht und erste Halluzinationen gingen seinem Tod voraus. Er schaute entsetzt auf das, was vor ihm schwebte und nicht in die Realität gehörte: Ein großer Frauenkopf mit wallender Mähne, aus der Schlangenschwänze schlugen, ganz nah vor ihm.

Medusa mit dem Schlangenhaupt. Jo erstarrte. Hatte Medusa nicht jeden in Stein verwandelt, der sie ansah?

Jo wich zurück und stieß mit der Stahlflasche gegen einen Türflügel. Der Kopf war nicht abgetrennt, ein Körper gehörte dazu. Die Frau war dunkelhäutig. Da waren noch mehr Körper, die durch die Kammer trieben. Es waren Männer, schwarze Männer, zwei, drei. Er traute sich nicht näher heran, ließ die Lampe noch einmal kurz über die Medusa streifen und zog sich dann aus dem Container zurück. Mit äußerster Kraftanstrengung verschloss er die Ladeklappen und drückte den Riegel nach unten. Nur keine Verbindung zu diesen Schimären lassen.

Das Finimeter war unter fünf Bar gefallen. Hatte er noch für zwei Minuten oder weniger Luft? Er musste raus!

Jo verlor seine Ruhe. Dabei hätte er sie in dieser Situation dringend gebraucht.

Der blanke Zahnnerv fuhr ihm wie ein heißes Schwert durch den Kiefer. Er schaute auf den Kompass, aber der konnte ihm nicht helfen. Er wusste nicht mehr, aus welcher Richtung er gekommen war. Er war zu keinem klaren Gedanken mehr fähig. War es die Kälte oder der Schreck, der ihn lähmte? Mit unendlicher Mühe stieß Jo sich vom Container ab. Er musste etwas tun, egal in welche Richtung er jetzt tauchte, es war besser, als hier untätig auf das Ende seines Luftvorrats zu warten.

Die Strömung fiel ihm ein, die sich bisher durch alle Laderäume bewegt hatte. Ja, die tanzenden Partikel waren da, sie wurden nach oben gewirbelt. Jo schaute ihnen nach und war im Begriff, auch seine Richtung zu ändern und der Strömung zu folgen, als er abrupt gestoppt wurde. Er spürte, dass etwas von hinten an seinem Jacket riss. Er wusste, dass es Blödsinn war. Er hatte sie ja auch sicherheitshalber wieder eingesperrt, dennoch erstarrte er. Hielt ihn jemand von hinten gepackt?

Seine Lampe fiel ihm aus der Hand. Sekundenlang glaubte er, sein Herz bliebe stehen.

Noch nie in seinem Leben war es ihm so schwer gefallen, sich zusammenzureißen und nicht in blanke Panik auszubrechen. Mit unendlichem Widerwillen tastete er am Gurt des Jackets vorbei und bekam endlich die Leine der Taschenlampe zu fassen. Als er die baumelnde Lampe heranzog, fiel der Lichtschein auf Geräte, die am Boden lagen. Ein Wust von Schläuchen führte von ihnen aus nach oben. Darin hatte er sich verheddert.

Zuerst fiel Jo das Messer ein, das er zusammen mit dem Schnorchel im Schaft am Unterschenkel trug. Nein, das war nicht scharf genug, um einen stabilen Feuerwehrschlauch zu durchtrennen!

Ruhe bewahren, nur Ruhe bewahren, versuchte sich Jo selbst zu beschwören. Du brauchst nicht mehr durch das ganze Schiff zurück, da oben musste eine Öffnung sein. Das Finimeter zeigte zwei Bar, Jo klopfte dagegen. Der Zeiger rührte sich nicht. Das hieß, keine Minute mehr. Ruhe bewahren, Ruhe bewahren! Jo riss an den Verschlüssen des Jackets. Zum ersten Mal in all den Jahren, die er schon tauchte, klemmten sie. Das lag wohl daran, dass seine durch die Kälte so gefühllos gewordenen Hände für feinmotorische Aufgaben kaum mehr zu gebrauchen waren. Der Zahnschmerz trieb ihn fast in den Wahnsinn.

Beim zweiten Versuch klappte es. Er löste das Jacket vom Rücken. Ein Schlauch hatte sich unter das Ventil geklemmt. Es war kein größeres Problem, es zu lösen. Jo glitt zur Seite, wo er genug Bewegungsfreiheit hatte, das Jacket wieder anzulegen. Mit den Verschlüssen hielt er sich nicht mehr auf. Nur raus hier. Vorsichtig schwamm er zurück. Er schickte sich an, aufzusteigen und griff nach einem der Schläuche. Er war in Bewegung. Was hatte das zu bedeuten? War jemand da oben? Jo blieb keine Zeit mehr. Eine Gestalt kam heruntergetaucht. Jo hatte sich durch die Luftblasen sicher schon verraten. Er überlegte, ob es jemand von der Presse war. Die Leute von RPR hatten ziemlich viel Interesse an der Havarie gezeigt. War es die Polizei oder war es vielleicht jemand, der etwas mit den Toten im Container zu tun hatte?

Jo wich zurück. Zu spät, der Taucher kam direkt auf ihn zu. Im schwächer werdenden Schein seiner Lampe sah er etwas in der Hand des Tauchers aufblitzen. Jo riss das Jacket vom Rücken und parierte mit einem Schlag der Flasche den Messerangriff. Sein Gegenüber wich zurück. Er hatte ihm mit der Flasche wohl eine Verletzung zugefügt. Ein zweiter Taucher war auf einmal da, ohne dass Jo ihn bemerkt hatte. Er riss Jo von hinten das Atmungsgerät aus dem Mund. Jo fuhr herum und schleuderte in der Drehbewegung die am Jacket hängende Flasche wie ein Hammerwerfer sein Wurfgerät. Als ehemaliger Diskuswerfer war die Bewegung einem Reflex entsprungen. Der zweite Taucher schoss in die Höhe. Die Flasche musste den Inflator getroffen haben, der Luft in das Jacket pumpte. Jos Lampe leuchtete eine undurchdringliche braune Wolke an. Beim Kampf waren Sand und Schmodder aufgewühlt worden. Er stieß sich vom Boden ab, eine Hand nach oben gestreckt, um eine Kollision mit der Ladeluke abzufangen und tauchte, ohne gegen ein Hindernis zu stoßen, keine Sekunde zu früh an die Oberfläche. Wie ein gestrandeter Karpfen schnappte er nach Luft.

*

Walde hatte Jos Luftblasen nachgesehen, die von der schnell fließenden Mosel fortgerissen worden waren. Dann war er zurück zum Auto gegangen.

Aus dem Kofferraum nahm er das große Frottiertuch und die Decke – es war eigentlich ein Schlafsack mit kaputtem Reißverschluss – die er von zu Hause mitgebracht hatte. Er legte Jos Kleidung in der Reihenfolge, wie er sie später benötigte, auf der Rückbank bereit.

Er nahm auf dem Beifahrersitz Platz und ließ die Beine aus dem Auto baumeln. Das leise Plätschern der ans Ufer schlagenden Wellen schläferte ihn ein.

Das Klingeln des Autotelefons ließ Walde hochschrecken.

Nachdem er den Knopf gedrückt hatte, schallte Ulis Stimme aus dem Lautsprecher: »Es hat ein Boot mit Tauchern angelegt.«

»Wo?« Walde schaute auf die Uhr. Jo war schon mehr als eine dreiviertel Stunde unterwegs.

»Am Wrack. Sie sind mit einem Schlauchboot gekommen. Ist Jo zurück?«

»Nein.«

»Was sollen wir tun? Sie dürfen nicht auf Jo treffen!«

»Kannst du sie erkennen?«

»Nein.«

»Wie viele sind es?«, wollte Walde wissen.

»Zwei Taucher, sie steigen jetzt ins Wasser.«

»Oh Gott, hoffentlich ist Jo nicht mehr da drin«, stöhnte Walde.

Uli schwieg.

Walde überlegte, ob Jo bereits zurückgekommen war und nicht die richtige Stelle zur Landung gefunden hatte.

Er zog eine Taschenlampe aus seiner Jacke und sagte: »Ich geh'
mal zur Mosel runter und leuchte, falls Jo nicht die Stelle für
den Ausstieg...«

»Einer ist schon wieder hoch gekommen«, unterbrach ihn Uli.
»Oder ist es Jo? Da, da kommt ein zweiter hoch. Mit dem
stimmt was nicht, ich glaube er ist verletzt, der zweite schleppt
ihn zum Boot...«

»Was ist mit Jo?«

»Ich kann nichts erkennen. Die zwei werden ins Schlauchboot
gezogen.«

Walde hörte im Hintergrund einen Ruf. Es war Rob, der Uli
etwas signalisierte.

»Gott sei Dank, es ist noch jemand aufgetaucht, ich glaube, es
ist Jo. Das Schlauchboot legt ab.«

Walde hörte den heulenden Außenborder durch das Telefon.

»Passt auf, wo er hinfährt! Ich melde mich, sobald Jo zurück
ist.«

*

Jo blickte sich um. In die Taucherbrille war Wasser eingedrungen. Das Licht der Scheinwerfer blendete ihn. Nach ein
paar Schwimmstößen erreichte er den aus dem Wasser ragenden Teil des Wracks und kletterte darauf. Hier stand er nur
noch bis zum Bauchnabel im Wasser. Jo musste blinzeln. Schemenhaft sah er einen Mann im Taucheranzug in ein Schlauchboot klettern und einen zweiten über den Rand ins Boot ziehen. Ein Außenbordmotor heulte auf.

Auf dem Schiff an der Ölsperre flammten Lichter auf. Ein
Mann kam herausgestürzt.

Jo befestigte das Jacket auf seinem Rücken. Er hätte vor Kälte und Zahnschmerzen heulen können.

»Hallo, was machen Sie da?« Der Mann war etwa zwanzig Meter entfernt.

Jo zuckte zusammen, nahm dann den Schnorchel aus dem Köcher am Bein.

»Sie müssen sich um die da kümmern!«, rief Jo und wies in Richtung des Bootes, das flussaufwärts in die Dunkelheit davonbrauste.

Der Mann drehte sich um. Fast lautlos ließ sich Jo in den Fluss gleiten, wo ihn die Strömung erfasste und schnell aus dem Licht der Scheinwerfer trieb.

»He, Sie da! Hier geblieben«, hörte er hinter sich rufen. Nur wenige Minuten später gelangte er zu der Stelle, an der Walde mit der Taschenlampe in der Hand ungeduldig auf ihn wartete.

*

Die Federn der Pritsche quietschten. Stadler drehte sich um.

Was war das? Ein knatternder Motor wurde angeworfen, ein Moped. Stadler schlug die Augen auf. Es konnte kein Moped sein, er war im Steuerhaus eines Schiffes. Das da draußen musste ein Außenborder sein.

Er schlug die Decke zur Seite. Verdammt, was war da los? Er schaltete das Licht an. Vor dem Fenster nahm ein Schlauchboot Fahrt auf. Er erkannte drei Mann. Der Motor heulte auf Hochtouren. Stadler rannte auf das Deck. Er sah, dass zwei der Männer im Schlauchboot Taucheranzüge trugen. Seine Armbanduhr zeigte kurz nach drei. Was hatte das mitten in der Nacht zu bedeuten?

Er schaute hinüber zum Wrack. Da war noch einer, Stadler war immer noch nicht richtig wach.

Er rief dem Taucher etwas zu. Der antwortete Unverständliches und tauchte ab, ohne sich weiter um ihn zu kümmern. Stadler schaute dem Schlauchboot nach, das in der Dunkelheit verschwand. Er drehte sich wieder um, und auch von dem Taucher war nichts mehr zu sehen. Etwas hallte in ihm nach. Genau! Die Stimme des Tauchers war ihm bekannt vorgekommen. Stadler überlegte. Es war noch nicht lange her…

Wo war der Kerl vom Technischen Hilfswerk, der hier Wache hatte? Verdammt, der war schon vor Stunden mit dem Beiboot nach Mehring gefahren und immer noch nicht zurückgekommen. Stadler hing auf dem Kahn fest. Wenn er ans Ufer wollte, gab es als einziges Hilfsmittel an Bord nur einen Rettungsring. Oder er musste den Kahn flott machen und die Ölsperre aufreißen.

Was hatten die Taucher am Wrack gewollt? Was hatten sie da unten auskundschaften wollen, während er auf der unbequemen Liege versucht hatte zu schlafen?

*

»Bist du verletzt?« Walde half seinem Freund über das Gestein der Uferbefestigung.

»Weiß ich nicht«, Jo sprach undeutlich, die Kälte hatte seine Lippen taub werden lassen. Er stand neben dem Wagen und kämpfte gegen den Wunsch an, sich in voller Montur auf den Boden sinken zu lassen. Er streifte sich die Brille ab: »Hilf mir mal!«

Jo begann zu zittern. Von den schlackernden Knien bis zu den klappernden Zähnen war seine gesamte Muskulatur in Bewegung, ohne dass er sie stoppen oder kontrollieren konnte. Walde machte die Gurte des Jackets los und hielt von hinten die Flasche fest, als Jo tattrig die Gurte über die Schulter streifte. Walde half ihm beim Ausziehen der Jacke und der Taucherhose. Bei der Badehose wehrte Jo ab: »Lass', das mach' ich schon.«

Schließlich ließ er es zu, dass sein Freund ihm mit dem Frottiertuch den ganzen Körper kräftig abrubbelte und ihm in die trockene Kleidung half. Walde schenkte warmen Tee aus der Thermoskanne in einen Becher und flößte Jo die ersten Schlucke ein, bis dieser seine Hände wieder so weit unter Kontrolle hatte, dass er selbst die Tasse halten konnte. Jo trank den Tee in kleinen Schlucken, während Walde mit einem Handtuch seine Haare frottierte.

Dann verfrachtete er Jo auf den Beifahrersitz und packte die tropfende Tauchausrüstung in den Kofferraum. Jo spürte die Wärme aus dem Magen in seinen Körper ausstrahlen.

Walde wandte sich zu Jo: »Was war da unten?«

»Grauenhaft, vier Leichen in einem Container, einfach grauenhaft.« Wassertropfen spritzten, als Jo den Kopf schüttelte.

Walde drückte die Wahlwiederholung: »Was war los?«, erklang sofort Ulis gespannte Stimme über die Freisprechanlage.

»Mindestens vier Leichen in einem Container!« Es trat eine Pause ein. »Hast du mich verstanden?«

»Ja, wo ist der Container?«

»Im Laderaum gleich vor dem Steuerhaus, wo auch ein Bündel Schläuche durch die offene Ladeluke führt«, antwortete Jo.

»Hast du die Taucher gesehen?«

»Und ob, die wollten mir ans Leder.«

»Wir haben sie verloren. Sie müssen irgendwo abgebogen sein.«

»Wo kann man denn hier abbiegen?«, schaltete sich Walde ein.

»Weiß ich auch nicht, ich rufe jetzt die Polizei an.«

»Gib uns noch fünf Minuten, damit wir hier weg sind.« Walde schaltete das Telefon ab.

Anfangs ließ er die Scheinwerfer aus. Die Unfallstelle und der Brückenpfeiler waren nach wie vor hell erleuchtet. Stadler war durch die Scheiben des Steuerhauses zu sehen. Erst in der Dunkelheit hinter der Baustelle schaltete Walde das Licht an, drehte die Heizung auf höchste Stufe und gab Vollgas.

*

Walde wurde vom wachhabenden Leiter des Nachtdienstes aus dem Präsidium angerufen, als er vor Jos Tür anhielt.

Während der Fahrt hatte sein Freund ihm die Einzelheiten der Tauchtour geschildert.

Nun veranlasste Walde, dass alle erreichbaren Kollegen der Mordkommission zusammengetrommelt sowie der Polizeipräsident und die Staatsanwaltschaft informiert werden sollten. Zwanzig Minuten später kam er am Präsidium an. Der zweite Stock des Gebäudes war hell erleuchtet. Monika und Harry waren vor ihm angekommen. Die anderen folgten wenig später. Grabbe war der Letzte. Er stand einen Augenblick verlegen im Türrahmen. Walde, der gerade mit dem Einsatzleiter der Schutzpolizei sprach, winkte Grabbe herbei. Als er die Instruktionen für die Absperrung der *Populis* weitergegeben hatte, wandte er sich ihm zu.

»Ist was?«

»Chef, das mit gestern, da bin ich…«

»Schon vergessen, wir haben jetzt anderes zu tun.«

»Trotzdem, ich konnte ja nicht ahnen…« Grabbe brach ab, weil Polizeipräsident Stiermann im Eilschritt ins Zimmer gestürmt kam. Alle Gespräche verstummten.

»Die task force ist schon versammelt«, Stiermann ließ sich am Kopfende des Tisches nieder. Er trug, dem außergewöhnlichen Anlass entsprechend, keine Krawatte. Walde schien es, als würden seine obligatorischen Stiefel nicht ganz so glänzen, wie es tagsüber der Fall war.

Polizeipräsident ‚Seekuh' Stiermann nickte gutgelaunt in die Runde: »Warten wir noch auf jemanden?«

»Der Staatsanwalt ist unterwegs, von der Wasserschutzpolizei haben wir noch keine Reaktion«, antwortete Walde.

»Kann ich einen Kaffee haben?« Stiermann schaute Monika an.

Monika schob ihm ihren Becher rüber. Ihre düstere Miene hätte jedem anderen die Lust am Kaffee vermiest.

»Haben Sie schon daran getrunken?« Stiermann prüfte den Flüssigkeitsstand. »Ist das Lippenstift?«

»Bis eben war es noch mein Kaffee! Geben Sie ihn zurück, ich hole…«

»Ich mach' das schon, Herr Präsident«, mischte sich Grabbe ein. »Mit wenig Milch und ohne Zucker, wie immer?«

»Danke, Herr Grabbe.«

»Denk dran, du Schleimbacke, mit ohne Zucker«, zischte ihm Monika hinterher.

»Guter Mann, hat das richtige timing, dieser Grabbe«, Stiermann grinste Walde an, der sich daraufhin noch tiefer über die topographische Karte auf seinem Tisch beugte.

Ein sichtlich weniger gut gelaunter Mann mittleren Alters betrat den Raum. Er trug eine ausgebeulte schwarze Ledertasche, der man ansah, dass sie schon eine Menge Akten transportiert hatte.

86

»Herr Roth, schön, dass Sie es so schnell einrichten konnten.« Stiermann erhob sich und wies auf einen freien Platz neben sich am Tisch. »Möchten Sie einen Kaffee?«

»Danke, nein, ich möchte heute Nacht noch ein paar Stunden schlafen.«

Grabbe kam zurück und reichte Stiermann einen Becher.

»Herr Oberstaatsanwalt, einen...«

Roth winkte mürrisch ab: »Kein Ober.«

Grabbe setzte sich beleidigt, zwischen Monika und sich einen Stuhl frei lassend.

Die zischte rüber: »Aber du wärst ein guter Ober...«

»Herr Hauptkommissar Bock, wenn Sie bitte so freundlich wären und uns briefen würden«, erteilte Stiermann Walde das Wort.

»Die Aktenlage ist ziemlich dünn. Vor noch nicht einer Stunde ging im Präsidium ein Anruf ein, in dem mitgeteilt wurde, dass sich im Laderaum der bei Mehring gesunkenen Populis ein Container mit vier Leichen befinden soll.«

»Wer hat angerufen?«

»Der Herausgeber des Käsblatt.«

»Und der hat die Leichen selbst entdeckt?«, kam es spitz vom Staatsanwalt.

Niemand am Tisch verzog eine Miene.

»Nein, er hat eine Quelle aus erster Hand«, antwortete Walde ruhig.

»Und wer ist das?«

»Dieser Mann beruft sich auf das Recht der Presse auf Informantenschutz.«

»Und wir sind wegen eines anonymen Anrufs hier mitten in der Nacht versammelt?«

»Der Anruf war nicht anonym, er wurde zurückverfolgt.«

»Seit wann wird wegen eines anonymen Anrufs, der bei

einem Revolverblättchen eingeht, mitten in der Nacht solch ein Aufhebens gemacht?«

»Ich nehme diesen Anruf ernst«, antwortete Walde.

»Nun sind wir schon mal hier«, versuchte Stiermann die Wogen zu glätten. »Herr Bock, was schlagen Sie vor, wie wir auf diese, ich sage mal, Story, reagieren sollen?«

»Ich habe veranlasst, dass die *Populis* augenblicklich von unserer Schupo und der Wasserschutzpolizei abgeriegelt wird. Der Anrufer hat mitgeteilt, dass Grund zu der Annahme besteht, jemand könnte sich an dem Wrack zu schaffen machen.«

»Hat er das?« Der Staatsanwalt schaute kurz von seinem Notizblock auf.

»So haben der wachhabende Kollege und ich es verstanden. Sie können gern in der Zentrale den Mitschnitt des Gesprächs anhören.«

Walde nahm seinen Becher und trank einen Schluck. Er stellte ihn zurück und bemerkte, dass der Tisch bereits mit Pappbechern und Aschenbechern übersät war.

Der Staatsanwalt schrieb eifrig. Walde fragte sich, wie er die Sache weiter vorantreiben sollte. Stiermann verhielt sich, wie immer, bedeckt. Beim Spiel ‚Schwarzer Peter' war er sehr geschickt. Walde nahm wieder seinen Becher in die Hand und schaute zum Präsidenten.

»Ja, und weiter?« Stiermann wurde unruhig.

»Wir gucken nach und dann wissen wir, ob es stimmt.«

»Und wenn da nichts ist?«

Walde zuckte die Schultern.

»Wer bezahlt das? Das ist unter Wasser. Da können wir nicht einfach reinspazieren. Da brauchen wir Taucher, Spezialisten, das ist mit nicht unerheblichem Aufwand verbunden«, der Staatsanwalt pochte mit dem Stift auf seinen Block.

Walde nickte.

»Dann können wir diesen Herrn«, Staatsanwalt Roth blätterte in seinen Aufzeichnungen, »diesen Herrn vom *Käsblatt* belangen, wegen Irreführung der Behörden. Dann kann der das bezahlen.«

»Soviel ich verstanden habe, hat er uns lediglich die Information gegeben, dass er von einem, wie er es nennt, Informanten darüber in Kenntnis gesetzt wurde, dass sich unter Deck der *Populis* ein Container mit vier Leichen befinden soll.« Walde faltete die vor ihm liegende Karte zusammen:

»Gut, blasen wir die Sache ab und gehen wieder schlafen!«

Stiermann wurde allmählich klar, dass er die Verantwortung nicht so einfach auf andere abwälzen konnte. »Ist doch nicht das erste Mal, dass wir Taucher einsetzen. Wir arbeiten häufig mit der Feuerwehr oder dem THW zusammen. Das ist doch keine große Sache.«

»Die Geschichte gefällt mir zwar ganz und gar nicht«, sagte der Staatsanwalt, »aber machen Sie mal!«

Walde stand auf und ging zu einem Flipchart hinter Stiermanns Stuhl. Er zeichnete die Lage des Wracks der *Populis* im Verhältnis zu Brückenpfeiler und Ufer ein.

»Hier liegt ein Boot des Wasser- und Schifffahrtsamtes; eine Ölsperre geht rund um das Wrack. Der besagte Container befindet sich etwa hier vor dem Steuerhaus. Da drüber ist der Frachtraum offen, sodass die Taucher direkt zum Zielobjekt gelangen können. Ich denke, bis wir alles zusammen haben, ist es schon hell. Wir wollen kein unnötiges Risiko eingehen. Im Fall, dass die Taucher fündig werden, muss eine Spurensicherung vor Ort vorgenommen werden. Die wird sich in der Hauptsache auf Fotos beschränken. Dann muss der Container gehoben und an Land gebracht werden.«

»Sie kennen sich ja bestens aus!« Stiermann nickte anerkennend.

»Ich lese ab und zu auch mal die Extraausgabe von sogenannten Revolverblättern.« Walde blickte zu Roth. Der Staatsanwalt verstaute seinen Notizblock in der großen Aktentasche und stellte sich dabei taub.

*

Das durfte doch nicht wahr sein. Es begann bereits zu dämmern, und der Kerl war immer noch nicht zurück. Wo blieb dieser Idiot, dieser Lümmel, dieser Winzerheini? Hatte wohl zuviel Spritzmittel im Blut. War der geborene Sohn. Zukünftiger Erbe von 100.000 Weinstöcken. Wenn ihm das nicht reichte, konnte er ja noch 50.000 dazuheiraten, falls er die richtige Winzertochter fand. Wahrscheinlich wohnte er ihr gerade bei, während Stadler auf dem Boot am Rand der Verzweiflung war. Hier funktionierte aber auch rein gar nichts. Weder Funk noch Radio gaben einen Laut von sich. Stadler schaute auf das schnell fließende Wasser. Nein, er würde auf keinen Fall schwimmen.

Am Ufer erschienen zwei Polizeiwagen mit Blaulicht. Sie blieben im Abstand von etwa hundert Metern stehen. Leute stiegen aus, nahmen Gegenstände aus den Kofferräumen. Stadler stöhnte. Bald blinkte es unweit der Fahrzeuge grellgelb auf. Auch das noch! Sie sperrten die Straße ab!

*

Der junge Mann vom THW war, wie er es Stadler versprochen hatte, nach dreißig Minuten zurück auf dem Beiboot gewesen, aber der Motor ließ sich nicht mehr starten. Er hatte alle Tricks, die er kannte, angewendet, das Ding sprang einfach nicht an. Den Arm hatte er sich fast abgerissen an dem verflixten Seilzug. Dann war er mit dem Auto den großen Umweg auf die andere Moselseite gefahren, hatte aber vom Ufer aus keine Verbindung zu dem schlafenden Stadler aufnehmen können. Schließlich blieb ihm nichts anderes übrig, als sich zu Hause für ein paar Stunden hinzuhauen. Stadler auf dem Boot würde wohl nicht so schnell aufwachen. Stunden später wurde er an der Straßensperre der Polizei aufgehalten. Erst nachdem er seinen Dienstausweis vorgezeigt hatte, wurde er durchgelassen und musste tatenlos vom Ufer aus zusehen, wie ein stinkwütender Stadler vom Boot der Wasserschutzpolizei von seiner schwimmenden Insel befreit wurde.

*

Stiermann begleitete den Staatsanwalt hinaus. Walde schob die Kaffeebecher zur Seite. Alle im Raum Verbliebenen rückten näher zusammen.

»Da ist die Havariestelle, nahe am rechten Moselufer. Dahin gelangen wir an Riol vorbei über diesen Weg. Er ist hier als Radweg eingezeichnet. Unsere Schupo hat das Moselufer und die Wasserschutzpolizei das Gewässer rund um das Wrack abgesperrt.« Walde blickte auf, als Stiermann zur Tür hereinkam.

»Lassen Sie sich nicht stören, Herr Bock!«, der Polizeipräsident nahm Platz.

»Die Feuerwehr wird uns Taucher zur Verfügung stellen, die erst einmal nachsehen sollen, ob sich tatsächlich ein Container mit Toten…« Walde blickte in die Runde. Alle schienen ihm konzentriert zuzuhören. »Werden sie fündig, schlage ich vor, folgendermaßen vorzugehen. Der Container wird außen und innen fotografiert, dann gehoben und erst über Wasser erkennungsdienstlich gecheckt.«

»Dagegen hat die Spurensicherung bestimmt nichts einzuwenden«, meinte Monika. »Wegen der Unterwasserfotos können wir uns mit der Feuerwehr und der Wasserschutzpolizei verständigen. Die haben sicherlich eine Lösung parat.«

»Wer kümmert sich um die Feuerwehr?«, fragte Walde.

»Ich mach' das«, Monika nickte.

»Falls der Container gehoben werden soll, ist ein Kran nötig. Geht das vom Ufer aus?«, fragte Grabbe.

»So viel ich weiß, liegt ein Schwimmkran an der Baustelle. Mit dem wurde bereits versucht, das Schiff zu entladen, bevor die *Populis* gesunken ist.«

»Da würden wir doch am besten das ganze Schiff heben« gab Grabbe zu bedenken.

»Oder die Mosel ablassen«, murmelte Monika und verdrehte die Augen.

*

Im Hof des Polizeipräsidiums war Walde in Harrys Wagen gestiegen, der bereits mit rotierendem Blaulicht auf dem Dach nervös Zwischengas gab. Im letzten Moment, bevor Harry mit ausgeschalteter Traktionskontrolle seine Reifenspuren in den Asphalt radierte, riss Grabbe eine Tür im Fond auf und hechtete linkisch auf den Sitz. Er streckte die Hand aus, doch der Türgriff kam ihm bereits entgegen geflogen. Harry schoss aus dem Gelände des Präsidiums.

»Was war denn in den Roth gefahren, hat sich ja so angehört, als würde er, um Kohle zu sparen, am liebsten gar nicht erst auf dem Boot nachsehen«, rief Harry über das laute Motorgeräusch zu Walde hinüber.

Auf den Straßen war in den frühen Morgenstunden nur wenig Verkehr. Bis zum Ufer hielt sich Harry tempomäßig zurück. Auf der Ausfallstraße entlang der Mosel gab es dann schließlich kein Halten mehr.

»Hier gilt Tempo Fünfzig«, rief Grabbe in Höhe des Moselstadions vom Rücksitz.

»Ich dachte, Siebzig«, antwortete Harry und überholte ein Taxi.

»Ja, es war mal Siebzig, aber noch nie Einhundertsiebzig!«, meckerte Grabbe.

»Wenn du lieber mit Monika fahren möchtest, kann ich dich gerne rauslassen«, Harry drehte sich zu Grabbe um.

»Schon gut, schon gut«, versuchte der ihn dazu zu bewegen, wieder auf die Straße zu achten.

Auf dem weiteren Weg sagte niemand mehr etwas.

Formel-Eins-Fan Harry dachte daran, dass die Reifen jetzt die richtige Temperatur hatten, um noch ein wenig mehr beschleunigen zu können. Er hatte die Arme weit zum Lenkrad ausgestreckt. Hinter Longuich ließ er den Wagen ausrollen.

Bei Riol wurde die Straße eng und glich eher einem Feldweg. Ab und zu streifte ein Ast der ausladenden Büsche den Wagen.

Harry steuerte über die provisorische Zufahrtsstraße zur Brückenbaustelle. Auf der neben der Strecke fließenden Mosel fuhr ein kleineres Boot, das mit einer ganzen Batterie von Scheinwerfern ausgerüstet war.

»Wasserschutzpolizei«, bemerkte Walde, als sie es überholten.

Das Gerücht, dass sich Leichen in der *Populis* befinden sollten, hatte sich schon herumgesprochen. Vor der Absperrung parkten links und rechts des Weges Pkws und Traktoren. Dem grüßenden Polizisten an der Absperrung teilte Walde mit, dass eine Seite schnellstens von parkenden Wagen geräumt werden müsse, um Platz für eventuell benötigte größere Fahrzeuge zu schaffen.

*

Mittwochmorgen. Flussabwärts zeichneten sich die Hügelkuppen der Weinberge wie Igelrücken gegen die Dämmerung ab. Von Westen wehte ein kühler Wind über das Wasser.

Die Trierer Berufsfeuerwehr traf mit zwei großen Gerätewagen und einem Krankenwagen ein. Im Nu wurde ein Schlauchboot entladen und zwei Männer in Taucheranzügen legten die benötigten Ausrüstungsgegenstände an.

Inzwischen war auch das Boot der Wasserschutzpolizei eingetroffen.

Walde sprach sich kurz mit dem Einsatzleiter der Feuerwehr ab und stieg dann mit ihm, den beiden Tauchern und einem Mann am Ruder sowie einem weiteren, auf dessen Jacke THW stand, ins Schlauchboot. Es fuhr um die Ölsperre herum und legte am Boot der Wasserschutzpolizei an, wo Stadler in Zivil mit zwei Kollegen an der Reling stand.

»Morgen, Herr Stadler, wo kommen wir durch die Ölsperre?«, rief Walde nach oben.

»Da vorn«, meldete sich der Mann vom THW auf der Bank neben Walde. »Ich mach' das. Ich hab' die Sperre selbst gelegt, ich meine, ich war dabei, als sie gelegt wurde.«

»Wir sprechen gleich«, rief Walde zurück zu Stadler, als sich das Schlauchboot wieder in Bewegung setzte.

Der THW-Mann löste mit wenigen Handgriffen die Verbindung zwischen zwei Bojen. Sie glitten auf die aus dem Wasser ragenden Aufbauten des Steuerhauses der *Populis* zu.

Die Taucher ließen sich rückwärts über Bord gleiten. Sie hatten bald den Einstieg in den Laderaum gefunden. Walde beobachtete die aufsteigenden Luftblasen.

Was, wenn Jo Gespenster gesehen hatte? Er war in einem erbärmlichen Zustand von der Tauchtour zurückgekommen, völlig durchgefroren und mit total leerer Flasche.

Es wurde hell. Die wenigen Wolken am Himmel schimmerten rötlich. Am Ufer und auf den Booten wurden die Hälse gereckt. Die Arbeiter der Brückenbaustelle standen vor ihren Containern. Daneben hatte jemand ein Stativ mit einer Kamera aufgebaut. Walde erkannte Rob.

Der erste Taucher kam wieder hoch. Er wartete, bis auch sein Kollege an der Oberfläche erschien, dann schob er die Brille hoch: »Fünf Tote, zwei Frauen, drei Männer.«

Walde gab die Nachricht an Harry und Grabbe weiter, die für eine sofortige Festnahme der beiden Holländer in der Mehringer Pension sorgen sollten.

Anschließend informierte er den Polizeipräsidenten über die Auffindung der Leichen und die Maßnahmen, die er zu ihrer Bergung vorgesehen hatte.

Den ganzen Morgen über lief Ulis Drucker. Zweimal schon musste er die Farbpatrone wechseln. Diesmal hatte Uli mit der Headline das gesamte Schaufenster zugeklebt: *GRAUSIGER LEICHENFUND IN DER POPULIS!*

Drinnen lag das *Extrablatt* in zwei hohen Stapeln links und rechts der Theke. Das Foto des mysteriösen Schlauchboots prangte unter der dicken Überschrift. Das Mädchen, das dafür engagiert worden war, das *Extrablatt* vor der Tür zu verteilen, half an der Theke beim Verkauf mit. An die zweitausend Extraausgaben des *Käsblatt*s waren in der Stadt bereits in Umlauf.

In der heutigen Ausgabe der Tageszeitung beschäftigte sich eine einspaltige Meldung in ganzen fünf Zeilen damit, dass eine Ölsperre um die *Populis* gelegt worden war.

Das *Extrablatt* hatte den Leichenfund!

Elfie wuselte im Zentrum der fleißigen Verkäufer hinter der Theke und konnte es trotz aller Geschicklichkeit nicht vermeiden, dass die Kunden zumeist in Zweierreihen vor der Theke standen. Viele kauften nur etwas, weil sie sich dazu verpflichtet fühlten, wenn sie schon mal den Laden wegen des kostenfreien *Extrablatt*s betreten hatten.

»Wir haben bis jetzt schon hundert Sandwichs mehr als gestern verkauft«, flüsterte Elfie Uli um halb zwölf zu, der erneut einen Packen Extrablätter hereinbrachte, um gleich wieder beim Verkauf zu helfen.

»Die kommen morgen wieder. Unsere Sandwichs sind so lecker, die brauchen nur zu probieren und wir haben sie!«

Heute hatte Uli keine Zeit, um sich mit den Kunden über das neue *Extrablatt* zu unterhalten. Heute hatte er auch kein besonderes Bedürfnis, darüber zu sprechen. Der Inhalt war so sensationell, dass er kein Feedback brauchte.

»Morgen kriegen sie eine neue Schlagzeile, das verspreche ich!« Hätte ihm jemand vor zwei Jahren prophezeit, dass er morgens an einer Theke in der Innenstadt stehen und beim Verkauf von Sandwichs, Teilchen und Kaffee glücklich sein würde, Uli hätte ihn ausgelacht!

Ein wenig Schlaf sollte er sich dennoch gönnen. Mehr als ein, zwei Stunden würde er sich nicht mehr auf den Beinen halten können. Das signalisierte ihm sein Körper überdeutlich.

*

Auf dem Schiff der Wasserschutzpolizei, das an das Boot des Technischen Hilfswerks angedockt war, wurde eine Leitstelle zur Koordination der weiteren Maßnahmen eingerichtet, an der alle Fäden zusammenlaufen sollten. So war Walde auch vorerst durch eine Wasserbarriere von der Presse und anderen Neugierigen getrennt, die sich mehr und mehr am Ufer einfanden.

Die Spurensicherung traf ein, Unterwasserlampen wurden von der Staustufe Detzem gebracht, wo zur Zeit die Schleusentore inspiziert wurden. Nachdem sie über ein Aggregat des Bootes vom THW mit Energie versorgt wurden, leuchteten die Strahler den Container für die Fotos aus, die von einem Spezialisten des Wasser- und Schifffahrtsamtes aufgenommen wurden. Walde wäre gerne vor Ort gewesen, ließ sich aber davon überzeugen, dass es in der Kürze der Zeit nicht möglich war, ihm genügend Tauchunterricht zu erteilen, damit er weitgehend ungefährdet an dieser Aktion teilnehmen konnte. Nachdem das Labor des Präsidiums signalisierte, dass die Aufnahmen einwandfrei waren, wurde die Bergung des Containers vorbereitet. Die Ölsperre wurde komplett entfernt. Im Laderaum musste die Öffnung vergrößert werden. Der Hebekran der vor Ort tätigen Firma sollte die Bergung des Containers übernehmen.

*

Es begann zu nieseln. Walde stand neben dem unrasierten Stadler, der inzwischen seine Uniform trug, an der Reling. Ein reger Pendelverkehr von kleinen Booten herrschte auf der Mosel rund um die *Populis*. Am Ufer trafen immer weitere Fahrzeuge ein und brachten zusätzliche Einsatzkräfte und Material.

Ein Schlauchboot legte am Kahn des Wasser- und Schifffahrtsamtes an, mit dem das Boot der Wasserschutzpolizei vertäut war. Stadler half Harry, Monika und einem elegant gekleideten Herrn an Bord. Letzterer stellte sich als Sachverständiger der Schiffsversicherung vor und war bald mit Stadler in eine Fachsimpelei darüber verwickelt, wie die *Populis* geborgen werden könnte.

Walde bat seine Kollegen in das Steuerhaus des Nachbarschiffes, zu dem sie über eine dreistufige Leiter gelangten. Harry packte belegte Brötchen aus. Nach den ersten Bissen wurde das flaue Gefühl, das Walde seit Stunden bedrückte, gemildert. Er überflog den Bericht der Extraausgabe des *Käsblatt*s, das Monika mitgebracht hatte.

»Die zwei Holländer sind festgenommen«, berichtete sie.

»Das hat die Presse noch nicht mitbekommen. Es kursiert ein Berg Gerüchte. Wir müssen denen ein paar Happen hinwerfen, sonst...«

»Bisher sind wir soweit, dass wir zum Teil das bestätigen können, was hier drin steht«, Walde tippte auf das *Extrablatt.* »Jetzt geht es darum, die da unten hoch zu schaffen. Für eine Bergung des gesamten Schiffs sind zwei große Schwimmkräne nötig. Einer liegt hier vor Ort, ein zweiter ist zur Zeit im Duisburger Hafen. Der braucht bis hierher mehrere Tage. Das heißt, der Container muss rausgeholt und am Ufer untersucht werden. Das machen wir aber nicht im Blitzlichtgewitter.« Walde deutete ans Ufer, wo eine ganze Batterie Kameras mit teils kanonenrohrdicken Objektiven auf die Mosel gerichtet war. »Für eine Räumung des Ufers scheint es zu spät zu sein.«

Harry nickte: »Wir brauchen einen Tieflader und ein Zelt, in dem unsere Leute in Ruhe arbeiten können... Und ein paar Leichenwagen, um die Toten in die Pathologie zu bringen. Was machen wir mit den beiden Holländern?«

»Die sollen warten, bis wir hier fertig sind.«

»Und mit der Presse?«, fragte Monika.

»Sag' Ihnen alles, was wir zur Zeit wissen und als nächstes vorhaben. Es sei denn«, schränkte er ein, »die immer noch nicht anwesende Staatsanwaltschaft denkt anders darüber. Wir haben nichts zu verbergen.« Beim letzten Wort dachte Walde an Jo. Er würde sich, sobald er eine ruhige Minute hatte, danach erkundigen, wie es ihm ging.

*

Erst am Nachmittag war alles soweit, dass der Container gehoben werden konnte. Presseleute hatten auf breiter Phalanx die erste Reihe am Ufer eingenommen und ihre Kameras mit Schirmen und Planen gegen den Regen geschützt. Dahinter waren die Gaffer bis hoch in die Hänge der Weinberge versammelt. Vom Ufer beobachtete Walde, wie an den Drahtseilen des Schwimmkrans ganz langsam ein riesiger metallener Sarg aus dem Wasser auftauchte. Die Taucher hatten die Seile nicht gleichmäßig anbringen können. Der Container hatte Schlagseite. Als der Kran die nach unten hängende Seite über die Oberfläche der Mosel gewuchtet hatte, ergoss sich daraus ein gewaltiger Schwall Wasser.

Das also war der Grund, warum der Container nicht beim raschen Untergang der *Populis* mit der Wucht seines gewaltigen Auftriebs durch die Abdeckung des Laderaums katapultiert worden war. Das wurde Walde jetzt klar. Durch diese Öffnung konnte das Wasser den Container fluten, bevor der Auftrieb die Menschen darin hätte retten können.

»Sag' den Leuten da Bescheid«, Walde wies auf ein Schlauchboot, von dem aus Feuerwehrleute die Bergung des Containers beobachteten, »sie sollen nachsehen, ob etwas rausgespült wird. Mist, daran hätte ich denken sollen«, fluchte Walde, während Harry versuchte, zu den Feuerwehrleuten Kontakt aufzunehmen. Als sie ihr Boot zu der von Walde gewünschten Stelle in Bewegung setzten, war der größte Teil bereits herausgeflossen. Dennoch registrierte Walde, dass einer der Männer mit den orangefarbenen Schwimmwesten etwas aus dem Wasser fischte. Als es nur noch tröpfelte, beorderte Harry die Feuerwehrleute, ein Stück flussabwärts zu fahren, um eventuell noch ein weiteres auf dem Wasser treibendes Objekt, das aus dem Container gespült worden war, zu bergen.

Der Schwimmkran bewegte sich langsam auf das Ufer zu. Die Objektive folgten seiner Fahrt. Walde und Harry kletterten vom Tieflader, auf den der Container nun manövriert wurde.

Walde besah sich die vergitterte Öffnung auf der Rückseite, durch die das Wasser ausgetreten war. Als er näher herantrat, erkannte er in dem zuvor dunkel erschienenen Gitterfenster die Kontur eines Körpers – oder waren es mehrere, die von der Wucht des Wassers gegen das Gitter gepresst worden waren? Walde riss sich die nasse Jacke herunter und hielt sie davor, wohl wissend, dass die gierigen Teleobjektive in seinem Rücken lauerten.

Zwei Polizisten hatten die Situation am schnellsten erfasst und brachten eine große Plane, die sie über das Dach schoben.

Vor den Türen des Containers wurde vom Technischen Hilfswerk eine Art Vorzelt aufgeschlagen. Währenddessen mussten ein paar allzu neugierige Fotografen abgedrängt werden. Erst als sichergestellt war, dass kein Unbefugter einen Blick erhaschen konnte, ging Walde ans Werk. Ein Kollege von der Spurensicherung öffnete die Ladeklappen und übergab ihm Stiefel und einen dünnen weißen Overall. Walde wollte zunächst allein gelassen werden. Als er den Papieranzug und die Stiefel übergezogen hatte, atmete er tief durch und betrat den glitschigen Boden des Containers, auf dem nur sein langer Schatten zu sehen war.

*

Jo hatte seine Sekretärin benachrichtigt, dass er vor Dienstantritt zum Zahnarzt müsse und war dann zwei Busse später als sonst in die Stadt gefahren. Bevor er das Haus verließ, hatte er noch im Brockhaus sein Wissen über die Medusa aufgefrischt. Viel stand da nicht, er hatte sich auch nicht richtig konzentrieren können. In einem alten Herders Volkslexikon fand er dann eine eher harmlose Schwarz-weiß-Abbildung eines Marmorreliefs, das nicht im geringsten etwas mit dem Schrecken seiner nächtlichen Medusa gemein hatte.

Der Zahnarzt fertigte ihn rasch und weitgehend schmerzlos ab. Jo befürchtete, dass der als geldgierig bekannte Dentist die Gelegenheit nutzen könnte, um nach weiteren schadhaften Zähnen zu suchen, aber diesmal kam er ungeschoren davon.

In seinem Büro, wo er gegen zehn Uhr eintraf, warteten dringende Aufgaben für zwei konzentrierte Stunden am Schreibtisch auf ihn. Bis zur Mittagspause war noch nicht einmal die Hälfte erledigt. Um zwölf Uhr dreißig stand seine notorisch unterforderte Sekretärin wartend in der Tür.

Zum ersten Mal an diesem Tag funktionierte sein Denkapparat und ihm fiel gerade noch rechtzeitig ein, dass sie zum Essen verabredet waren. Das bedeutete, er konnte in seiner Mittagspause nicht zur Anwaltskanzlei, wo er um einen Termin bitten wollte.

Dort hatte er sich bereits vor zwei Jahren beraten lassen, als er einen großen Fund römischer Münzen auf dem Gelände einer Baustelle gemacht hatte und anschließend eine polizeiliche Hausdurchsuchung bei ihm vorgenommen worden war. Damals war im wahrsten Sinne des Wortes das Kind beinahe in den Brunnen gefallen, in welchem er unterschlagene Münzen versteckt hatte. Diesmal wollte er nicht so lange warten und sich zeitigen Rat vom Fachmann holen.

Seine Sekretärin war tüchtig. Bis auf wenige Ausnahmen konnte sie seine Arbeit ebenso gut ausführen wie er selbst. Sie war vollkommen loyal und verstand es mit großer Diskretion, ihm auch, wenn tagsüber größere Weinverkostungen anstanden, anschließend ein paar ungestörte Stunden auf der Couch in seinem Büro zu ermöglichen. Andererseits wusste sie über alles Bescheid, überwachte alle Termine, Telefonate und schriftlichen Vorgänge. Dies bedeutete zum einen, dass seine Arbeit pünktlich und korrekt erledigt wurde, zum anderen vermittelte sie alle ein- und ausgehenden Gespräche, auch die von und nach Hause. Im Prinzip hatte Jo auch nichts zu verbergen, aber ab und an, wie im Fall des Anwaltbesuchs, hätte er sich gern ein wenig mehr Freiheit gewünscht.

Der rettende Einfall kam Jo beim Essen. Jetzt erkannte er auch, was an dem Tag ein Großteil seiner indisponierten Verfassung ausgemacht hatte. Er brauchte nur den aus der morgendlichen Appetitlosigkeit resultierenden Mangel an Nahrungszufuhr auszugleichen und seine Gehirntätigkeit lief wieder zur alten Form auf. Fünf Minuten vor Ablauf der Mittagspause bat er seine Sekretärin, ins Büro vorzugehen, er habe noch etwas zu erledigen.

Ausgerechnet Martin, sein Anwalt, stand eisschleckend am Hauptmarkt vor Ulis *Gerüchteküche* und las das *Extrablatt* im Schaufenster.

»Nicht zu fassen!«, kommentierte Martin, als Jo neben ihm stehen blieb.

»Das könnte ich auch sagen, zu dir wollte ich, eigentlich zu deinem Büro, ich brauche einen Termin für eine juristische Beratung.«

»Wann?«, fragte Martin, den Blick weiterhin gebannt auf das *Extrablatt* gerichtet.

»So bald wie möglich.«

»Von mir aus gehen wir gleich hoch«, bot er an. »Ich hab' erst um drei den nächsten Termin.«

»Das passt«, freute sich Jo

»Worum geht's?«

»Darum«, Jo deutete auf das Schaufenster.

*

Walde ging langsam weiter. Er fühlte sich, als betrete er eine andere Welt, ganz allein, weit weg von den vielen Menschen. Er setzte vorsichtig einen Fuß vor den anderen.

Am Ende des Containers fiel schwach Licht durch das Gitter. Walde erstarrte. Etwas Dunkles schlängelte sich vor ihm über den Boden. Walde umklammerte die große Taschenlampe. Etwas sperrte sich in ihm, das Licht anzuschalten. Er wollte noch einen Augenblick einen Hauch der Atmosphäre spüren, wie sie sein Freund Jo in der Nacht vorgefunden hatte.

Die Medusa schwirrte noch in Waldes Kopf. Nur zögernd wanderte der Lichtstrahl weiter in den Raum hinein. Warum war er allein gegangen? Er hätte die Spurensicherung bitten können, Lampen aufzubauen. Er konnte sich vorstellen, wie es aussehen würde. Er hatte in Natura noch nie etwas Ähnliches gesehen. Nur auf Bildern vom Krieg, von Konzentrationslagern, von Pogromen. Es war ihn nichts angegangen. Er hatte nichts damit zu tun haben wollen.

Jetzt war es seine Angelegenheit, und er wusste nicht, ob er die Kraft haben würde, es durchzustehen.

Der Strahl der Lampe tastete sich weiter. Er blieb an einem Arm, einem Oberkörper hängen, wanderte weiter zu einem aufgedunsenen Gesicht, in dem strähnige Haare hingen, zu Beinen, Rücken, weiteren Köpfen und Armen. Wie ohne jeden Respekt übereinander geworfen lagen sie vor ihm. Menschen, denen ein schreckliches Unrecht zugefügt worden war.

Er drehte sich um. Im Eingang zeichneten sich die Konturen einer Person ab. Walde ging auf sie zu.

Es war Harry. Für Sekunden legte er ihm eine Hand auf die Schulter und stützte sich ab. Zu Worten war er nicht fähig.

Im Vorzelt wurde es Walde schwindlig. Er musste sich an einem Reifen des Tiefladers festhalten, sonst wäre er gestürzt. Eruptionsartig schleuderte sein Magen brennende Säure durch die Speiseröhre. Walde ließ sich auf die Knie sinken und spuckte. Harry reichte ihm ein Papiertaschentuch. Waldes Würgen endete in einen Hustenanfall. Als sein Magen sich endlich beruhigt hatte, hörte er das Getrappel der Spurensicherung, die bereits im Container zugange war.

*

Auf der Fahrt zurück sprachen Walde und Harry kein Wort. Durch das Wagenfenster beobachtete Walde das Treiben auf Triers Straßen. Im Autoradio sang Mark Knopfler *Sailing To Philadelphia*. Walde drehte die Musik lauter. Er schaute in die Fenster der neben ihnen im Stau auf der Zurmaiener Straße stehenden Autos. Die Leute schwatzten, rauchten, blickten stumm vor sich hin, wippten zur Musik, bohrten in der Nase, telefonierten… sie lebten. Das war eine ganz andere Welt als die, aus der er gerade kam.

Es ging weiter. Harry schlängelte den Wagen im Slalom über die Uferstraße und die Südallee hoch.

Sie fuhren am Präsidium vor. Sein Blick blieb an einer jungen Frau auf den Stufen zum Haupteingang hängen. Figur, Gang, Gesicht, Haare – er konnte nicht anders und musste den Kopf nach ihr drehen, bis sie aus seinem Blickfeld verschwand.

»Na endlich!«, stöhnte Harry.

»Was ist?«, fragte Walde.

»Du scheinst wieder unter uns zu weilen«, sagte sein Assistent.

Grabbe hatte die Bürotür offengelassen und rief Walde, als er mit Harry über den Flur kam, zu: »Stiermann möchte dich dringend sprechen.«

»Okay, lass' die beiden Holländer hochbringen, Harry kann schon mal mit deren Vernehmung beginnen. Wie ist die Festnahme gelaufen?« Walde war stehen geblieben und hatte sich zu Grabbe umgedreht, der im Türrahmen seines Büros stand.

»Kein Problem, keinerlei Widerstand, ich hab' sie persönlich bis in ihre Zelle im Keller gebracht.«

»In ihre Zellen«, verbesserte Harry.

Grabbe sah ihn verständnislos an.

»Du hast sie ja wohl in getrennte Zellen sperren lassen?«, bohrte Harry nach.

»Das ging nicht«, antwortete Grabbe.

»Was soll das heißen?«

»Da saßen überall Punks und Penner drin.«

»Warum hast du…?«

»Da sind heute Morgen am Hauptmarktbrunnen ein Dutzend von den Typen verhaftet worden.«

»Mensch Grabbe, das ist doch vollkommen egal, hättest sie rauswerfen oder zusammenlegen sollen, was weiß ich«, Harry schüttelte den Kopf, »irgendetwas machen sollen, aber doch nicht die beiden… Das sind Mittäter, die hängen in der gleichen Sache drin, da besteht doch höchste Verdunklungsgefahr. Die haben jetzt Stunden Zeit gehabt, sich in aller Ruhe abzusprechen. Mensch, Grabbe…« Harry schüttelte wieder den Kopf.

»Der eine, dieser Verbeek, der ist doch total weggetreten«, versuchte Grabbe zu beschwichtigen.

Walde öffnete die Tür zum Fahrstuhl. Hinter ihm ging der Disput zwischen Harry und Grabbe weiter.

Stiermanns Vorzimmer war leer. Die Sekretärin war bereits gegangen.

In Stiermanns Büro hing der vertraute Geruch von Menthol-zigaretten.

»Sie sehen groggy aus.« Der Polizeipräsident stand auf und deutete auf die Sitzgruppe, worauf sich Walde in einem der Sessel niederließ.

»Ich habe die Staatsanwaltschaft bereits gebrieft. Herr Roth ist noch in einer Verhandlung.«

»Haben die sonst keine Leute?«

»Der Oberstaatsanwalt ist heute in Mainz, der Roth wird sich bald melden. Sorry, ich hab' Ihnen noch gar nichts angeboten. Meine Sekretärin ist...« Er überlegte. »Ich glaube, Sie können einen Drink vertragen. Whiskey on the rocks? Erinnere ich mich recht?«

Walde nickte. Stiermann hatte die Schiebetür der Mahagonischrankwand geöffnet, hinter der sich ein üppiges Flaschensortiment verbarg.

Der Präsident kam mit zwei großzügig eingeschenkten Gläsern zurück. Die Eiswürfel klirrten, als er ein Glas vor Walde auf den Tisch stellte. Sie prosteten sich zu.

Walde beobachtete, wie der Schnurrbart seines Chefs in die Flüssigkeit tauchte und einen Eiswürfel wegschob. Ein warmes Gefühl breitete sich in seinem Magen aus und vertrieb für einen Augenblick sein Unwohlsein.

»Was ist Ihr erster Eindruck von der Story?«, ging Stiermann wieder zur Tagesordnung über.

»Mir fehlen noch zu viele Informationen. Die Identität der Opfer, das Ergebnis der Obduktion, der Spurensicherung, die Aussagen der beiden holländischen Schiffer, die Meinung der Experten vom Wasser- und Schifffahrtsamt, die Beobachtungen von Feuerwehr und Technischem Hilfswerk, und nicht zuletzt könnten uns der Zoll und Europol sowie die Kollegen von der Wasserschutzpolizei weiterhelfen.«

»Was soviel heißt wie…?« Stiermann gab den Ball an Walde zurück.

»Dass es noch eine Menge zu klären gibt. Auch, woher das Schiff kam, welche Staatsangehörigkeit die Opfer hatten, ob in anderen Staaten etwas über die *Populis* vorliegt.«

»Ich sehe schon, da kommt ein dicker Batzen Arbeit auf uns zu.« Stiermann nahm einen weiteren Schluck zu sich. Er stellte das Glas, in dem sich nur noch auf Grund gelaufene Eiswürfel befanden, auf den Tisch zurück.

»Falls die Sache eine Dimension annehmen sollte, der mein Dezernat nicht gewachsen ist…«, Walde spielte auf einen Erpressungsfall an, den der Polizeipräsident im vergangenen Jahr an das Landeskriminalamt abgegeben und damit für einigen Unmut im Präsidium gesorgt hatte. Letztlich war der Fall dann doch von den Leuten vor Ort geklärt worden, was das LKA ziemlich schlecht hatte aussehen lassen.

»Nein, Herr Bock, wo denken Sie hin! Machen Sie nur weiter. Das werden wir schon selbst in den Griff kriegen! Ich schlage vor, wir setzen für morgen früh ein Meeting an. Bis dahin haben wir sicher einige Informationen mehr. Sagen wir zehn Uhr?«

Walde nickte.

Stiermann erhob sich. Walde nahm noch einen Schluck aus seinem Glas.

»See you!« Mit dieser Lieblingsfloskel verabschiedete ihn sein Chef.

*

Obwohl Harry telefonierte und dabei eifrig in einen Block kritzelte und Grabbe konzentriert auf einen Monitor starrte, spürte Walde gleich die gespannte Atmosphäre im Raum.

Er merkte schon seit längerem, dass es in seinem Team Probleme gab. Seitdem Grabbe vom Dezernat elf ausgeliehen und später von der Mordkommission übernommen worden war, hatte es immer wieder kleinere Reibereien gegeben. Grabbes teils aus Unerfahrenheit, aber auch aus Naivität und Übereifer resultierenden Fehler hatten zu einigem Ärger und schlechter Stimmung unter den Kollegen geführt.

Walde hatte sich vorgenommen, gleich nach seinem Kurzurlaub eine Klärung in die Wege zu leiten. Während der wenigen Tage, die er abwesend gewesen war, schien sich die Situation weiter zugespitzt zu haben. Jetzt war allerdings nicht der richtige Zeitpunkt, sich mit diesem Problem zu beschäftigen.

»So, nun knöpfen wir uns die zwei mal vor.« Walde schaute Grabbe an.

»Wen soll ich zuerst holen, Chef?«

»Den Verbeek bitte zu mir und den anderen zu Harry.«

Der schaute, als er seinen Namen hörte, von seinen Notizen auf. Walde bedeutete ihm stumm, weiterzumachen.

Harry hielt die Muschel des Hörers zu: »Was ist?«

»Grabbe bringt die beiden Holländer nach oben.«

Harry nahm den Hörer vom Ohr und zeigte darauf: »Noch zwei Minuten.«

*

In seinem Büro an der viel befahrenen Einfallstraße, die das Gebäude von der Mosel trennte, fühlte sich Stadler nicht wohl. An seinem Schreibtisch zu sitzen, das bedeutete meist Papierkram und der nahm von Jahr zu Jahr immer mehr überhand. Viel lieber war er auf dem Wasser unterwegs.

Stadler mit seinem dunkel getönten Schnurrbart, der tadellosen Uniform mit den glänzenden Knöpfen, den exakten Bügelfalten in der Hose, dem immer topp frisierten Haar, der exakt ausgerichteten Mütze.

Er hatte einen gewissen Lebensstil entwickelt, ging regelmäßig zu Vernissagen. Was Essen und gute Weine der Region anging, kannte er sich vorzüglich aus. Ein Zeugnis über sein Urteilsvermögen gab sein Weinkeller ab, in dem erlesene Kreszenzen eines jeden Jahrgangs, lückenlos, was die letzten 25 Jahre anging, lagerten.

Stadler hatte ein makabres Hobby: Er sammelte Fotos von Wasserleichen. Nach der ersten Begegnung, bei der er – wie später auch – die Leiche selbst nicht anfassen musste, fiel er tagelang krankheitsbedingt aus. Aber das anfängliche Entsetzen schlug ins Gegenteil um. Er wurde zum Spürhund im Auffinden von Wasserleichen. Ob sie im dichten Ufergestrüpp hängen geblieben waren, im vom Hochwasser angeschwemmten Morast dümpelten oder von den Gärgasen in ihren Eingeweiden erst dicht unter die Oberfläche aufgetrieben worden waren, seinem geübten Blick entging keine Leiche.

Waren es zuerst teils von ihm selbst noch recht amateurhaft aufgenommene Bilder der Leichen, wie sie zumeist auf den damals noch Leinpfad genannten späteren Radwegen entlang des

Flusses lagen, so waren es heute oft regelrechte Serien von der Auffindung der Leiche im Wasser über verschiedene Phasen der Bergung bis hin zu Fotos aus der Pathologie, die ihm dank seiner guten Kontakte zu Dr. Hoffmann in gestochen scharfen Abzügen überlassen wurden.

Auf diese Weise hatte er es inzwischen zu einer Sammlung gebracht, die wahrscheinlich ihresgleichen auf der Welt suchte. Schon als ihm der erste Gedanke an eine Veröffentlichung kam, wurde ihm klar, dass kein Verlag ein solches Buch herausgeben würde. Erst das Internet eröffnete ihm nie geahnte Möglichkeiten.

Stadler hatte Erkundigungen über Jo Ganz eingezogen und war fündig geworden. Als erstes hatte er erfahren, dass Jo maßgeblich an der Entdeckung des großen Goldmünzfundes zwei Jahre zuvor beteiligt gewesen war. Von da an war es kein Problem mehr, jemanden zu finden, der wusste, dass Jo Ganz tatkräftig bei der Auffindung der Reste einer zweiten Römerbrücke nördlich von Trier mitgeholfen und dafür auch etliche Tauchgänge unternommen hatte. Sein Verdacht erhärtete sich: Der Mann von der Weinprobe und der Taucher an der *Populis* waren höchstwahrscheinlich identisch.

Stadler nahm das Telefon und gab der Zentrale Anweisung, ihn mit Jo Ganz' Wohnung in Pfalzel zu verbinden. Das Gespräch wurde umgehend durchgestellt.

»Jaaaah, Ganz.«

»Guten Abend Herr Ganz, hier Stadler von der Wasserschutzpolizei, wir hatten kürzlich ein gemeinsames Vergnügen im Palais.«

»Mhm?«, brummte es zurück.

»Bei der Weinprobe. Sie können sich vielleicht nicht mehr an mich, aber ich mich...«

Er wurde barsch unterbrochen: »Ich trinke nicht!«

»Aber Herr Ganz, da fällt mir der Spruch ein, lieber ein stadtbekannter Trinker als ein anonymer Alkoholiker«, Stadler lachte bemüht.

»Den finde ich gar nicht lustig.«

»Ich möchte Sie sprechen«, kam Stadler zur Sache.

»Ich dachte, das tun Sie bereits.«

»Persönlich, ich meine, nicht am Telefon«, Stadler kam ins Stottern.

»Ich wüsste nicht, warum ich mich mit Ihnen treffen sollte.«

»Herr Dr. Ganz, ich möchte was klären.«

»Ganz reicht, den Doktor können Sie weglassen.«

»Okay, Sie legen keinen Wert auf akademische Titel.«

»Ich h a b e keinen akademischen Titel!«

Stadler hielt inne, dann seufzte er: »Spreche ich mit Herrn Joachim Ganz?«

»Nein, hier ist der Sohn, P h i l i p p Ganz.«

»Warum hast du das nicht gleich gesagt?«, regte sich Stadler auf.

»Sie haben nicht danach gefragt und was Ihr vertrauliches Du angeht, ich wüsste nicht, dass wir gemeinsam die Schulbank gedrückt oder im Knast gesessen hätten.«

Stadler knallte den Hörer auf den Apparat. Dabei stieß er sein Modellboot WSP 16 vom Tisch. Das Krachen beim Aufprall auf den Linoleum verriet ihm, dass einiges kaputt gegangen sein musste. Er blieb noch eine Weile sitzen, bis er sich soweit gefasst hatte, dass er unter seinen Schreibtisch abtauchen konnte, um die Trümmer seines geliebten Bootsmodells aufsammeln zu können.

Walde war nach einer halben Stunde soweit gekommen, dass er die Personalien von Johan Verbeek aufgenommen hatte und feststellen konnte, dass kein Dolmetscher nötig war und auch kein Anwalt gewünscht wurde.

Ihm gegenüber, nur durch einen quadratischen Tisch getrennt, saß ein Häufchen Mensch, aus dem jeder Lebensgeist gewichen zu sein schien.

Grabbe notierte am Nebentisch das Wenige, was es festzuhalten gab.

Walde war hin- und hergerissen zwischen Mitleid mit dieser offensichtlich hilfsbedürftigen Kreatur, die aber mit an Sicherheit grenzender Wahrscheinlichkeit zumindest eine Mitschuld am Tod von fünf Menschen hatte. Der Mann saß zusammengesunken da. Hatte ihn der Verlust seines Schiffes oder die Tragödie seiner Passagiere so mitgenommen?

»Sie haben also keine Erinnerung mehr daran, wie es zu der Havarie gekommen ist?«

Verbeek schüttelte den Kopf, auf dem die kurzen graublonden Haare ungekämmt in alle Richtungen abstanden.

»Und woher stammen die Leute, die wir tot aus einem Container der *Populis* geborgen haben?« Auch diese Frage stellte Walde bereits zum wiederholten Male, um wieder ein Kopfschütteln zu ernten.

Walde bat Grabbe, im Nebenzimmer nachzusehen, wie weit Harry mit seiner Vernehmung vorangekommen war.

Johan Verbeek saß unbewegt auf seinem Stuhl. Walde schien es, als wüsste der Mann nicht einmal, wo er sich befand.

Grabbe war schnell wieder zurück und flüsterte Walde zu: »Nichts, Chef, der hat nur Angaben zur Person gemacht und dann die Aussage verweigert.«

»Herr Verbeek, ich halte es für das Beste, wenn wir Sie zur Untersuchung in ein Krankenhaus bringen.«

Sein Gegenüber nickte mit gesenktem Blick.

Bereits eine halbe Stunde später wurde Verbeek in die psychiatrische Abteilung eines Krankenhauses zur Beobachtung eingewiesen. Piet wurde zurück in die Zelle gebracht und sollte am nächsten Morgen dem Haftrichter vorgeführt werden.

Walde kaufte sich oben in der Kantine ein belegtes Brötchen. Fast alle Plätze waren besetzt. Sein Blick blieb an einem der Stehtische hängen. Die dunkelhaarige Frau in der engen Jeans hatte eine atemberaubende Figur. Sie unterhielt sich mit Gabi, der Leiterin der Abteilung Sitte. Ab und zu unterstrich die Unbekannte ihre Worte mit ausladenden Gesten. Wenn sie sich bewegte, sah sie noch besser aus.

Sie war ihm bereits am Nachmittag auf den Stufen vor dem Eingangsportal des Präsidiums aufgefallen.

*

In keinem Fenster des Hauses brannte noch Licht. Im Treppenhaus roch es nach Gebratenem. Walde fiel ein, dass er schon lange nichts mehr gegessen hatte. In seiner Wohnung hörte er vom Anrufbeantworter eine alte Nachricht von Uli ab, die sich bereits erledigt hatte. Im Rechner war keine Mail von Doris. Walde war zu müde, um sich etwas zu essen zu machen. Er öffnete eine Flasche Bitburger und legte sich aufs Sofa. Draußen trommelte der Regen auf das Blechdach des Erkers.

Zum Trinken musste er mühsam den Oberkörper aufrichten. Was wollte er eigentlich? Wenn Doris angerufen hätte, würde er sich jetzt ein wenig bedrängt fühlen, und nun, da sie sich nicht gemeldet hatte, fühlte er sich ebenfalls nicht wohl. Sie könne es ihm nie Recht machen, hatte sie ihm vorgeworfen. Eine Beziehung, wie er sie wolle, gäbe es noch gar nicht.

Es fröstelte ihn. Er zog sich die Decke, die am Fußende der Couch lag, über.

Wie sollte seine Beziehung aussehen? Ganz sicher nicht so wie die der Eltern, die zusammen rund um die Uhr im selben Haus lebten. Er in der Werkstatt, sie im Geschäft. Auch am Küchentisch drehten sich die meisten Gespräche um Kunden, Brillenrahmen, Lieferanten und Personal. Dann erst kamen die Kinder. Wo blieb ihre Ehe? Sie hatten sich längst verloren, sie funktionierten wie Maschinen, die am Fließband ein und denselben Produktionsgang ausführten – perfekt, untrennbar und vollkommen voneinander abhängig...

*

Britta polierte Gläser. Nur noch vier Gäste waren im Lokal. Das Pärchen am Tisch schien bei der Frage »Zu dir oder zu mir?« angekommen zu sein. Die zwei unrasierten Typen an der Theke wiesen auf ihre leeren Gläser. Sie waren erst nach Mitternacht gekommen, hatten noch kein Wort gesprochen, nur auf den Rotwein im Regal gezeigt. Sie kamen sich scheinbar mit ihren Sonnenbrillen und stoppeligen Visagen sehr cool vor.

Britta war müde. Die letzte Nacht hatte sie bei Rob verbracht. Der schien nicht viel Schlaf zu brauchen.

Am heutigen Abend war irgendein wichtiges Fußballspiel live übertragen worden. Entsprechend ruhig lief der Betrieb.

Uli war schon um elf nach oben gegangen und Elfie hatte eine halbe Stunde zuvor Schluss gemacht.

Das Pärchen hatte sich offensichtlich geeinigt. Es brachte die leeren Gläser zur Theke und zahlte.

Aus den Augenwinkeln sah Britta, dass einer der komischen Typen sich eine Zigarette ansteckte. Sie unterbrach das Abkassieren.

»Hier können Sie leider nicht rauchen«, rief sie dem Mann zu. Er reagierte nicht. »Rauchverbot!«, fügte sie an. Er schaute nicht einmal auf, zog an seiner Zigarette und ließ sie im Mundwinkel hängen.

»Pardon, ici fumer interdit, no smoking please«, versuchte sie es weiter.

Endlich schaute der Raucher auf. Britta konnte seine Augen hinter den dunklen Brillengläsern nicht erkennen. Ganz langsam wandte er den Kopf. Nun schaute auch das Pärchen gebannt zu ihm hin. Der andere Sonnenbebrillte nahm seinem Nebenmann die Zigarette aus dem Mund und schnippte sie in einem Bogen ins Spülbecken, wo sie zischend landete.

Für einen Moment überlegte Britta, das Paar zu bitten, noch ein wenig zu bleiben, bis sie das Lokal schließen würde. Aber die beiden schienen es plötzlich eilig zu haben, gaben ihr ein mickriges Trinkgeld und verschwanden.

Mit spitzen Fingern fischte Britta die Kippe aus dem Wasser. Die beiden Typen starrten weiter stumm vor sich hin.

»In fünf Minuten ist hier finito«, Britta hielt den beiden zur Verdeutlichung die ausgestreckten Finger einer Hand vor die Brillen.

Als die beiden sofort reagierten, war Britta zunächst erleichtert. Fast synchron tranken sie den Wein aus und stellten die Gläser mit ausgestreckten Armen an Brittas Thekenseite. Der Mann, der eben die Kippe ins Spülwasser geworfen hatte, murmelte etwas Unverständliches.

Britta ließ den Bon aus der Kasse laufen und legte ihn vor ihn hin. Der Mann wischte ihn mit der gleichen knappen Handbewegung hinter die Theke, mit der er schon die Kippe ins Spülbecken befördert hatte.

Er streckte beide Zeigefinger wie Pistolenläufe nach vorn und zeigte auf die leeren Gläser.

Wieder sprach er durch kaum geöffnete Zähne.

Sie verstand kein Wort.

»Es ist geschlossen, ich kann Ihnen nichts mehr ausschenken«, Britta tippte auf ihre Armbanduhr.

Ohne seine Stimme anzuheben oder sich sonst um eine bessere Artikulation zu bemühen, wiederholte der Mann seinen Satz.

Britta vermutete, dass er genau dasselbe sagte wie zuvor. Sie hörte den gefährlichen Unterton, der mit den Worten mitschwang. Wie würde er reagieren, wenn sie wieder nichts verstand? Patron und Blut waren die einzigen Worte, die sie gehört zu haben glaubte.

»Patronsblut? Die Sorte führen wir nicht. Kommen Sie bitte morgen wieder.« Britta bückte sich und hob den Bon auf.

Als sie wieder hoch kam, spürte sie einen brennenden Schmerz am Hinterkopf. Jemand hatte ihre Haare gepackt. Ihr Kopf wurde nach vorn gerissen. Etwas Kaltes traf ihr Gesicht. Die Kälte erfasste den ganzen Kopf. In den Ohren rauschte es. Ihre Lungen revoltierten. Sie wollte da raus. Der brennende Schmerz wurde stärker. Ein eiserner Griff hielt ihre Haare fest. Nicht schreien! Sie war unter Wasser! Sie versuchte, mit den Armen um sich zu schlagen. Sie warf Dutzende Gläser um.. Als ihr Kopf aus dem Spülbecken hochfuhr, hörte sie Klirren. Sie hustete, atmete keuchend ein, hustete und tauchte wieder ab. Ihr Kopf schien zu platzen. Sie würde sterben. Ganz jämmerlich. Sie kam wieder hoch, japste nach Luft.

Dicht vor ihr war eine Sonnenbrille. Britta rang nach Luft. Sie spürte, wie das Wasser an ihrem Hals entlang lief. Ihr Haar wurde noch immer festgehalten. Der andere Mann stand an der Eingangstür und sperrte ab. Sie fasste sich an die Hüfte. Ihr Gürtel mit dem Kassen- und Türschlüssel fehlte.

Sah denn niemand von draußen, was hier vor sich ging? Mist, die Scheiben waren fast komplett mit den Extraausgaben der letzten Tage zugekleistert.

Der Mann sprach wieder. Britta versuchte, den Kopf schräg zu halten. Sie hatte Wasser in den Ohren.

»Wollen Sie den Chef sprechen?«, Britta musste wieder husten. »Dann rufe ich ihn runter.«

Ihr Gegenüber nickte und ließ sie los. Der zweite Mann war hinter sie getreten. Sie vernahm ein metallisches Klicken. War es von einem Stilett?

Es läutete lange, bis sie über sich Schritte hörte und Uli ans Telefon ging.

»Hallo Uli, hier ist Britta.«

»Ja, was gibt's?«, meldete sich eine total verschlafene Stimme.

»Kannst du bitte mal runterkommen, hier sind zwei Herren, die dich sprechen wollen.«

»Bin in zwei Minuten da.«

Sie kam sich vor wie eine Verräterin, die Uli ans Messer lieferte. Sie hatte es nicht gewagt, ihn zu warnen. Sie hatte schreckliche Angst und zuckte zusammen, als ihr von hinten das Telefon aus der Hand genommen wurde. Das platschende Geräusch sagte ihr, dass es ins Spülbecken geworfen worden war.

Eine Hand glitt an der Innenseite ihrer Oberschenkel hoch.

Sie schrie auf und wich vor der Berührung zurück. Ein hämisches Lachen war dicht hinter ihrem Ohr.

*

Uli befand sich in der ersten Tiefschlafphase, als das Telefon klingelte. Um elf Uhr war er total erschöpft ins Bett gefallen und hatte sich auf die erste Nachtruhe seit drei Tagen gefreut. Brittas Anruf hatte ihn binnen Sekunden hellwach werden lassen. Er spürte, da war etwas faul.

Elfie schlief wie ein Stein und hörte nicht, wie er sich hastig anzog und die Pistole aus ihrer Nachttischschublade nahm. Er kontrollierte das Magazin mit den Neun-Millimeter-Patronen, lud die Waffe durch und steckte sie vorn in den Hosenbund. Die knarrende Treppe lief er barfuß hinunter.

Unten atmete er tief durch und trat ein. Er rechnete damit, gleich an der Tür empfangen zu werden. Zwei Typen saßen an der Theke. Britta stand wie ein begossener Pudel da und schaute ihn mit ängstlichen Augen an.

»Die Herren wünschen?«, Uli wusste selbst nicht, warum er so redete, warum er sich auf diese Situation einließ. Aber wenn er die Polizei gerufen hätte, wer weiß, wie lange die gebraucht hätten. Um ein Uhr den Rausschmeißer zu machen, das war nicht ihr Ding. Und hätte er gesagt, es handele sich um zwei womöglich gefährliche Typen, wären sie mit mehreren Einsatzwagen angerückt und inzwischen wäre es Britta womöglich schlecht ergangen.

Uli wollte zu Britta hinter die Theke, als er in eine Scherbe trat. Er bückte sich und betastete seinen Fuß. Über ihm griffen zwei Arme ins Leere.

»Scheiße«, Uli zog eine Scherbe aus der blutenden Ferse. Als er sich wieder aufrichtete, sah er die beiden Kerle von zwei Seiten auf sich zukommen. Er überlegte noch, ob er das Ganze für einen Scherz halten sollte – die zwei sahen aus wie eine schlechte Kopie der Blues Brothers – als ihn eine Faust hart am Kopf traf. Die Wucht schleuderte ihn mit dem Rücken gegen ein Wandregal. Er wurde in den Schwitzkasten genommen. Fingernägel krallten sich so fest in seine Lippen, dass er den Mund weit öffnete. Eine Hand kam auf ihn zu. Er erwartete wieder einen Schlag und versuchte sich zu ducken. Er klemmte fest wie in einem Schraubstock.

Papier wurde in seinen Mund gepresst. Es drückte seine Zunge nach unten, wurde immer weiter hineingedrückt, bis es an seinem Gaumen Brechreiz erzeugte.

Mit dem Knebel im Mund stieß man ihn zum Büro. Dort flackerte noch die Headline des *Extrablatt* auf den Bildschirmen. Mit kraftvollen Handbewegungen fegte einer der Typen die Bildschirme vom Tisch. Sie gaben jeweils ein dunkles Ploppen von sich, als sie nacheinander auf dem Boden implodierten.

Der Typ kam ganz nah an Ulis Ohr und flüsterte: »Dat nächste Mal machen mier dich platt.«

*

Der Dielenboden knarrte. Die Sonne warf den Schatten des Fensterkreuzes auf den Tisch, wo eine halb geleerte Flasche Bier stand. Walde döste wieder ein. In der Küche rauschte der Wasserhahn. Er fuhr mit einem Ruck hoch und schaute auf die Uhr. Kurz vor sechs. Barfuß tappte er durch den Flur. Im Bad hing Doris' Parfumduft.

Eine Viertel Stunde später ging er im Bademantel mit nassem Haar in die Küche. Es roch nach frischem Kaffee und Toast. Der Tisch war leer, in der Kaffeemaschine fehlte die

Kanne. Er ging zurück in die Diele. Die Tür zum Schlafzimmer war angelehnt. Doris saß im Bett, vor sich ein Frühstückstablett.

»Warst du heute Nacht hier?«, fragte Walde.

Sie nickte: »Und du?«

»Ich bin auf der Couch eingeschlafen, ich wusste nicht, dass du...«

»Komm' her«, Doris klopfte neben sich auf die Bettdecke.

Er setzte sich vorsichtig hin. Zwei Tassen Kaffee waren eingeschenkt.

»Was möchtest du drauf?« Sie hielt einen mit Butter bestrichenen Toast in der Hand.

»Was Süßes.«

»Honig oder Marmelade?«, fragte sie.

»Noch süßer«, er stellte das Tablett auf das Nachtschränkchen. »Noch viel süßer, einen Doris-Burger«, flüsterte er ihr ins Ohr.

*

Zwei Stunden später, am Donnerstagmorgen, befand sich Walde auf dem Weg zur Pathologie. Nicht zum ersten Mal fragte er sich, als er die Stufen des grün gefliesten Treppenhauses im Stil der frühen 60er Jahre des zwanzigsten Jahrhunderts hinunterging, warum sich die Pathologien, die er kannte, ausschließlich im Keller befanden.

Dr. Hoffmann begrüßte ihn wie gewöhnlich in seiner hyperaktiven Art, die auch nach zwölfstündiger Nachschicht ungebrochen schien: »Kennen Sie den?«

Wider bessere Vorahnung schüttelte Walde den Kopf. Er

war froh, einen Händedruck vermieden zu haben. Die meisten Ärzte wuschen sich ja schon bei den lebenden Patienten kaum mehr die Hände. Sollten Pathologen da mehr Sorgfalt walten lassen?

»Also«, Dr. Hoffmann versuchte, seine Gesichtsmuskeln unter Kontrolle zu halten. »Kommt ein Skelett zum Arzt.« Er schaute Walde erwartungsvoll an: »Fragt der Arzt«, es gelang ihm nicht mehr sich zu beherrschen, er platzte lachend heraus: »Warum so spät?«

Walde lächelte gequält, etwa so, wie es ihm in einem Fotoautomaten gelungen wäre. Er sagte sich, dass Dr. Hoffmann bei der fünften Wiederholung dieses Witzes nicht mehr von ihm erwarten konnte.

»Übrigens, Ihr Kollege, Herr Trabbel, war auch schon da.« Hoffmanns Grinsen war noch breiter geworden.

»Grabbe«, korrigierte Walde. »Wir waren für acht Uhr hier verabredet, hat er gesagt, warum er weg musste?«

»Nein«, Hoffmanns Grinsen drohte inzwischen seine Mundwinkel zu überdehnen. »Er ist sehr höflich und spricht nicht, wenn er den Mund voll hat.«

»Hatte er das?«

Hoffmann prustete los: »Die Medusa hat ihn erschreckt.« Walde nickte.

»Wir nennen sie intern so, die Frau mit den Aalen«, Hoffmann war wieder ernst geworden. »Sie wissen schon.«

Sie waren in den Untersuchungsraum gelangt, wo eine weibliche Person mit geöffnetem Brustkorb auf dem Untersuchungstisch lag. Das wallende Haar war getrocknet und umkränzte wie ein Strahlenkranz ihren Kopf. Walde kämpfte mit dem unangenehmen Karbolgeruch, der den gesamten Sauerstoff verdrängt zu haben schien.

Ein Mann in einer weißen Kunststoffschürze spritzte mit

dem Schlauch die Rinne aus, in der um die Leiche herum eine zähe Brühe hing.

»Spielt ja bei uns eigentlich überhaupt keine Rolle, aber die Frau sah vor ein paar Tagen noch verdammt gut aus«, kommentierte der Pathologe. »Bevor sie...«

»Ertrunken ist«, ergänzte Walde.

»Nein, ertrunken ist sie mit Sicherheit nicht.«

»Wie bitte?«

»Die anderen vier sind ertrunken, bei unserer Medusa«, er tätschelte den aufgedunsenen Oberarm der Toten, »vermute ich entweder eine Entzündung des Herzmuskels oder eine allergische Reaktion auf Penicillin als Todesursache. Ihren vernarbten Mandeln nach zu schließen, muss sie oft an Mandelentzündungen gelitten haben. Das ist ihr wohl aufs Herz geschlagen. Genaueres kann ich Ihnen erst sagen, wenn die Laborergebnisse vorliegen.«

Eine der beiden Schwingtüren öffnete sich langsam. Grabbe lugte vorsichtig herein: »Sorry, Chef, ich bin nicht zu spät«, Grabbe blieb zwischen den Türen stehen. »Ich war schon...«, er stockte, »aber dann musste ich...«

»Ist gut, warte draußen auf mich.«

Die Flügeltüren schlugen zu.

Der Mann hielt den Strahl des Schlauches nun auf die Bodenfliesen. Walde trat ein paar Schritte zurück.

»Sie sagten, nicht ertrunken«, nahm er den Faden wieder auf.

»Der Todeszeitpunkt der anderen deckt sich in etwa mit dem der Havarie des Schiffes. Aber sie hier war da schon zwischen zwölf und vierzehn Stunden tot.«

»Stirbt man denn so ohne weiteres an einer Herzmuskelentzündung? Die Frau war doch noch ziemlich jung«, wollte Walde wissen.

»Etwa Anfang zwanzig, sicher ein ungewöhnlicher Tod für eine so junge Frau und darüber hinaus für eine, ich vermute mal Afrikanerin. Nach den Einstichen zu schließen, die ich gefunden habe, muss sie höchstens 48 Stunden vor ihrem Tod untersucht worden sein. Übrigens haben alle fünf die gleichen Einstiche. Sie scheinen einem Gesundheitscheck unterzogen worden zu sein. Ansonsten habe ich keine Auffälligkeiten bei ihr gefunden, sieht man einmal von den Verletzungen ab, die ihr die Aale zugefügt haben. Da vermute ich mal, dass die Tiere sich auf die Medusa gestürzt haben, weil sie schon länger tot war. Vielleicht hat auch das noch in Resten vorhandene Penicillin als Lockstoff gedient, aber ich kenne mich besser mit Würmern und Maden aus, Aale sind nicht ganz mein Gebiet.«

»Gibt es Spuren von Fremdeinwirkung?«, fragte Walde, der versuchte das Thema zu wechseln. Gespräche über verschiedene Stadien von Maden im Bezug auf die Feststellung von Todeszeitpunkten gehörten zu den Lieblingsthemen des Spezialisten.

»Bei ihr nicht, aber bei zweien der Männer deuten ein paar Monate alte Narben an Gesäß und Rücken auf Folter hin.« Hoffmann zog eine der langen Schubladen an der Wand auf und schlug ein Tuch zur Seite. Darunter erschien der schmale Körper eines farbigen Mannes. »Helfen Sie mir mal«, Hoffmann deutete auf den Hüftknochen, den Walde fassen sollte.

Gemeinsam drehten sie die Leiche zur Seite. Walde sah die dunklen Verfärbungen an Gesäß und Rücken, die teilweise wie in Lehm eingegrabene Wagenspuren aussahen.

»Gott, oh Gott«, entfuhr es Walde.

»Der hat dem armen Teufel auch nicht helfen können. Es müssen einfach bessere Einwanderungs- und Asylgesetze her. Wem es einigermaßen gut in Afrika geht, der will da gar nicht weg. Was sollte er auch in unserem kalten Klima, das meine ich nicht nur meteorologisch.«

»Wir haben Gegenstände aus Ghana, Togo und Frankreich bei den Toten gefunden.«

»Ghana ist weniger problematisch, ich würde eher auf Togo tippen. Das passt auch zu den Folterspuren. Die sind typisch für die FAT.«

»Wer ist die FAT und woher wissen Sie so gut Bescheid?«, fragte Walde erstaunt.

Hoffmann deckte den Toten wieder zu und schob die Lade in den Schrank zurück.

»Das sind die togoischen Streitkräfte, die Forces armée togolaises. Ich war als Entwicklungshelfer in Togo und dann nach dem Facharzt nochmals als Mitarbeiter bei ,Ärzte ohne Grenzen'. Ich habe vier Jahre in Afrika verbracht und bin auch heute noch ,Ärzte ohne Grenzen' und ,amnesty international' verbunden und durch sie auf einem einigermaßen aktuellen Stand. In Togo läuft es zur Zeit ganz beschissen. Da herrscht ein absolutes Willkürsystem. Allein schon der Umstand, als Aktivist von Amnesty International entlarvt zu werden, kann den Tod bedeuten. Die echte politische Opposition wird gnadenlos verfolgt und mit extralegalen Urteilen aus dem Wege geräumt.«

»Was heißt extralegale Urteile?«, fragte Walde.

»Da werden einfach mal zwei Dutzend oder mehr sogenannte Staatsgegner ohne Urteil hingerichtet. Da werden Familienangehörige von Oppositionellen tagelang ohne Kleidung und Nahrung eingesperrt oder gefoltert. Da verschwinden Menschen auf Nimmerwiedersehen. Wenn Sie möchten, kann ich Ihnen einen Kontakt zur örtlichen Gruppe von ai herstellen.«

»Danke, wie lange sind Sie heute noch im Dienst?«, fragte Walde.

»Auf jeden Fall bis die Laborergebnisse kommen und der vorläufige Bericht diktiert ist; ich rufe Sie an.«

Walde bat: »Lassen Sie sich unbedingt direkt mit mir verbinden. Und falls Sie auch die Kontaktadresse von amnesty haben...«

Hoffmann runzelte die Stirn: »Ich hab' gerade darüber nachgedacht. Viele amnesty-Mitglieder sind gar nicht so gut auf die Polizei zu sprechen. Das liegt ja in der Natur der Sache. Auch die deutsche Justiz ist schon hin und wieder ins Blickfeld von ai geraten. Hauptsächlich waren das Vorfälle aus der Terroristenzeit. Und die Polizei spielt oft genug Helfershelfer, wenn es um Zwangsabschiebungen geht. Ich werde mich wohl selbst kümmern, bevor ich vergeblich nach jemandem Ausschau halte...«, Hoffmann suchte nach den passenden Worten, »...der mit Polizisten klarkommt.«

*

Hinter der Schwingtür schnappte Walde nach Luft. Im Treppenhaus roch es geradezu frisch. Grabbe saß telefonierend auf der obersten Stufe.

»Wir kommen jetzt«, rief er in den Hörer, reichte ihn an Walde weiter und stand auf.

»Sorry, Chef, du kennst ja mein Problem mit dem Karbolgeruch, ich arbeite daran, meine Frau hat mir eine Flasche zum Trainieren besorgt.«

Walde war nicht danach, darauf näher einzugehen.

Grabbe hastete neben Walde her, der mit langen Schritten dem Ausgang zueilte.

»Chef, Monika hat angerufen, um elf ist Pressekonferenz.«

»Was, so früh?«, entfuhr es Walde. »Wir haben uns doch erst für zehn Uhr zur Besprechung verabredet.«

»Sie hat alle Leute bereits für neun Uhr zusammengetrommelt.« Er fügte zaghaft an: »Dein Einverständnis natürlich vorausgesetzt.«

»Ja und?«, fragte Walde.

»Außerdem wollte dich ein gewisser Uli sprechen.«

Walde ging nicht auf das Ablenkungsmanöver ein: »Was hast du Monika geantwortet?«

»Ich hab' es ihr gegeben, war ja wohl klar«, er sprach so leise, dass Walde ihn kaum verstehen konnte.

»Was hast du ihr gegeben?«, beharrte Walde.

»Dein Einverständnis.«

Walde blieb stehen und Grabbe, der in seinem Windschatten folgte, bremste knapp hinter seinem Chef ab: »Ich wollte dich nicht stören. War ja bestimmt wichtig da unten. Oder bist du nicht einverstanden?«

Walde lief los und hielt Grabbe ein paar Meter weiter die Tür auf: »Fang' sobald wie möglich mit dem Karboltraining an, sonst...«

Walde stockte, als er sah, dass ihr Wagen, der im Wendekreis direkt vor dem Eingang stand, heillos von Taxis und anderen Autos eingekeilt war.

Ohne einen Blick zurück zu werfen, stieg Walde in das Taxi, das an vorderster Stelle stand. Vor dem Präsidium ließ er sich eine Quittung über den Fahrpreis ausstellen.

Walde entschloss sich, gleich zum Konferenzraum in die erste Etage zu gehen. Dort waren bereits die meisten Plätze um den großen Tisch mit Mappen, Blöcken und Schreibutensilien bedeckt. An den offenen Fenstern standen Grüppchen im Gespräch, nur Monika saß telefonierend gegenüber dem Polizeipräsidenten, der dem hereinkommenden Walde freundlich zunickte, sich räusperte und in den Raum rief: »So, dann können wir, meine Damen und Herren.«

Neben den Kollegen bemerkte Walde einige ungewohnte Gesichter am Tisch.

»Ich hätte mir gewünscht, dass diese ungewöhnliche Konstellation von Angehörigen ganz verschiedener Ämter und Institutionen aus einem anderen Anlass zusammengekommen wäre.« Stiermann ließ gleich mit seinem ersten Satz erkennen, dass er ein politisches Amt bekleidete.

»Ich begrüße neben den zahlreich vertretenen Beamten meines Hauses und Herrn Roth von der Staatsanwaltschaft die Vertreter von Wasserschutzpolizei, Zoll, Wasser- und Schifffahrtsamt, Technischem Hilfswerk, der, ich nenne sie mal hauptamtlichen, Feuerwehr, der freiwilligen Feuerwehren von Mehring und Detzem...«

»...des Kaninchenzuchtvereins Riol, dem Heim für Christliche Seefahrer, Mosel, Saar, Ruwer e.V. bla, bla, bla...«, murmelte Monika neben Walde und rollte die Augen.

Waldes Blick fiel auf eine Ausgabe des *Extrablatts*, die auf einem Stapel meist überregionaler Zeitungen vor Harry lag. *TÄTER FORDERN BLUT*, prangte in dicken roten Lettern darauf.

Walde wollte gerade die ersten Zeilen des Artikels lesen, als er seinen Namen hörte.

»...bevor Herr Bock uns seine Einschätzung des Falls mitteilt, wird unsere Pressesprecherin Ihnen eine Zusammenfassung von dem geben, was wir bisher zusammengetragen habe, ich bitte Sie, sofern Sie dem bisher noch lückenhaften Mosaik weitere Teile hinzufügen können, uns nach Kräften zu unterstützen.«

Er gab das Wort an Monika weiter, die mit ihren wohltuend aus dem üblichen Polizeijargon herausragenden Formulierungen den Stand der Ermittlungen auf den Punkt brachte. Die weiteren Untersuchungen der Spurensicherung bestätigten, dass die Kleidung der Toten und deren Tascheninhalte unterschiedlichster Art wie Fahrscheine, Zigaretten, Kaugummi, Geldscheine etc. aus Togo, Ghana und Frankreich stammten. Walde drehte das *Extrablatt* auf die unbedruckte Seite.

Monika erwähnte, dass sich in der vergangenen Nacht gegen ein Uhr ein Einschüchterungsversuch gegen die Redaktion des *Käsblatt* ereignet habe.

Anschließend präsentierte Walde das vorläufige Ergebnis der Obduktion. Als er geendet hatte, sagte niemand etwas.

Stiermann ergriff wieder das Wort: »Ich schlage vor, den informellen Teil abzuschließen und dann in ein Brainstorming überzugehen, in dem jeder alles äußern kann, was ihm zu dem Fall gerade in den Sinn kommt.«

Walde drehte das *Extrablatt* um und las den recht kurzen Artikel, der mit einem Foto des unter dem Kran schwebenden Containers, wie er gerade aus der Mosel gehoben wurde, illustriert war. Grabbe schlich zur Tür herein und setzte sich mit gesenktem Blick.

Nach fast einer halben Minute, in der niemand am Tisch etwas sagte und Stiermann interessiert jeden in der Runde anschaute, meldete sich Wasserschutzpolizist Stadler zu Wort. Er stand auf und zog seine Uniformjacke glatt: »Nach den Informationen, die ich über den kleinen Dienstweg bekommen konnte, müssten die Opfer in Frankreich, wahrscheinlich in Nancy, an Bord gekommen sein. Das Schiff hatte einen Stopp im luxemburgischen Mertert, ohne dass be- oder entladen wurde. Da wäre noch dieser Taucher, der die Leichen in der *Populis* entdeckt hat, der Herausgeber des *Käsblatt* beruft sich auf das Informantenrecht, aber ich habe da schon einen Verdacht...«

»Sehr interessant«, unterbrach ihn Walde, der befürchtete, Stadler könne Jo erwähnen. »Halten Sie uns auf dem Laufenden. Ich gebe Ihnen im Anschluss meine Handynummer.«

Stadler nahm etwas irritiert wieder Platz.

Weiter hatte niemand mehr etwas beizutragen. Stiermann beendete die Besprechung mit salbungsvollen Worten und bedankte sich bei den Besuchern. Im Anschluss waren nur noch ein Dutzend Ermittler der Kriminalpolizei und Staatsanwalt Roth, der bisher kein Wort gesprochen hatte, am Tisch.

»Hat der Journalist Anzeige erstattet?«, Walde tippte auf das *Extrablatt*.

Es erfolgte keine Reaktion.

»Dann werde ich mich gleich darum kümmern.«

»Und was ist mit der Pressekonferenz?«, fragte Monika. »Du siehst ja, wie groß das Interesse ist.« Sie wies auf den Packen Zeitungen.

»Wir können zurzeit noch nicht einmal klar sagen, welches Delikt vorliegt. Ist es Mord oder fahrlässige Tötung oder Totschlag...«

»...oder unterlassene Hilfeleistung in Tateinheit mit Menschenschmuggel«, fügte Roth an. »Die Aktenlage im Fall der Inhaftierung dieses holländischen Steuermanns ist ziemlich dürftig. Der Haftrichter wird ihn zwar wegen Flucht- und Verdunklungsgefahr einbuchten, aber bis zur Haftprüfung brauchen wir etwas Handfestes gegen ihn, sonst ist er wieder auf freiem Fuß.«

»Wobei wir bei den Tatverdächtigen wären«, Walde hielt das *Extrablatt* hoch. »Wenn das stimmt, was hier steht, sind die Hintermänner zum zweiten Mal in Erscheinung getreten. Nach dem missglückten Tauchgang am Wrack der *Populis* scheinen sie jetzt Zähne zu zeigen.«

»Was wollten die da eigentlich?«, fragte Harry.

»Ich denke mal, die Leichen rausholen. Das wäre ihnen auch um ein Haar gelungen. Wenn dieser Taucher ihnen nicht zuvorgekommen wäre, hätten sie die Leichen beseitigen und die ganze Sache womöglich vertuschen können.«

Harry dachte laut: »Einen hätte ich treiben lassen und die anderen vier...«

»Das werde ich wohl nicht der Presse anbieten können«, versuchte Monika zum Thema zurückzukehren.

»Fassen wir zusammen«, sagte Walde. »Die Aufgabenverteilung zwischen uns bleibt wie gehabt. Wir setzen alles daran, Herkunftsland oder Herkunftsländer der Opfer und die Wege, die sie von dort eingeschlagen haben, zu ermitteln. Wir befragen weiterhin, sofern es medizinisch möglich ist, den Kapitän und seinen Steuermann, falls der zu einer Aussage bereit sein sollte. Drittens versuchen wir, an die Hintermänner, die Schleuserbande oder was immer sich hinter diesen Kerlen verbirgt, die zum Boot getaucht und heute Nacht die Zeitung unter Druck setzen wollten, heranzukommen.«

»Falls es sich um ein und dieselben handelt«, warf der Staatsanwalt ein.

Stiermann schaute auf seine Uhr: »In zehn Minuten ist es soweit. Haben wir genug facts für die Presse?«

Monika hatte sich auf einem Block Notizen gemacht: »Wer möchte mit mir die Verlautbarung abstimmen?«

Nur Staatsanwalt Roth nickte.

Damit war die Konferenz beendet.

*

Vor der *Gerüchteküche* waren alle Stühle besetzt. Ein Mädchen verteilte in gewohnter Weise Extrablätter an die Passanten. Die Tür stand offen. Elfie und zwei Verkäuferinnen wuselten hinter dem Tresen, bedienten an der Verkaufstheke und liefen zwischen den Gästen hin und her, die sich auf den Barhockern und an den Tischen niedergelassen hatten, um das Geschehen hinter der Glasscheibe zu beobachten.

Uli sprach im Scheinwerferlicht ins Mikrofon eines Fernsehmannes. Walde stand unschlüssig in der zweiten Reihe hinter der Theke.

»Ich hab' dich nicht übersehen«, rief ihm Elfie zu. »Aber du siehst ja, was los ist, außerdem möchtest du bestimmt zu Uli.« Sie kam um die Theke herum. Es gab nirgends einen Platz, wo sie ungestört hätten reden können. Sie zog ihn zum Toilettengang und steckte einen Schlüssel in die Tür, auf der in großen Buchstaben *PRIVAT* stand. Sie setzte sich auf eine Stufe der Wendeltreppe und deutete Walde an, ebenfalls Platz zu nehmen.

Er setzte sich eine Stufe tiefer.

»Ich weiß, dass du mit Uli reden willst, ich hab' auch gar nichts mitgekriegt, was da heut' Nacht passiert ist«, sie zögerte einige Sekunden. »So richtig haben wir beide noch nie miteinander geredet. Du bist ja auch noch mit Ulis Frau befreundet, das kann ich verstehen, ich wollte auch nicht einfach so fallengelassen werden.«

Sie schaute ihm dabei gerade in die Augen. Walde spürte, dass sie ziemlich aufgewühlt war. Am liebsten hätte er sie in den Arm genommen.

»Du bist doch sein Freund«, fuhr sie fort. »Rede mit ihm. Er soll aufhören, weiter in der Geschichte mit diesem Schiff herum zu stochern. Diese Sache ist eine Nummer zu groß für ihn. Da steckt mit Sicherheit eine Organisation dahinter.« Sie kämpfte mit den Tränen.

»Ich schätze, ihr bekommt Polizeischutz, wenn er weitermacht.«

»Weitermacht?«, sie lachte gequält, »Das hat er doch schon. Was hilft uns Polizeischutz? Klar, wenn sie wiederkommen, schreckt ihr sie ab oder schnappt sie. Aber so blöd sind die nicht. Die werden sich etwas anderes einfallen lassen oder einfach warten und irgendwann einmal, später, andere vorbeischicken.«

Walde wusste nicht, was er darauf antworten sollte. Bei organisiertem Verbrechen war die Ermittlungsarbeit schwierig, eine ganze Bande zu zerschlagen, fast unmöglich.

»Ich werde alles dransetzen, das zu verhindern. Aber ich glaube, letzte Nacht, das war mehr ein Racheakt dafür, dass Uli die ganze Geschichte aufgedeckt hat. Die polizeilichen Ermittlungen laufen, und – bei allem Respekt – Uli wird kaum noch Entscheidendes zur Aufklärung beitragen können.«

Sie seufzte: »Das hört sich gut an, hoffentlich hast du Recht!«

*

Das Interview war beendet. Uli schenkte sich hinter der Theke Kaffee ein. Als er Elfie sah, wedelte er mit einem Scheck. Sie nahm ihn wortlos und verstaute ihn in der Kasse.

Uli zog seine Sonnenbrille aus. Sein rechtes Auge war hinter einer gewaltigen roten Schwellung verschwunden.

»Warst du beim Arzt?«, fragte ihn Walde zur Begrüßung.

»Die Brille hatte zum Glück Kunststoffgläser«, antwortete Uli.

»Er hätte ein Auge verlieren können!«, sagte Elfie.

Uli zog die Sonnenbrille wieder an und wollte Walde ins Büro schleusen. Der warf einen Blick in das Chaos aus kaputten Bildschirmen, Papier und Glas.

»Gehen wir hoch«, Uli reichte Walde einen Schlüssel. »Ich sag' nur noch den Leuten vom SWR Bescheid.«

Auf der engen Treppe zog Walde den Kopf ein. Oben in der Küche nahm er sich eine Flasche Wasser aus dem Kühlschrank. Auf dem Tisch lagen Verbandszeug, Kühlakkus und eine Packung Schmerztabletten.

Ulis erster Griff galt der Packung, als er in die Küche gehumpelt kam. Er drückte eine Tablette aus der Folie und spülte sie mit einem Schluck aus Waldes Glas hinunter.

»Was ist mit deinem Bein?«

»Bin in eine Scherbe getreten.« Uli erzählte, was sich in der Nacht zugetragen hatte. Die Pistole in seinem Hosenbund erwähnte er nicht. Er hatte sie nicht einsetzen können.

Dann kam er auf den Schaden zu sprechen: »Die beiden flachen Monitore waren neu. Der Drucker reagiert auch nicht mehr. Ich musste das *Extrablatt* in einem Copyshop fertigen lassen.«

»Warum hast du mich nicht gerufen?«, fragte Walde.

»Das hab' ich doch getan!«

Walde erinnerte sich an die Nachricht von Grabbe. »Aber erst heute Morgen.«

»Ich musste noch vorher meinen Job machen. Und dann…«, er lächelte, zuckte aber vor Schmerz zusammen. »Dann hab' ich die Story an alle größeren Sender und Nachrichtenagenturen gemailt. Das war eben der dritte Scheck für heute, den ich von einem Privatsender gekriegt hab'. Das reicht schon dicke, um den Schaden zu bezahlen, von der Publicity ganz zu schweigen. Niemand bekommt etwas exklusiv, aber jeder, der etwas haben will, muss auch dafür bezahlen.«

»Und was meine Ermittlungen angeht, hättest du längst die Polizei einschalten können.«

»Wir haben es bisher so gehandhabt, dass wir Job und Privatbeziehung streng getrennt haben«, Uli zog einen Stuhl heran und legte den verletzten Fuß hoch.

»Ich kann mich nicht entsinnen, dass du mich in all den Jahren, was Informationen betrifft, bevorzugt behandelt hast. Und das ist auch gut so.«

Walde nickte: »Das ist in Ordnung. Aber in diesem Fall liegt die Sache anders. Wir hängen hier von Anfang an zusammen drin, was natürlich nicht bekannt werden sollte. Aber manchmal heiligt der Zweck die Mittel.«

»Der Typ, der mir«, er zeigte auf sein verletztes Auge, »das hier verpasst hat, hatte einen luxemburgischen Akzent. Der andere hat in meiner Gegenwart nicht gesprochen. Der hat vorher was zu Britta gesagt. Sie meint, er hätte einen hiesigen Dialekt gesprochen. Beide trugen Handschuhe. Auf den Geräten bei mir im Büro werden sich schwerlich Fingerabdrücke finden lassen. Die Gläser, aus denen sie getrunken haben, hat Britta in Scherben verwandelt«, versuchte Uli seinen Freund zu beschwichtigen. »Neunzig Prozent von dem, was passiert ist, steht inklusive der Täterbeschreibung im *Extrablatt*. Das und den Rest werde ich, wenn du es wünschst, heute Mittag im Präsidium zu Protokoll geben und natürlich auch Anzeige erstatten.«

»Was ist mit Britta?«

»Die steht noch ziemlich unter Schock, ich werde versuchen, sie mitzubringen.«

»Gut, wende dich an Harry, er wird euch ein paar Bilder vorlegen, vielleicht erkennt ihr einen der Täter wieder. Ich werde deinen Laden vorerst unter Bewachung stellen lassen«, Walde erhob sich.

»Hat Elfie das angeleiert?«

Walde nickte und ging zur Tür: »Sie macht sich Sorgen, aber ich hätte das sowieso veranlasst.«

»Wie steht es mit dem Fall? Gibt es schon Obduktionsergebnisse?«, rief Uli ihm nach.

Walde schaute auf die Uhr: »Im Moment läuft die Pressekonferenz. Da hättest du hingehen sollen.«

»Jetzt hört sich aber alles auf«, schnaubte Uli.

»Komm' erst mal ins Präsidium und mach' deine Aussage, und dann gibt dir Monika vielleicht eine Pressemitteilung. Übrigens, ich kann heute wahrscheinlich nicht zum Skatabend kommen.«

*

Am Nachmittag rief ein sehr müde klingender Dr. Hoffmann an. Walde sah während des Gesprächs aus seinem Bürofenster auf die Stadt, über der herbstlich anmutende Nebelschleier hingen. Walde musste sich daran erinnern, dass es Anfang Mai war, um nicht in Trübsinn zu verfallen.

»Es war der Herzmuskel, der unserer Medusa das Ertrinken erspart hat«, sagte der Pathologe.

»Hätte man ihr helfen können?«, fragte Walde immer noch mit Blick zum Fernsehturm auf dem Petrisberg.

»Ich denke schon, wenn die allergische Reaktion sofort behandelt worden wäre, die Symptome waren deutlich.«

Walde dachte daran, dass damit unterlassene Hilfeleistung als weiterer Vorwurf gegen die beiden Schiffer hinzukommen würde.

»Die anderen vier sind ertrunken. Sie waren weder HIV-positiv noch hatten sie Hepatitis oder andere Krankheiten. Ganz im Gegenteil, sie waren nach meinem Eindruck in einem fitten Zustand.«

»Sportler?«, fragte Walde.

»Daran habe ich auch gedacht, an schlanke, langbeinige Läufer«, bestätigte Hoffmann.

»Das ergibt aber keinen Sinn, als Sportler muss man in der Öffentlichkeit auftreten«, dachte Walde laut. »Da reist man nicht illegal ein.«

»Ich habe mich gefragt, warum alle einer eingehenden Untersuchung unterzogen wurden.«

Walde hatte die Fotos der Toten aus einem Umschlag genommen und breitete sie auf seinem Schreibtisch aus: »Ich habe noch nie gehört, dass eine Schleuserbande medizinische Tests durchführen lässt.«

»Vielleicht ging es um Prostitution, und Aids oder Geschlechtskrankheiten sollten ausgeschlossen werden?« Dr. Hoffmann sprach immer schleppender. Walde befürchtete, er könne während des Gesprächs einschlafen.

»Oder billige Arbeitskräfte, Söldner, Terroristen, Killer«, spann Walde den Faden weiter.

»Ich denke darüber nach«, versprach der Arzt und legte ohne Abschied auf.

»Danke«, sagte Walde in die leere Leitung.

*

Es klopfte. Grabbe kam herein. Er hatte offensichtlich vor der Tür gewartet, bis das Gespräch beendet war.

»Es ist zwar jetzt nicht der geeignete Moment...«, sagte Walde.

»Dann komme ich später noch mal«, fiel ihm Grabbe ins Wort.

»Nein, ich meine für das, worüber ich mit dir reden möchte.« Walde wies auf einen Stuhl. »Eigentlich habe ich überhaupt keine Zeit dafür, aber die Stimmung ist hier zurzeit so mies, dass es nicht anders geht. Ich habe mit den anderen noch nicht über diese Puppengeschichte gesprochen, aber ich kann mir denken, was der Anlass dafür war.«

Grabbe hatte ihm gegenüber auf dem äußersten Rand eines Stuhls Platz genommen und sagte kein Wort. Walde schien es, als halte sein Kollege die Luft an.

»Du hast einfach schon zu oft falschen Alarm gegeben. Verstehst du? Das regt die Kollegen auf, wenn sie wegen jedem Kinkerlitzchen gerufen werden. Längst nicht jede Leiche mit unklarer Todesursache resultiert aus einem Kapitalverbrechen.« Grabbe schwieg weiter.

»Hinter den meisten Selbsttötungen vermutest du Fremdverschulden, du überstehst immer noch keine Minute in der Pathologie, du durftest die beiden Holländer nicht in eine Zelle sperren...«

»Und damals die Pressekonferenz, die ich vermasselt habe«, ergänzte Grabbe, der seine Sprache wiedergefunden hatte.

»Wir müssen jetzt nicht alles aufführen, was du verbockt hast. Ich habe nicht vergessen, was du an guten Beiträgen und Ideen beigesteuert hast. Also, machen wir es kurz, ab sofort beschränkst du dich so weit wie möglich auf den Innendienst, und wenn der aktuelle Fall gelaufen ist, setzen wir uns zusammen und besprechen das Weitere ganz in Ruhe.« Walde stand auf und öffnete das Fenster.

»Heißt das, ich fliege raus?«, nuschelte Grabbe.

»Wie gesagt, das ist jetzt nicht der richtige Zeitpunkt«, wich Walde aus.

Gabi kam ohne anzuklopfen ins Zimmer. Sie warf einen Blick auf den betrübt auf dem Stuhl hockenden Grabbe: »Ich komme gleich wieder.« Sie drehte sich auf ihren spitzen Absätzen um.

»Was gibt's?«, hielt Walde sie zurück.

Grabbe putzte sich lautstark die Nase.

Gabi stellte sich hinter ihn und deutete mit einer Bewegung ihres Zeigefingers unter dem Auge an, Grabbe wäre am Weinen.

Walde tat so, als habe er nichts bemerkt und setzte sich wieder an seinen Schreibtisch.

»Wegen denen da komme ich«, Gabi tippte mit ihren langen Fingernägeln auf die Fotos.

»Ich werde meine Fühler auch über meine Reviergrenzen nach Luxemburg und Frankreich ausstrecken. Dafür brauche ich aber zwei, drei Tage, beziehungsweise Nächte. Geht das in Ordnung?«

»Was denkst du?«, fragte Walde.

»So wie die aussehen«, Gabi nahm eins der Fotos vom Schreibtisch. »Ich meine jetzt natürlich nicht in diesem Zustand, also lebend, ich hab' da einen Blick für. So sehen keine aus meinen Kreisen aus, du weißt schon.« Gabi legte das Foto wieder zurück. »Es sei denn, sie sollten erst ins Milieu einsteigen, die beiden Frauen…« Sie schaute zu Grabbe, der sofort in eine andere Richtung blickte.

»Nichts für ungut, die Sache mit der Baustelle, das hatte sich so ergeben, war wirklich nicht geplant. Und das wollte auch niemand, dass du da baden gehst.« Gabi drehte sich wieder um und grinste.

»Gut«, Walde nickte. »Halte mich auf dem Laufenden.«

Gabi stöckelte hinaus.

»Doofe Kuh«, zischte Grabbe zwischen zusammengepressten Zähnen, als die Tür ins Schloss fiel.

»Schlappschwanz«, kam es vom Gang zurück.

*

Grabbe legte einen kleinen Zettel auf die Fotos: »Ich glaube auch, dass Prostitution ausscheidet. Vielleicht hilft uns das weiter.«

Walde las eine Telefonnummer mit Luxemburger Vorwahl:

»Was ist das?«

»Eine Luxemburger Telefonnummer.«

»Das sehe ich auch, woher?« Walde versuchte, seine Ungeduld in Grenzen zu halten.

»Ist im Knast gefunden worden, als wir den Bootsmann von der *Populis* abgeliefert haben.«

»Und warum hast du die nicht bei ihm gefunden?«, fragte Walde entnervt.

Grabbe antwortete nicht.

Warum sagte er jetzt nichts? Walde bemühte sich, ruhig zu bleiben.

Das Klingeln des Telefons rettete die Situation. Harry berichtete, dass er Ulis Aussage aufgenommen habe, dass dieser aber beim Durchstöbern der Fotos in der Kartei nicht fündig geworden sei. Britta war noch bei Monika.

»Ich komme nachher zu dir rüber«, Walde legte auf und wendete sich wieder Grabbe zu.

Der hatte vor sich einen Notizblock aufgeschlagen.

»Es meldet sich eine Mailbox, ich habe es mehrmals versucht. Der Mobilanschluss ist auf eine Frau mit damaligem Wohnsitz in Grevenmacher zugelassen, Madame Lilian Goedert. Sie hat ihr Autotelefon vor vier Monaten als gestohlen gemeldet. Seltsamerweise hat sie die Nummer nicht abgemeldet.«

»Entweder schusselig oder es steckt Methode dahinter. Hast du mit der Frau gesprochen?«

»Die Luxemburger Kollegen suchen sie. Sie ist Inhaberin einer Pension in Remich, das liegt 20 Kilometer moselaufwärts hinter Grevenmacher.«

Walde winkte ab: »Ich weiß, wo das ist.«

»Eine schillernde Persönlichkeit, sie soll in Urlaub gefahren sein. Angeblich weiß niemand, wohin.«

»Hast du etwas über Madame Goe…«

»Goedert«, ergänzte Grabbe.

»In Erfahrung gebracht?«, beendete Walde seine Frage.

Grabbe schaute auf seinen Block: »Sie ist Mitte Siebzig und war mit einem wohlhabenden Unternehmer verheiratet. Hat in dem Betrieb, einer Werft, in der Yachten gebaut und repariert wurden, gearbeitet und den Chef geheiratet. Der war dreißig Jahre älter als sie und ist bereits vor Jahren gestorben.«

»Sonst wäre er über hundert Jahre alt«, bemerkte Walde lakonisch.

»Also, die Madame Goedert scheint noch sehr rüstig zu sein. Sie fährt einen topp gepflegten rosa Cadillac aus den Sechzigern mit Haifischflossen und ist in Luxemburg fast so bekannt wie die alte Großherzogin Charlotte. Aus der Bootsfirma hat sie sich offiziell vor ein paar Jahren zurückgezogen, aber sie soll noch regelmäßig dort auftauchen und nach dem Rechten sehen. Die Pension war früher ein Gutshof, es soll ein ziemlicher Protzkasten über der Mosel sein, den hat sie mit großem Aufwand renovieren lassen. Außerdem ist sie Teilhaberin der Gebäudereinigung Klein, die Dependancen in Deutschland und Frankreich unterhält.«

Grabbe schlug eine Seite im Notizblock um.

Als Walde nichts sagte und ihn weiter interessiert anschaute, fuhr er fort:

»Sie hat einen Internetauftritt.« Grabbe machte eine Pause, um diesem Umstand Bedeutung beizumessen.

»Ja und?«

»Den musst du dir unbedingt ansehen. Da hat sie ihr Haus, ihre Autos, ihr Boot, Mann, Lover, Beautyfarmen und weiß Gott alles drauf.«

»Sie scheint ein Fan von Eddie Rodriguez zu sein«, Walde aktivierte das Netscape auf seinem Rechner und schob Grabbe die Tastatur rüber.

Nach ein paar Sekunden erschienen die mit Rosenanimationen umrahmten Seiten von Madame Lilian Goedert in drei Sprachfassungen. Neben einer ausführlichen Schilderung des Lebenswerkes ihres Mannes, der einen Haufen Geld mit dem Bau von Yachten gemacht hatte, zeigte sie, was ihr sonst noch lieb und teuer war. Neben Haus, Cadillac und Boot waren Golf- und Tennisplätze, ein Ferienhaus in Südfrankreich, Fotos von Madame, die jünger als 75 aussah, mit Prominenten und eine lange Liste mit Leuten, bei denen sie sich, ohne nähere Angaben zu machen, bedankte, Beautyfarmen und Krankenhäuser.

»Wie hieß das Boot?«, fragte Walde.

Grabbe blätterte zurück: »*Speed III.*«

»Da könnte sie zurzeit sein.«

Es klopfte. Meier vom Dezernat für Vermögensdelikte kam ins Zimmer: »Stör' ich?«

»Nehmen Sie Platz«, forderte ihn Walde auf.

Meier legte eine Mappe auf den Schreibtisch: »Ich wollte Ihnen das von der Spurensicherung übergeben. Die Kollegen mussten raus.«

»Was liegt denn so Dringendes an?«, fragte Walde.

»Es soll jemand versucht haben, in die Landeszentralbank einzubrechen. Ich fahr' da jetzt auch hin«, Meier war schon wieder auf dem Weg zur Tür. »Wenn noch Fragen sein sollten, können Sie die Kollegen anrufen, sie sind sicher wieder in zwei, drei Stunden zurück.« Damit verschwand er.

Walde nahm die Mappe und überflog das Deckblatt, auf dem eine Zusammenfassung der Ergebnisse der Spurensicherung stand.

»Und?«, fragte Grabbe, als Walde die Mappe wieder auf den Tisch legte.

»Hinweise auf Togo, Ghana und Frankreich, keine Namen, nichts, was uns groß weiter hilft.«

*

Walde rief Stadler auf dem Polizeischiff an: »Haben Sie schon die Fotos?«, war Stadlers erste Frage.

»Ja, aber noch keine Kopien für Sie, das wird noch ein paar Tage dauern.«

»Wie sind sie geworden?«

»Was?« Walde war irritiert. Wollte sich Stadler allen Ernstes nach der Qualität dieser ekelhaften Bilder erkundigen?

»Die Bilder«, Stadler besann sich. »Ach, ist nicht so wichtig, ich kann sie ja bald selbst sehen. Warum rufen Sie an?«

»Wir suchen nach einer Luxemburgerin, die eine Yacht mit dem Namen *Speed III* besitzt. Sagt Ihnen der Name Goedert etwas.«

»Lilian, hat sie was verbrochen?«

»Sie kennen sie? Halten Sie es für möglich, dass sie mit ihrem Boot unterwegs ist?«

»Wenn sie sich nicht gerade liften lässt oder die Mosel zugefroren ist oder sie den Garda-See unsicher macht, durchaus.«

»Sie scheinen sie ja gut zu kennen.«

»Mhm, kann man so sagen. Darf ich fragen, um was es geht?«

»Ihre Telefonnummer wurde beim Bootsmann der *Populis* gefunden«, antwortete Walde.

»Ich halte Ausschau nach ihr. Wenn ich etwas höre, melde ich mich.«

*

Am Abend hatte Walde die Kollegen zu sich nach Hause eingeladen. Zwei große Töpfe Spaghetti und zwei kleinere, in denen eine vegetarische und eine Fleischsoße köchelten, forderten die auf vollen Touren laufende Dunstabzugshaube. Zwei Flaschen Rotwein waren bereits entkorkt, als es gegen 20 Uhr klingelte.

Wenig später saßen sie zu sechst mit angelegten Ellenbogen, jeder auf sein Essen konzentriert, um den zu kleinen Tisch.

»Und du hast wirklich nicht Geburtstag?«, fragte Grabbe, der als erster Gabel und Löffel in seinen leeren Teller legte.

»Sein Geburtsdatum hast du in zwei Sekunden auf deinem Rechner, wenn du es nicht glaubst«, sagte Monika mit vollem Mund.

»Möchte noch jemand Nudeln?« Walde begann abzuräumen.

Nach dem Abwasch, den die drei Nichtraucher besorgten, versammelten sie sich wieder um den Tisch. Walde hatte zwei Kannen Kaffee, Mineralwasser und einen Becher mit Kulis und Bleistiften auf den Tisch gestellt. Auch ein kleiner Stapel Papier lag für diejenigen bereit, die vergessen hatte, Schreibzeug mitzubringen.

Die Raucher waren auf dem Balkon so in ihr Gespräch vertieft, dass Grabbe und Harry sie herein bitten mussten.

Es dauerte eine Weile, bis alle ihren Kaffee hatten und die Gespräche verstummten.

»Auch wenn wir uns hier in diesem Rahmen treffen, möchte ich jetzt um eure Aufmerksamkeit bitten und mit der Lagebesprechung im Fall *Populis* beginnen«, Walde bemerkte, dass sich beim Namen *Populis* eine Ernsthaftigkeit um den Tisch einstellte, wie sie ebenso im Besprechungsraum des Präsidiums vorhanden gewesen wäre.

Waldes Telefon klingelte. Mist, das konnte um diese Zeit nur Doris oder Jo sein. Er stand auf: »Sorry, Grabbe, bitte berichte über das, was du herausgefunden hast.«

In der Tür zur Diele drückte Walde die Empfangstaste. Stadler war am Telefon. Mit ihm hatte Walde absolut nicht gerechnet.

»*Speed III* ist vor ein paar Minuten hinter Cochem bei Müden talwärts durch die Staustufe geschleust worden.«

Walde war drauf und dran nach der Richtung zu fragen, besann sich aber im letzten Moment und fragte: »War sie an Bord?«

»Das konnten die Schleusenwärter nicht sagen.«

145

»Wo könnte sie jetzt sein?«

»Madame Goedert oder das Schiff?«

»Die *Speed III*«, konkretisierte Walde.

»Entweder sie legt an oder sie schleust in Lehmen. Das ist die vorletzte Schleuse vor Koblenz. Anschließend gibt es keine mehr. Sie kann rheinauf oder rheinab fahren, in die Lahn abbiegen...«

»Was sollen wir tun?«

Stadler war auf die Frage vorbereitet: »Falls die Yacht zur nächsten Schleuse fährt, wird sie aufgehalten. Ich werde sofort unterrichtet, wenn sie ankommt. Wenn nicht, könnten wir heute Abend die Liegeplätze zwischen den beiden Schleusen abklappern.«

»Sie sind dabei?«

»Natürlich, oder kennen Sie die Anleger und Häfen zwischen Cochem und Koblenz?«, Stadler lachte.

»Gut, wir haben hier noch eine Besprechung in meiner Wohnung«, sagte Walde.

»Bei Ihnen zu Hause?«, Stadler hörte sich überrascht an.

»Ja, wir brauchen wohl noch eine Stunde. Rufen Sie bitte dann nochmal an, falls sich die Staustufe nicht schon vorher meldet.«

»Aye, Aye«, Stadler legte auf.

Grabbe beendete gerade seinen Bericht, als Walde zurück kam und sich auf seinen Platz setzte.

»Ich hab' noch nie von einer Madame Goedert gehört«, sagte Gabi, als Grabbe geendet hatte. »Sie ist wohl eher unter lokale Luxemburger Größen einzuordnen.«

»Stadler von der Wasserschutzpolizei kennt sie«, sagte Walde. »Er hat gerade angerufen. Nachher begleite ich ihn in Richtung Cochem. Da ist soeben die Yacht von Madame Goedert gesichtet worden.«

»Warum sollte diese Frau zu einer Schleuserbande gehören? Die hat doch so etwas nicht nötig«, sagte Monika. »Damit kann man nicht soviel Geld verdienen, dass es für ihren Lebensstil von Bedeutung wäre.«

»Vielleicht hat sie sich an der Börse verspekuliert oder total über ihre Verhältnisse gelebt oder ist erpresst worden, was weiß ich. Es gibt genügend Gründe, um Verbrechen zu begehen«, warf Meier vom Kommissariat für Vermögensdelikte ein. Er war mit Abstand der erfahrenste Polizist am Tisch. »Aber ich denke, für ein paar Mark geht sie kein Risiko ein. Was bringt denn Menschenschmuggel überhaupt?«

Monika fühlte sich instinktiv angesprochen. Solche Fragen kannte sie zur Genüge von Journalisten: »Das kommt darauf an, ob ein Komplettpaket vorliegt, das die Überstellung vom Heimatland, in diesem Fall wahrscheinlich Togo, nach Deutschland beinhaltet. Zwanzigtausend Mark pro Person sind da schon drin.«

»Hat man denn in Togo so viel Geld?«

»Besonders bei Prostitution treten die Schleuser oft in Vorlage und kassieren später, wenn die Person angekommen ist, mit Zins und Zinseszins ab.«

»Wir haben gehört, dass die Leute wahrscheinlich vorher in Frankreich waren. Da sind wohl zwanzigtausend Mark für eine unbequeme Passage im Bauch eines Frachtschiffs etwas zu viel«, Meier war skeptisch.

»Und wenn es Killer sind oder Terroristen, die ungesehen einreisen und ebenso heimlich wieder verschwinden sollten?«

Grabbe machte fleißig Notizen. Walde gewann den Eindruck, dass es eine gute Idee gewesen war, die nüchterne Präsidiumsumgebung zu verlassen und in der wohnlich unaufgeräumten Atmosphäre seiner Küche zu tagen.

»Vielleicht sollten die fünf als Organspender ausgeschlachtet werden. Das würde auch die medizinischen Untersuchungen erklären, die an den Opfern wohl kurz vor dem Transport durchgeführt worden sind,« sagte Monika.

»Das habe ich auch schon recherchiert«, beteiligte sich Grabbe wieder an der Diskussion. »In Westeuropa ist Organhandel absolut unmöglich.«

»Woher hast du das? Auch aus dem Internet?«, fragte Gabi. Grabbe nickte.

»Von wo?«

»Von der Web-Site der Ärztekammer.«

»Frage mal einen Politiker, ob er lügt. Oder einen Bock, ob er Pflanzen frisst«, murmelte Harry.

Walde blickte auf die Uhr und meldete sich wieder zu Wort: »Fassen wir die Ergebnisse der bisherigen Ermittlung zusammen: Die Opfer sind Afrikaner, stammen wahrscheinlich aus Togo, gingen in Nancy an Bord der *Populis*, mussten im luxemburgischen Mertert über einen Tag ausharren, weil das Schiff wegen des Hochwassers vor Anker lag. Die Bilder sind an die französischen Behörden übermittelt. Warten wir ab, was die uns zu sagen haben«, Walde trank seinen Kaffee aus. »Wir reden, möglichst noch heute, mit Madame Goedert. Morgen sehen wir dann weiter.«

*

»Jaaaah, Ganz.«

»Stadler hier, Herr Ganz?«, Stadler zögerte. Es war fast 22 Uhr. Hatte er diesen Bengel an der Strippe?

»Jaaaah. Herr Stadler, Sie wünschen?«

»Entschuldigen Sie, dass ich so spät anrufe.«

»Keine Ursache, ich bin ein Nachtmensch.«

Stadler war immer noch unsicher: »Ich dachte schon, es wäre wieder...«

»Das ist die Pubertät.«

»Pubertät? Von der Stimme her hörte sich der Beng...«, Stadler korrigierte, »Ihr Sohn älter an.«

»Vierzehn Jahre.«

»Wenigstens ist er dann strafmündig«, murmelte Stadler und strich zart mit Zeige- und Mittelfinger der rechten Hand über das leidlich zusammengeklebte Bootsmodell, das neben dem Telefon stand.

»Was sagten Sie?«

»Nichts.«

Es trat eine Pause ein.

Stadler hörte ein Gedudel, das ihm bekannt vorkam. Er überlegte.

»Herr Stadler?«, fragte der Bass.

»Ja!« Stadler war ganz nah dran und hatte jetzt wieder den Faden verloren. Im Hintergrund war Musik zu hören. Die Melodie konnte er nicht erkennen. Es war eine schnelle Abfolge von Tönen...

Der Groschen fiel: ein Gameboy! Das war doch nicht der Alte!

»Spreche ich mit Herrn Dr. Joachim Ganz?«

»Eine Sekunde«, am anderen Ende knallte der Hörer lärmend auf. Stadler zuckte zusammen.

»Jaaah, Ganz.«

Stadler unterbrach seine heftig rudernde Armbewegung. Zu spät. Das Schiffsmodell hatte sich schon in Bewegung gesetzt. Es war auf einem weiteren Stapellauf über die lange Schreibtischplatte.

Stadler sprang auf. Er beugte sich über den Tisch, streckte den Arm. Seine Fingerspitzen berührten noch den Bug, bekamen ihn aber nicht zu fassen. Das Schiff erreichte die Schreibtischkante. Es hatte nur noch wenig Fahrt.

»Mist, Mist, Mist!«, rief Stadler.

Seine leere Hand baumelte über dem Abgrund. Ihm blieb nichts anderes übrig, als auf den Aufprall zu warten.

Diesmal klang es anders. Nicht so zerstörerisch. Ein Knall ohne Krachen. So, als ob das Schiff mit dem kompletten Rumpf aufgesetzt hätte. Doch eine Sekunde später war die Illusion zerstört. Ein zersplitterndes Getöse begleitete das zum zweiten Mal auf den Fußboden krachende, gerade erst liebevoll rekonstruierte Modell WSP 16. Es hatte nach dem ersten Aufprall abgehoben und war dann auf der hochsensiblen Deckseite mit all den ebenso winzigen wie detailgenauen Aufbauten gelandet.

Stadler jaulte auf. Das Wehklagen kam tief aus seinem Inneren, er konnte es nicht unterdrücken.

»Haben Sie sich etwas getan?«, fragte der Bass in einer Gemütsruhe, die Schuld daran war, dass auch Stadlers Telefonhörer einem harten Belastungstest unterzogen wurde.

*

Der Himmel mit dem aufgehenden Dreiviertelmond versprach eine klare Nacht. Harry hatte das Blaulicht eingeschaltet und raste mit Vollgas über die Eifelautobahn in Richtung Koblenz. Neben ihm hielt Stadler seine Uniformmütze in den Händen und versuchte das Gespräch auf der Rückbank zu verfolgen.

»Ich habe eine neue Presseerklärung für morgen vierzehn Uhr angekündigt«, Monika hatte hinten die Leselampe eingeschaltet. »Die internationalen Medien interessieren sich für diesen Fall. Wenigstens scheiden ausländerfeindliche Motive aus. Wir haben die direkt Beteiligten in Gewahrsam genommen.«

Walde nickte. Er verlagerte die Beine so, dass die Knie zwischen die beiden Lehnen der vorderen Sitze ragten. Den Kopf lehnte er an die Kopfstütze. Monikas Monolog und das Motorengeräusch mischten sich zu einem angenehmen gleichmäßigen Geräuschpegel, in dem er versucht war, ein wenig die Augen zu schließen. Bei Tisch hatte er ein Glas Rotwein getrunken, vorher beim Kochen waren es zwei kleine Gläschen gewesen. Der Kaffee war leider zu schwach geraten…

Der Wagen verließ an der Abfahrt Cochem die Autobahn. Die wenigen Autos auf der Landstraße machten brav Platz, wenn er von hinten angerauscht kam.

Walde wurde wach, weil es plötzlich ganz still um ihn geworden war. Vergeblich versuchte er, das Zifferblatt seiner Armbanduhr zu erkennen. Aus dem Seitenfenster sah er einen dunklen Berghang sich schwach gegen den Himmel abheben.

»Wo«, Walde musste sich räuspern. »Wo sind wir?«

»Bei Moselkern«, flüsterte Monika. »Da unten liegt die *Speed III.*«

Walde setzte sich auf und schaute durch die Frontscheibe. Etwas unterhalb hoben sich mehrere helle Yachten gegen die dunkle Mosel ab. Sie dümpelten um einen Anleger, der sich wie ein großes ‚L' schützend um die Boote legte und sie vor der Strömung abschirmte.

Stadler stieg aus und lehnte sich neben dem Wagen an einen Weinbergspfahl. Er zündete sich eine Zigarette an. Harry war nirgends zu sehen.

»Was ist los?« Walde zog langsam seine Knie an und massierte sich die schmerzenden Halswirbel.

»Sie hat Besuch. Eben ist ein Wagen vorgefahren und jemand ist in Madame Goederts Yacht verschwunden. Harry will sich die Sache genauer ansehen.«

*

Professor Dr. Eberhard Sieblich saß im Salon von Madame Goedert und nippte an seinem Gin. Es war nicht sein erster Besuch auf der Yacht, und doch erstaunte ihn immer wieder die Größe des Salons. Hier konnten gut und gern ein Dutzend Leute zusammen kommen. Naja, er hatte schon auf größeren Yachten geweilt, in Dubai auf viel größeren sogar.

Madame Goedert kam mit einem Cocktail von der Bar zurück. Sie nahm nicht wie gewöhnlich ihm gegenüber Platz, sondern in der entgegengesetzten Ecke der rundum laufenden cremefarbenen Ledergarnitur.

»Sie können sich nicht vorstellen, Herr Professor, wie Leid mir die ganze Sache tut,« sie rührte mit einem vielfach gewundenen Strohhalm in ihrem Drink.

Eberhard Sieblich beobachtete, wie sich das Blau der oberen Schicht mit der darunter liegenden gelben Flüssigkeit zu einem giftigen Grün vermischte. Sie trank. Winzige Zuckerpartikel klebten an ihren Lippen. Kaum merklich schüttelte sie den Kopf: »Das konnte niemand ahnen, dass so was passiert.«

Sieblichs Blick fiel auf die Ohrringe, deren schwere Perlen unter den blonden Haaren hin und her schwangen. Ließen sie sich öffnen? Hatte sie die Zyankalitablette vielleicht darin versteckt? Sie hatte ihm einmal in einer schwachen Stunde erzählt, dass sie sich damit die Möglichkeit offen hielt, ihrem Leben jederzeit ein rasches Ende setzen zu können. Oder war die Giftpille in dem dicken Goldanhänger ihrer Halskette deponiert oder in dem Siegelring am Mittelfinger?

Jedenfalls ließ er Madame nicht aus den Augen, wenn sie ihm einen Drink einschenkte. Gin schmeckte ihm nicht, aber er hatte den Vorteil, klar zu sein, und minimierte so die Möglichkeit, etwas unterzumischen.

Vielleicht hatte sie ihren Mann auf diese Art ins Jenseits befördert. Er war weit älter als sie gewesen. Da war der Kollege beim Ausstellen des Totenscheins sicherlich nicht zimperlich gewesen. Das Ganze war über zwanzig Jahre her.

Er schaute auf ihren faltigen Hals. Wie er gehört hatte, sollte sie eine Schönheit gewesen sein. Jetzt war sie Mitte siebzig und er hatte ihr ein paar Jahre zuvor die Gesichtshaut gestrafft. Als chirurgisches Allroundtalent gingen ihm auch Schönheitsoperationen leicht von der Hand. Hätte er damit soviel verdienen können wie mit den Transplantationen, wäre er bestimmt auch auf diesem Gebiet sehr weit gekommen.

Es war mehr eine Gefälligkeit gewesen, diese Gesichtshautstraffung, die er einer Vertreterin der Luxemburger Highsociety angedeihen ließ. Es ging damals um seinen Lehrstuhl an der neu gegründeten Luxemburger Universität. Eigentlich hatte Madame Goedert keinen Einfluss auf die Besetzung des Postens gehabt, andererseits konnte sie sich in praktisch alle Angelegenheiten des kleinen Landes einmischen. Sie speiste mit Ministern, mit der Großherzogin war sie per Du. Der Großherzog teilte ihre Jagdleidenschaft und war oft zu Gast, wenn sie in ihr Revier im Norden des Landes einlud. Dort am kleinen Grenzfluss Our gegenüber Belgien hatte sich eine urtümliche Landschaft erhalten mit Tieren, die man sonst in ganz Mitteleuropa nicht mehr vor die Flinte bekam.

»Ein furchtbarer Unfall war das, ich bin immer noch ganz erschüttert.« Madame stellte ihr Glas ab. Die schweren Goldarmbänder rasselten an der Kante des Mahagonitisches entlang.

»Ja, Sie sagen es«, antwortete der Professor mit deutlich weniger Pathos in der Stimme.

»Ich möchte nicht mehr weitermachen«, sagte Madame Goedert.

»Mir geht es ebenso, aber die Umstände lassen uns keine andere Wahl.« Eberhard Sieblich sprach ruhig. Bei seiner Argumentation ließ er stets Fakten und Logik den Vortritt vor Emotionalität.

»Wie soll ich das verstehen?« Madame Goederts Worte waren von einer Spur Empörung unterlegt.

»So wie ich es sage. Drei Patienten aus Bahrein warten in der Klinik auf ihre Spendernieren. Sie sind vorbereitet. Einer davon ist bereits vor Wochen mit seinem ganzen Tross angereist. Sie können nicht zurückgeschickt werden.«

»Dann müssen Sie anderweitig Ersatz finden, Herr Professor, tut mir Leid!«

Sieblich schüttelte den Kopf: »Madame, ich habe mich bisher über Jahre auf Sie verlassen können. Ich kann verstehen, dass Ihnen die momentane Situation sehr unangenehm ist, mir geht es nicht anders. Aber die Lage muss bereinigt werden, danach setzen wir uns gerne nochmals zusammen und sprechen in Ruhe über die künftige Zusammenarbeit.«

»Ich bin fünfundsiebzig Jahre alt. Viel Zeit bleibt mir gewiss nicht mehr. Die möchte ich nicht im Gefängnis verbringen«, Madame Goedert hatte ihr Glas genommen und trank in hastigen kleinen Schlucken.

Eberhard Sieblich beobachtete die Auf- und Abbewegungen ihres Halses. Wie sie den Kopf bei jedem Schluck nach hinten warf, erinnerte ihn das an ein Huhn beim Trinken.

»An so etwas wollen wir gar nicht denken, Madame.«

»Ich habe sonst keinen anderen Gedanken.«

Jetzt musste er aufpassen, Madame konnte leicht zickig werden. »Wir durchschreiten derzeit ein Tal. Denken Sie an unser großes Ziel: das Transplantationszentrum in Luxemburg. Das wollen wir trotz aller momentanen Schwierigkeiten nicht aus den Augen verlieren.«

»Das ist in so weite Ferne gerückt, dafür reicht meine Sehkraft nicht mehr aus«, antwortete sie.

»Außerdem haben Sie bereits eine Viertel Million Vorschuss kassiert«, startete er einen neuen Versuch.

»Was heißt, Vorschuss kassiert?«, Madame Goederts Tonfall wurde schneidend. Er spürte, dass er sich nun auf ganz dünnem Eis bewegte.

»Eine Viertel Million Schweizer Franken als Anzahlung für fünf Spender«, präzisierte er.

»Sie wissen doch so gut wie ich, wo die gelandet sind. Das hat ja wohl groß genug in den Zeitungen gestanden, da ist nichts mehr zu holen.« Sie setzte ihr Glas an die glänzendrot geschminkten Lippen. Ein Tropfen lief über ihre Unterlippe und blieb an ihrem Kinn hängen.

»Da müssen wir noch mal drüber reden. Im Moment interessiert mich nur eins: ich brauche umgehend drei neue Spender.«

»Ich muss sehen, was sich machen lässt«, immer noch hing der Tropfen unter Madames Kinn.

Eberhard Sieblich stand auf. Beim Abschied sparte er sich die sonst übliche Erkundigung nach Madames Gesundheitszustand.

Als er über den Steg ging, hatte er für einen Moment das Gefühl beobachtet zu werden. Wenn das Gespräch nun eine Falle war? Hatte Madame ihn damit ans Messer liefern wollen? Es war leicht, in dem Salon Mikrofone anzubringen. Sogar eine versteckte Kamera wäre ihm womöglich nicht aufgefallen. Er schlug sich an die Stirn. Prof. Dr. Eberhard Sieblich, der Mann, der es in kürzester Zeit geschafft hatte, aus einer auf der Streichliste des Gesundheitsministeriums stehenden hinterwäldlerischen Klinik das dritte Transplantationszentrum im

Bundesland zu machen. Er schlug sich nochmals mit der flachen Hand an die Stirn, dass es klatschte. Wie konnte er nur so dämlich sein. Er würdee von nun an weitaus vorsichtiger agieren.

*

»Wie spät ist es?«

»Du hast eine halbe Stunde geschlafen. Es ist bald elf.« Walde glaubte ein Grinsen in den Gesichtszügen seiner Kollegin erkennen zu können.

Stadler kam zum Wagen zurück. Sekunden später glitt Harry in den Fahrersitz und zog leise die Tür zu.

»Der Besucher ist schon wieder weg. Eine ältere Frau hat ihn an Deck gebracht. Ich hab' seine Autonummer notiert.«

»Würdest du ihn wiedererkennen?«, fragte Monika.

»Dafür war es zu dunkel, man müsste Fotos mit einer Infrarotkamera machen können«, antwortete Harry.

*

Auf keinem der anderen Schiffe brannte Licht. Entweder schliefen die Leute oder die Boote wurden nur an Wochenenden in Betrieb genommen.

Stadler stieg als erster auf die stattliche Yacht mit der luxemburgischen Flagge und half Monika an Bord. Beide blieben am Bug stehen und warteten, bis auf ihr Klopfen reagiert wurde.

Die Kabinentür wurde geöffnet, ohne dass jemand erschien. Madame Goedert hatte anscheinend damit gerechnet, ihr Besuch sei nochmals zurückgekehrt. Es dauerte ein Weilchen, bis sie sich im edlen Hosenanzug zeigte und im spärlichen Licht zu erkennen versuchte, wer an Deck stand. Anfangs konnte sie ihre Überraschung nicht verbergen, hatte sich aber schnell wieder im Griff: »Oh, Herr Stadler, zu so später Stunde«, und nach einem Blick auf Monika. »In charmanter Begleitung! Wo haben Sie Ihr großes Boot gelassen oder sind Sie«, sie schaute über die Reling, »mit Ihrem privaten Schiff unterwegs?«

»Weder noch, Madame Goedert«, Stadler zog nervös seine Uniformjacke glatt: »Entschuldigen Sie die späte Stunde, meine Kollegin von der Landpolizei hätte da ein paar Fragen an Sie, wenn Sie gestatten. Sie würden uns einen großen Dienst erweisen, wenn Sie uns kurz zur Verfügung stehen könnten.«

Stadler hatte Monikas Namen vergessen, deshalb musste sie sich selbst vorstellen. An der Zeitspanne, die verging, bis Madame Goedert sie unter Deck bat, konnte Stadler erkennen, wie ungelegen ihr Besuch kam.

»Ich kann mir kaum vorstellen, wie ich Ihnen helfen könnte, aber ich werde mein Bestes tun.« Mit diesen Worten begleitete sie die beiden in den Salon.

Auf dem Tisch inmitten der geräumigen Sitzecke standen zwei Gläser. Nachdem sie den Besuchern Plätze angeboten hatte, räumte sie die Gläser vom Tisch: »Was darf ich Ihnen anbieten, Kaffee oder Wein?«

»Machen Sie sich bitte keine Umstände, wenn Sie vielleicht Wasser hätten?«, bat Stadler.

Monika schwirrte noch die Bezeichnung Landpolizei im Kopf. Stadler bemühte sich, ihren Besuch herunterzuspielen und wollte die Bezeichnung Kriminalpolizei vermeiden, dabei war ihm nichts Besseres eingefallen. Sie blickte sich im Salon um. Alles wirkte gediegen. Das Mobiliar hatte den Chic der siebziger Jahre. Die Zeichnungen an den Wänden zeigten, soweit Monika das erkennen konnte, Tiere aus der heimischen Region. War das an der gegenüberliegenden Wand unter den vielen Geweihen tatsächlich ein offener Kamin?

Madame Goedert schien allein an Bord zu sein. Für ein Alter von fünfundsiebzig Jahren wirkte sie erstaunlich fit und beweglich. Mit ein paar schnellen Handgriffen stellte sie frische Gläser, eine Schale mit Gebäck und eine Flasche Mineralwasser auf den Tisch, bevor sie ihnen gegenüber Platz nahm.

Stadler schenkte Wasser ein und entschuldigte sich nochmals für die späte Stunde.

»Kennen Sie Herrn Verbeek, den Partikulier des Frachtschiffes *Populis*?«, kam Monika zum Thema. Dabei beobachtete sie aufmerksam ihr Gegenüber.

Madame Goedert zeigte keine Regung.

»Könnten Sie bitte den Namen wiederholen?« Sie nippte an ihrem Glas. Dabei erzeugten ihre Armbänder ein leises Klirren.

»Johan Verbeek, Eigner des holländischen Frachtschiffs *Populis*«, kam Monika dem Wunsch ihrer Gesprächspartnerin nach.

Diese schüttelte ihr gepflegtes blondes Haar: »Es kann sein, dass ich den Namen des Schiffs in der Zeitung gelesen habe, aber Verbeek sagt mir nichts. Durch die Firma meines Mannes habe ich viel mit Booten zu tun gehabt, aber nicht mit Frachtschiffen, dafür war unsere kleine Werft nicht ausgelegt.«

»Dann bedanke ich mich«, Monika trank und setzte das Glas wieder ab. »Auch für den Sprudel.«

»War das schon alles?« Madame Goedert schien überrascht.

»Darf ich fragen, was Sie auf die Idee gebracht hat, ich könnte diesen Herrn von der *Populis* kennen?«

»Wir haben Ihre Telefonnummer bei ihm gefunden.«

Madame Goedert überlegte oder tat zumindest so, als würde sie ihren Kopf mit der modischen Frisur anstrengen. Nach ein paar Sekunden sagte sie: »Bis jetzt hat er mich noch nicht angerufen, vielleicht wollte er es noch tun. Was sagt er denn dazu?«

»Nichts«, antwortete Monika und erhob sich. Stadler stand bereits mit der Mütze in der Hand neben dem Tisch.

*

»Am späten Vormittag hat jemand mit einem Schlauchboot an der *Speed III* angelegt. So wie er sich auf dem Schiff bewegt hat, scheint er zur Besatzung zu gehören. Bis jetzt hat sich sonst nichts getan. Die Yacht liegt weiterhin bei Moselkern vor Anker und Madame Goedert hat sich noch nicht an Deck blicken lassen«, schloss Monika eine Zusammenfassung der Ereignisse der ersten Schicht ab. Die Yacht wurde jetzt rund um die Uhr beobachtet.

»Der Wagen des nächtlichen Besuchers der Yacht ist auf die Krankenanstalten der Gebenedeiten Schwestern von Steineroth zugelassen«, berichtete Grabbe am Freitagmorgen.

»Die Rehaklinik, das Altenheim oder das Krankenhaus?«, fragte Walde, bestens informiert.

»Keine Ahnung, die gehören doch zum selben Verein, besser gesagt zum Trägerverein e.V., dem alle Einrichtungen der Klosterschwestern unterstehen.«

»Das sind nicht nur die Häuser in der Eifel, sie haben Einrichtungen in der ganzen Welt«, ergänzte Harry.

»Woher weißt du das denn schon wieder?«

»Ich hab' mal ein paar Monate in der Rehaklinik Steineroth verbracht. Den Rest hat Grabbe im Internet gefunden.«

»War das, als du dich damals mit dem Streifenwagen überschlagen hast, ich dachte, du wärst nicht so schwer verletzt worden?«, fragte Walde.

»Längst nicht so schlimm wie der Günther, der hat über ein Jahr im Krankenhaus gelegen und ist dann in Frühpension gegangen«, Harry schien das Thema unangenehm zu berühren.

»Dann kennst du dich wahrscheinlich da oben gut aus«, stellte Walde fest.

»Die haben inzwischen viel gebaut. Damals gab es das Kloster mit dem Krankenhaus, das Altenheim und die Rehaklinik. Inzwischen sind einige neue Abteilungen hinzugekommen.«

»Ich habe einen Lageplan mit der genauen Erklärung aller Gebäude ausgedruckt«, Grabbe ordnete Papiere auf dem Tisch.

Sie beugten sich alle vier darüber.

»Eine Kinderklinik, eine psychiatrische Klinik, ein Transplantationszentrum«, las Harry die Bezeichnungen. »Jede für sich fast so groß wie das alte Krankenhaus. Die Schwestern kriegen den Hals nicht voll.«

»Hier steht, unsere Einrichtungen haben nicht die Zielrichtung, Gewinn zu erwirtschaften.«

»Dass ich nicht lache. Aber was haben die Vermaledeiten Schwestern mit Madame Goedert zu tun?«, fragte Harry. Er beantwortete seine Frage selbst: »Vielleicht hat sie ein Arzt von dort besucht.«

»Krankenhausärzte machen doch keine Hausbesuche, besser gesagt Hausbootbesuche«, warf Grabbe ein. »Übrigens, in Madame Goederts Internetauftritt werden auch die Krankenanstalten der Vermaledeiten, eh, der Gebenedeiten Schwestern erwähnt. Vielleicht macht sie mit denen Geschäfte?«

»Gegen Mitternacht? Was sollen das für dunkle Geschäfte sein?«, fragte Monika.

»Das würde mich auch interessieren«, sagte Walde. »Es kann zwar sein, dass wir vollkommen in die falsche Richtung ermitteln, aber Madame Goedert ist bisher die einzige Spur, die wir haben. In Nancy ermitteln die französischen Kollegen, und die Luxemburger Polizei hat ihre Hilfe zugesagt. Europol ist eingeschaltet und versucht Kontakte zu afrikanischen Behörden herzustellen. Bis dieser Verbeek vernehmungsfähig ist oder der Bootsmann sein Schweigen bricht, müssen wir nach jedem Strohhalm greifen.«

*

»Stör ich?«, fragte Walde, als er Dr. Hoffmann anrief.

»Moment, ich entschuldige mich kurz bei meinem Patienten«, Hoffmann kicherte. Im Hintergrund lief eine hochtourige Maschine. Walde wollte nicht raten, was es war. Dennoch erinnerte er sich an die kleine Handkreissäge und an die größere, wegen der er im Supermarkt nur noch abgepackte Wurst kaufte. Beim Gedanken an den Ypsilon-Schnitt wurde Walde erlöst. Die Maschinengeräusche erstarben.

Dr. Hoffmann war wieder da. »Mein Patient scheint nun ein wenig Zeit zu haben. Was kann ich für Sie tun?«

»Was wissen Sie über Organverpflanzungen?«, fragte Walde.

»Einiges, zumindest bin ich in der Lage, Organe zu entnehmen.«

»Das glaub' ich Ihnen...«

»... natürlich in einem Zustand, der einen Wiedereinbau möglich macht.«

»Und, haben Sie es schon getan?«

»Nein«, war Hoffmanns knappe Antwort.

161

»Ist damit Geld zu verdienen?«

»Das dürfen Sie mich nicht fragen. Das letzte Hemd, das meine Patienten tragen, hat keine Taschen. Diesen Job wählt man nicht, wenn man das große Geld verdienen will.«

»Aber Sie kennen sich doch in der Szene aus?«, bohrte Walde nach. »Oder gilt für Sie ‚eine Krähe hackt der anderen kein Auge aus‘?«

»Ich verstehe mich in erster Linie als Gerichtsmediziner, als Pathologe helfe ich meinen Kollegen, die aus meinen Ergebnissen Rückschlüsse zur Behandlung zukünftiger Patienten ziehen können. Wer bei mir landet, dem kann ich nicht mehr helfen. Höchstens noch insoweit, dass ihm posthum Gerechtigkeit widerfährt, falls ich feststelle, dass jemand ermordet worden ist oder er oder sie wegen eines schweren Kunstfehlers in die ewigen Jagdgründe geschickt wurde.«

»Kunstfehler, ein so harmloses Wort«, sagte Walde. »Da denke ich an Maler, denen der Pinsel ausrutscht, oder Bildhauer, die einer Skulptur die Nase abgehauen haben, nicht an Unfähigkeit, Fehldiagnosen, falsche Medikamentendosierung oder sonstige ärztliche Schlampereien.«

Hoffmann kam wieder auf den Fall zurück: »Was macht Ihre Ermittlung in Sachen *Populis?*«

»Die Afrikaner sind wahrscheinlich in Metz oder Nancy an Bord gegangen«, antwortete Walde.

»Da Frankreich als sicheres Land gilt, ist keine legale Einreise zum Zwecke eines Asylbegehrens in Deutschland möglich,« überlegte amnesty-international-Mitglied Hoffmann.

»Den Leuten wurde etwas versprochen. Etwas, das besser war als die Abschiebung nach Togo und damit Gefängnis, Folter und Tod.«

»Oder ihnen wurde viel Geld für eine Organspende versprochen«, warf Walde ein.

»Einer Niere sieht man die Hautfarbe des Spenders nicht an«, sagte Hoffmann.

*

»Das war gestern Abend eine gute Idee mit dem Essen bei dir. Die Atmosphäre war viel gelöster als im Präsidium.« Harry fuhr im Gegensatz zum vergangenen Abend in ungewöhnlich zurückhaltendem Tempo über die nasse Eifelautobahn.

Wie im April wechselten sich Sonne und Regen ab. Der noch vor wenigen Minuten heftig über die Landschaft fegende Platzregen hatte nachgelassen. Bei Wittlich hatte sich die Fahrbahn in eine Seenplatte verwandelt. Die Temperatur war unter zehn Grad gefallen.

»Den Tipp hab ich von einem Freund. Die machen das manchmal in ihrer Werbeagentur so, wenn im Team neue Ideen entwickelt werden sollen«, Walde blätterte in den Informationen, die ihm Grabbe über den Orden der Gebenedeiten Schwestern Steineroth und die Einrichtungen ausgedruckt hatte. »Es war nur schade, dass wir nicht länger Zeit hatten.«

Walde vertiefte sich wieder in Grabbes Unterlagen.

»Eine Leprastation in der indischen Provinz, ein Krankenhaus in Kalkutta, eine Klinik in Dubai, in Paraguay, in Belgien«, las er vor. »Eine ziemlich bunte Mischung ist das.«

»Das war für Eifeler Verhältnisse schon ein ziemliches Durcheinander, als ich vor zehn Jahren dort war«, erzählte Harry. »Da liefen Schwestern aus mehreren Kontinenten rum.«

»Hübsch?«

»Hör' mal, das waren Ordensschwestern in Tracht. Außerdem hatte ich andere Sorgen.«

»Du hattest den Unfall im Dienst?«

»Ich bin nicht selbst gefahren, wenn du das meinst, aber ich hatte meine Beine ein halbes Dutzend mal gebrochen und bekam ein paar Stahlstifte eingesetzt. Es hat zwei Monate gedauert, bis ich dort in die Reha kam, und noch mal so lange, bis ich halbwegs wieder laufen konnte.«

Es hatte wieder stark zu regnen angefangen. Harry stellte die Scheibenwischer auf die höchste Stufe, um der Gischt eines Lastwagens, den er gerade überholte, Herr zu werden.

»Ich war noch ein ganz kleiner Bulle in der Provinz, der Kommissar werden wollte. Aber als Invalide kann man kein Kommissar werden.«

»Aber als Kommissar umso schneller Invalide«, ergänzte Walde.

»Wenn dich der Bus vor zwei Jahren erwischt hätte, als du den Kindermörder vom Mofa gestoßen hast, würdest du jetzt keine Späße machen«, beschwerte sich Harry.

»Dann würde ich jetzt wahrscheinlich überhaupt nichts mehr tun.«

»Ich hatte mich damals schon ernsthaft nach anderen Jobs umgesehen. Mit fünfundzwanzig in den Ruhestand, da wäre ich durchgedreht«, erzählte Harry weiter. »Als es so langsam wieder aufwärts ging, hab' ich viel beim Wachdienst der vermaledeiten Kliniken rumgehangen. Eine Zeitlang hatte ich überlegt, mich vielleicht bei denen zu bewerben.«

»Und?«

»Zwei Jahre später konnte ich wieder die fünftausend Meter in neunzehn Minuten laufen.«

*

Nach einer weiteren halben Stunde bogen sie von der Landstraße in das Gelände der Kliniken der Gebenedeiten Schwestern des Klosters Steineroth ein. Hinter den beiden Parkhäusern sperrten zwei Schranken die Einfahrt zum eigentlichen Klinikgelände ab. Durch die mit einem Automaten gekoppelte Schranke wurden alle Fahrer mit Berechtigungskarte geschleust. Harry ordnete sich in die Spur ein, die direkt zum Wärterhaus führte.

Nachdem er seinen Dienstausweis gezeigt hatte und an der Pforte vorbeigefahren war, fragte Walde: »Und, hast du noch jemanden von damals erkannt?«

Harry schüttelte den Kopf und parkte den Wagen auf einem für Behinderte reservierten Parkplatz vor einem großen zusammenhängenden Gebäudekomplex aus Backstein, der aus dem alten Krankenhaus, dem Kloster und der Klosterkirche bestand.

Noch bevor Walde protestieren konnte, war Harry aus dem Auto gestiegen und eilte auf den Haupteingang zu. Dort standen Patienten in Freizeitanzügen und Bademänteln Zigaretten rauchend um zwei wie Taufbecken wirkende Gefäße herum.

Einige schauten zu Walde herüber, als er aus dem Wagen stieg. Für einen Moment überlegte er, ob er eine Behinderung vortäuschen sollte, ließ es dann aber bleiben. Er schlenderte auf ein kleines Wäldchen zu. Der Weg schlängelte sich einen mit mächtigen Bäumen bewachsenen Hügel hinauf. Niemand begegnete Walde. Der Regen hatte aufgehört, doch bei Windstößen prasselten dicke Tropfen aus den noch spärlichen Blättern der Bäume. Über den Weg war eine Metallkette gespannt, an der ein Schild »Nur für Befugte« hing. Walde schaute im Lageplan nach, den Grabbe ausgedruckt hatte. Das Gebäude mit dem Schornstein war das alte Heizwerk und auf dem Hügel befand sich das Gästehaus der Gebenedeiten Schwestern. Ausgerechnet jetzt ergoss sich eine weitere Ladung Wasser von oben. Da, wo die Tropfen das Papier trafen, löste sich umgehend die Tinte auf.

Walde beugte sich schützend über den Plan. Als das Prasseln aufhörte, steckte er die Unterlagen in seine Jacke. Später musste er noch zweimal den Lageplan hervorkramen, um sich beim Umkreisen der Klosteranlage zu orientieren. Dabei fielen ihm die gestrichelten Linien auf, die er ursprünglich für Wege gehalten hatte. Sie verliefen in der Regel schnurgerade und deckten sich nur selten mit denen im Gelände. Walde vermutete, es könnte sich um Verbindungstunnel zwischen den Gebäuden handeln. Damit hätte er auch eine Erklärung dafür, warum ihm hier draußen kaum jemand begegnete.

Als Walde zum Haupteingang zurückkam, hatte sich nichts an der Szenerie geändert. Um die beiden Taufbecken stiegen weiter Rauchzeichen gen Himmel.

Walde setzte sich in den Wagen, betrachtete erneut den Lageplan und widmete sich dann dem Grundriss des Haupthauses. Er glich einem Labyrinth. Da, wo sich das Kloster befand, war nur eine weiße Fläche eingezeichnet.

Walde schaute wieder zum Eingang. Er war überrascht und schaute nochmals hin. Dort stand Harry inmitten der Nikotinabhängigen. Nein, eine Kippe hatte er nicht in der Hand. Er unterhielt sich angeregt mit einem alten Mann in längs gestreiftem Bademantel und Lederpantoffeln.

*

Lilian Goedert legte erst am späten Vormittag ihren Schmuck an. Ohne ihn zeigte sie sich nie in der Öffentlichkeit. Selbst ihren engsten Angestellten gegenüber war das nicht anders. Lieber wäre sie ohne Zähne aufgetreten. Aber das erübrigte sich, seitdem sie sich in den Staaten die sündhaft teuren Implantate hatte einsetzen lassen. Sie war bester Stimmung, obwohl ihre ersten Gedanken eher zur Sorge Anlass gegeben hätten.

Als sie die Luke öffnete, hörte sie den vertrauten Klang des Außenborders. Gleich darauf signalisierte ihr eine leichte Erschütterung, dass das Schlauchboot angelegt hatte.

Hemp kam an Bord. Sicher brachte er Croissants mit.

Lilian Goedert trug ihre Tagescreme auf. Ihre Gesichtshaut war für ihr Alter immer noch erstaunlich straff. Sie war heilfroh, dass sie nie zu den übermäßigen Sonnenanbeterinnen gehört hatte. Das Blubbern der Kaffeemaschine aus der Kombüse hob ihre Laune noch weiter. Erst jetzt bemerkte sie den Grund für ihr Wohlbefinden. Sie hatte keine Schmerzen. Heute war der erste Tag seit gut einem halben Jahr, an dem sie vollkommen schmerzfrei aufgewacht war.

»Bonjour Madame«, wurde sie von Hemp begrüßt. Er war wie immer auf seine Art freundlich, ohne nur die Spur servil zu wirken. Sicher hatte er schon ein herzhaftes Frühstück hinter sich. Ein so kräftiger Mann wie Hemp machte sich nichts aus Croissants mit Marmelade. Wahrscheinlich hatte er in seinem Wohnwagen, der nicht weit von hier auf einem Campingplatz bei Cochem stand, gefrühstückt. Vielleicht war er aber auch die ganze Nacht unterwegs gewesen.

Sie kannte Hemp nun schon seit beinahe fünfundzwanzig Jahren. In dieser Zeit hatte er sich kaum verändert. Nach wie vor kämmte er seine roten Haare sorgfältig von allen Seiten über seine Glatze. Hemp war übergewichtig, bewegte sich in einem gemächlichen Seemannsgang und sprach ebenso gedehnt. Doch wenn die Situation es erforderte, konnte Hemp zeigen, dass er trotz seiner knapp sechzig Jahre immer noch fit und durchtrainiert war.

Als ihr Mann ihn damals eingestellt hatte, war er noch eine Art besserer Schrotthändler gewesen und hatte mit Antiquitäten aus Metall vom Gussofen bis zum Messingbett gehandelt. Nach und nach wurde er zum Vertrauten der Familie. Nach dem Tod ihres Mannes übernahm Hemp den Job als Mann für alles, als Kapitän, Hausmeister, Jagdhelfer, Bodyguard und Privatsekretär.

Auch wenn er nie einen Hehl daraus machte, dass er ohne gute Bezahlung keinen Finger krümmen würde.

»Morgen, Hemp.« Sie nahm am gedeckten Tisch Platz.

Hemp schenkte Kaffee ein und reichte ihr den Korb mit Croissants: »Gut geschlafen?«

»Du weißt doch, bevor diese Sache nicht aus der Welt geschafft ist, kann ich kaum ein Auge zumachen.«

»In Nancy brauch' ich mich nicht mehr blicken zu lassen. Die haben Wind von der Sache gekriegt.«

»Aber bei hunderttausend Schweizer Franken?«, fragte sie erstaunt.

»Es ist doch schei…«, er korrigierte sich, »shitegal, ob man für hunderttausend oder eine Million ins Gras beißt.«

»Was heißt das?«

»Das heißt, ich muss mich woanders umsehen.«

»Und was haben deine Leute in Trier in der Zeitung angestellt?«

»Ich sollte den Trotteln noch den Unterschied zwischen einem Bildschirm und einem Computer erklären. Die dachten, sie hätten ganze Arbeit geleistet, aber…«

»Die Sache ist nach hinten losgegangen«, beendete sie den Satz. »Erst vermasseln sie die Tauchaktion an der *Populis* und dann das.«

»Ich hab' sie in Metz gelassen und ihnen gesagt, ich hole sie nicht ab, bevor sie vier Typen aufgetrieben haben.«

»Wir brauchen doch nur drei?«, fragte sie.

Hemp nickte: »Weiß ich, aber wir müssen auf Nummer sicher gehen. Der Doktor in Nancy hat kalte Füße bekommen, die Tests müssen hier in Deutschland gemacht werden.«

»Was ist, wenn einer HIV-positiv ist, Hepatitis oder sonst was hat?«

Hemp zuckte mit den Schultern.

Madame Goedert blieb hartnäckig: »Wir haben noch nie jemanden zu Professor Sieblich vermittelt, der nicht als Spender in Frage kam.«

»Darum kümmere ich mich.« Hemp sagte dies in dem trockenen Ton, den Madame Goedert kannte. In seinen Worten schwang soviel Überzeugung mit, dass sie keine weiteren Fragen mehr stellte.

»Danach ist Schluss, die Sache wird zu heiß«, murmelte sie.

*

Auf der Rückfahrt war die Straße weitgehend trocken. Harry, der zu Waldes Verwunderung den Wagen ebenso langsam wie auf der Hinfahrt steuerte, berichtete, was er in der Klinikverwaltung erfahren hatte: »Der bei der Yacht von Madame Goedert beobachtete Wagen wird ausschließlich von Prof. Sieblich genutzt.«

»Wer ist das?«, fragte Walde.

»Prof. Dr. Eberhard M. Sieblich ist Chefarzt der Abteilung Chirurgie...«

»Auch Schönheitsoperationen für ältere Damen?«, unterbrach ihn Walde.

»Nein, sein Spezialgebiet ist die Transplantation von Nieren. Er soll auf diesem Gebiet eine weltweit anerkannte Kapazität sein und lange Jahre in Kalkutta, Dubai und den Staaten gearbeitet haben.«

»Wie hast du es angestellt, dass du so schnell diese Auskünfte kriegen konntest?«

»Ich habe der Frau in der Verwaltung erzählt, dass der Wagen angezeigt worden wäre, weil er bei Rot über die Ampel gefahren sei und dabei einen Fußgänger gefährdet habe. Falls es sich um den Wagen eines Arztes handele, der in einem dringenden Fall unterwegs war, könne vielleicht von einer Anzeige abgesehen werden.«

»Und da hat sie dir bereitwillig Auskunft gegeben?«, staunte Walde.

»Hier in der Eifel gilt das Wort eines Polizisten noch, da kommt man nicht auf dumme Gedanken.«

»Und was hast du an den Taufbecken gemacht?«

»An welchen Taufbecken?«

»An diesen Nikotintonnen vor dem Eingang«, präzisierte Walde.

»Ein Gespräch unter Eifelern, natürlich in Platt. Über das Wetter und dass es hier noch nicht einmal ein Dach über dem Kopf für die Raucher gibt.«

»Sehr interessant«, rutschte es Walde heraus.

»Du hast gefragt«, bemerkte Harry spitz und schaltete den Tempomat auf 100 Stundenkilometer. »Mein Eifeler Landsmann erzählte, die da oben, in dem Haus auf dem Hügel...«

»Dem Gästehaus«, unterbrach ihn Walde.

Harry nickte: »Die hätten eine eigene Küche und dürften auch im Gebäude rauchen. Die lebten wie in einem Luxushotel. Manche kämen im Helikopter angereist.«

»Ich dachte, das Gästehaus hätte mit dem Kloster zu tun«, sagte Walde.

»Keine Ahnung, ich hab' nur wiederholt, was mir erzählt wurde.«

Sie kamen noch rechtzeitig zur Besprechung, die auf siebzehn Uhr terminiert war, zurück zum Präsidium.

Die Identität der fünf Opfer war von den französischen Behörden anhand der von Trier übermittelten Fotos der Leichen geklärt worden.

Gabi übersetzte das knappe Fax: »Es handelt sich bei den Toten ausschließlich um Asylanten aus dem afrikanischen Togo. Die drei Männer heißen Hounkali Edoh, Nutsukpi Lebo, Agbelé Erastus und die beiden Frauen Viola Benjamin und Gnassingbé Koffu. Sobald neue Ergebnisse vorliegen, werden wir Sie informieren..«

Für einen Moment herrschte Schweigen am Tisch.

Als Harry von Professor Sieblich berichtete, notierte sich Grabbe den Namen und versprach, den Mann auf Herz und Nieren zu prüfen. Da sich auch bei den anderen im Laufe des Tages wenig ergeben hatte, verschwand Grabbe gleich darauf.

Es dauerte nur wenige Minuten, in denen Gabi von der Sitte vortrug, dass sie bisher keine Hinweise auf eine Verbindung des Falls *Populis* zum Rotlichtmilieu gefunden habe, bis Grabbe wieder zur Tür hereinkam. Sein Gesichtsausdruck verriet, dass er etwas Interessantes entdeckt hatte.

Er räusperte sich: »Dieser Sieblich heißt nur Eberhard mit Vornamen. Das ,M.' gibt es nicht.«

»Gibt es vielleicht zwei Dr. Sieblich?«, fragte Walde.

»Das können wir ausschließen, Geburtsdatum und Geburtsort sind identisch«, fuhr Grabbe fort. »Gegen ihn war 1989 ein Verfahren wegen Ungereimtheiten mit den Kennnummern von verpflanzten Organen anhängig. Die Spendernieren ließen sich nicht eindeutig zurückverfolgen.« Grabbe schaute stolz in die Runde.

»Und?«, verlor Monika als erste die Geduld.

»Es wurde eingestellt. Die Rechtslage war damals noch ziemlich unklar. Das Transplantationsgesetz wurde erst acht Jahre später verabschiedet. Wie ich das hier sehe, hatte der Sieblich gute Anwälte. Gleich danach ist er ins Ausland gegangen. Erst Dubai und dann Indien.«

»Wo hast du denn das alles in so kurzer Zeit her?«, staunte Harry.

»Man muss nur wissen, wo man suchen soll und«, Grabbe grinste wieder in die Runde, »den einen oder anderen guten Kontakt haben.«

»Und der Professor, ist der auch nicht echt?«, wollte Harry wissen.

Grabbe schaute auf seinen Notizblock: »Sieblich hat eine Professur an der Uniklinik Mainz.«

»Dann könnte er Madame Goedert in Luxemburg kennengelernt haben. Vielleicht haben die was miteinander«, vermutete Gabi.

»Er ist zwanzig Jahre jünger als sie«, stellte Harry fest.

»Nach dem, was mir erzählt wurde, steht Madame auf Boys«, beharrte Gabi.

»Als Boy geht der Professor beim besten Willen nicht mehr durch«, konterte Harry.

»Da gibt es noch etwas, was ich nicht ganz verstehe«, nutzte Grabbe die Gelegenheit, als die beiden schwiegen. »Der Professor soll doch eine Kapazität auf dem Gebiet der Nierentransplantation sein. Wie kommt es, dass er ausgerechnet nach Dubai geht, wo Transplantationen generell verboten sind? Das ist übrigens in der ganzen arabischen Welt so. Ich kann mir nicht vorstellen, dass Sieblich sich in Anbetracht der drastischen Strafen getraut hat...«

»Gut, aber danach ist er nach Indien gegangen«, unterbrach ihn Walde.

»Da sollen die Araber, die es sich leisten können, einen wahren Transplantationstou...«, Grabbe blieb bei dem Wort dreimal hängen, bis er es endlich komplett ausgesprochen hatte, »einen Transplantationstourismus entfacht haben. Das wird in Indien ganz lax gehandhabt. Eine Niere kriegt man da für ein paar Rupien. Aber indische Nieren haben keinen besonders guten Ruf. Zum einen ist die Gefahr einer Hepatitis- oder gar HIV-Infektion gegeben und zum anderen sollen indische einfach nicht so gut wie westliche Spendernieren funktionieren.«

»Und wie ist das hier?«, fragte Monika.

»Die Wartezeit auf eine Spenderniere beträgt häufig mehr als fünf Jahre. Bis dahin sind viele Dialysepatienten gestorben«, Grabbe raschelte mit seinen Blättern. »Wer ein Organ bekommt, kann sich freuen, die Transplantationen gelingen immer besser.«

»Ich hab' da eine Frage«, sagte Gabi und warf Grabbe einen ihrer berühmten Augenaufschläge zu. »Wenn ich jetzt dringend eine Spenderniere brauche und nicht fünf Jahre warten möchte, kann sie mir doch jemand spenden?«

»Du meinst eine Lebendspende?«, fragte Grabbe.

»Ich kann ja schlecht jemanden dafür abmurksen, ich bin doch schließlich bei der Polizei!«, Gabi brach in herbes Gelächter aus, an dem sich sonst niemand am Tisch beteiligte.

Grabbe hielt den linken Zeigefinger an eine Textstelle: »Für Lebendspenden gilt nur ein eingeschränkter Personenkreis: enge Verwandte und nahestehende Personen.«

»Enge Verwandte hab' ich keine mehr. Gehen Kollegen als nahestehende Personen durch?«

»Nur, wenn sie mit dir verheiratet sind.«

»Hm.« Gabi lehnte sich in ihren Stuhl zurück.

»Gute Arbeit, Grabbe!«, gratulierte Walde seinem Kollegen, dessen Gesicht vor Freude rot anlief. »Wir müssen die Krankenanstalt der Gebenedeiten Schwestern in Steineroth genauer unter die Lupe nehmen und ab sofort diesen Professor Sieblich in die Überwachung mit aufnehmen.«

Walde griff zum Telefon. Er hatte Glück, Staatsanwalt Roth war in seinem Büro und schien guter Laune zu sein: »Wie geht's, Herr Kommissar, was kann ich für Sie tun?«

»Womit wir gleich beim Thema wären«, antwortete Walde. »Erfüllen Sie mir drei Wünsche und mir geht es bestens.«

»Und die wären?« Staatsanwalt Roth war wieder in den üblichen kühlen Tonfall zurückgefallen.

»Erstens eine Durchsuchung aller Räume und Fahrzeuge, zu der Madame Liane Goedert Zutritt hat, zweitens eine Durchsuchung der Verwaltung des Krankenhauses der Gebenedeiten Schwestern, drittens eine Telefonüberwachung von Madame Goederts Mobiltelefon auf der Yacht. Die liegt zurzeit in der Nähe von Cochem.«

»Wie ist die Aktenlage zu den einzelnen Punkten?«, fragte der Staatsanwalt.

»Zu Punkt eins und drei ein Gefühl und die einzige lauwarme Spur in Form einer Telefonnummer, die wir bei einem der Schiffer von der *Populis* gefunden haben. Zu Punkt zwei nur ein Gefühl«, antwortete Walde ehrlich.

»Ich brauch' Ihnen nicht groß zu erläutern, dass ich gar nicht erst versuchen werde, die Hausdurchsuchungen zu beantragen«, kam Roths Antwort postwendend. »Bei der Telefonüberwachung schaue ich mal, was sich machen lässt.«

»Danke, Sie werden es nicht bereuen!« Walde legte auf, bevor eine der traditionell skeptischen Bemerkungen des Staatsanwalts folgen konnte.

*

»Walde, du weißt, dass ich schon einmal Glück hatte und aus der Klinik wieder in den Polizeidienst zurück durfte.« Harry wendete den Blick nicht von der kaum befahrenen Autobahn.

Walde nickte, ihm fiel auf, dass sein Assistent ihn schon längere Zeit nicht mehr mit Stefan anredete. Offenbar hatte er seinen Derrickfimmel aufgegeben.

Ein klappriger 2 CV überholte sie.

»Walde, hörst du mir überhaupt zu?«

»Doch, doch«, Walde kehrte von seinem Gedankenausflug zurück.

»Was hast du bei den vermaledeiten Schwestern vor?«

»Nichts, was deine Karriere in Gefahr bringen könnte. Du fährst ins Parkhaus und wartest dort. Das ist alles.«

»Und warum musste ich dir den Lageplan des Krankenhauses erläutern?«, bohrte Harry nach.

»Wenn ich mich verlaufe, treffe ich spätabends vielleicht niemanden an, den ich nach dem Weg fragen kann.« Ein Lkw mit Anhänger quälte sich Zentimeter um Zentimeter an ihnen vorbei.

»Wegen eines Hausdurchsuchungsbefehls habe ich bei Roth auf Granit gebissen, wenigstens kümmert er sich um eine Telefonüberwachung«, sagte Walde.

»Der Klinik?«, fragte Harry.

»Nein, des Mobiltelefons der Goedert.«

»Immerhin etwas.«

Walde nickte.

»Und jetzt willst du einbrechen.« Harry blickte weiter auf die Straße und behielt beide Hände am Lenkrad.

»Ich betrete vor 22 Uhr ein Gebäude, in dem es viel Publikumsverkehr gibt. Es könnte sein, dass ich im Rahmen einer Ermittlung, über die ich aus fahndungstechnischen Gründen nichts Näheres sagen kann, einer Person auf den Fersen bin, deren Identität ebenfalls aus oben genannten...«

»Danke, ich hab' verstanden«, unterbrach ihn Harry.

Auf den letzten Kilometern schwiegen sie. Die Landstraße zur Klinik war am späten Abend nur wenig befahren. Der Himmel war wolkenverhangen. Kein Dorf, nicht einmal ein vereinzelt stehender Bauernhof tauchte auf. Walde sah nur das, was von den Scheinwerfern ihres Wagens angestrahlt wurde. Ringsum war schwarze Dunkelheit. Sie bewegten sich wie durch einen riesigen Tunnel.

*

Auf der ersten Ebene des Parkdecks stand einsam ein rostiger Honda. Harry parkte daneben. Er klappte den Sitz nach hinten und machte es sich bequem.

Walde nahm eine Plastiktüte aus dem Kofferraum, zog Schuhe und Strümpfe aus und schlüpfte in Birkenstocklatschen, die zusammen mit einer dicken Hornbrille zuoberst in der Tüte lagen. Die Brille hatte er vor Jahren zu einem Faschingsfest getragen. Es handelte sich um eine Spezialanfertigung aus der Optikerwerkstatt seiner Schwester. Die Dicke der Gläser kam an Glasbausteine heran. Zum Schluss zog Walde eine Wollmütze über, unter der er sorgfältig alle heraushängenden Locken verstaute.

Bevor er losging, öffnete er noch einmal die Beifahrertür, warf seine Jacke hinein und fragte: »Hat dein Telefon Empfang?«

Harry zuckte zusammen, weil er Walde im ersten Augenblick nicht erkannte: »Was ist denn jetzt los?«

»Hat es Empfang?«, wiederholte Walde.

Harry nickte.

Vor dem Parkhaus spannte Walde einen Schirm auf, hielt ihn tief über den Kopf und ging schnellen Schrittes an der Pforte vorbei. Die Plastiktüte sollte den Eindruck erwecken, er bringe einem frisch eingelieferten Patienten ein paar notwendige Utensilien.

Im Park am Haupthaus steuerte er eine Bank an, die etwas abseits unter einer mächtigen Zeder stand. Von den Laterne an den Wegen fiel nur wenig Licht hierher. Bevor Walde die Tüte absetzte, wischte er mit der flachen Hand über die nassen Bretter. Dann faltete er den Schirm zusammen und steckte ihn in den feuchten Rasen hinter der Bank. Er rollte die Hosenbeine bis unter die Knie hoch und zog einen dunklen Bademantel aus der Tüte, in den er hineinschlüpfte. Die beiden aufgesetzten Taschen waren prall gefüllt. Walde kramte eine Weile darin herum, bis er das Pflaster fand, das er sich quer unter das rechte Auge klebte. Mit einem violetten Filzstift malte er auf seine linke Schläfe vom Mützenrand bis in Augenhöhe drei untereinander liegende Kreuze. Damit hoffte er, sich für den Notfall zunutze machen zu können, dass sich die meisten Zeugen von auffälligen Nebensächlichkeiten so ablenken ließen, dass sie sich später an wesentliche Merkmale nicht mehr erinnern konnten.

Walde schlich zwischen den Bäumen bis zu einem Weg, der zum Haupteingang von Steineroth führte.

An den Taufbecken stand nur noch ein Raucher. Nach den Lederpantoffeln und dem längs gestreiften Bademantel zu urteilen, konnte es der gleiche alte Mann sein, mit dem sich Harry am Vormittag unterhalten hatte. Walde stellte sich neben ihn und kramte den Tabak aus der Tasche.

Nach einer Weile sagte sein Nebenmann: »Scheiß Wetter heute.«

Walde entschied sich spontan, in einer Art Singsang zu antworten: »Ist nirrt so schlerrt wie jestern.«

In diesen Akzent fiel sein Vater früher jedes Mal, wenn er von seinem Meister erzählte, einem in den zwanziger Jahren vor den Sowjets geflüchteten Optiker, der bald darauf auch aus Deutschland emigrieren musste.

»Was für ein Landsmann sind Sie denn?«, fragte der Raucher.

»Deitsch, schon was meine Großmutter war, Familie immer deitsch jewesen«, Walde machte eine Handbewegung und verlor dabei einen Teil des Tabaks. »Und Oleg findet hier bald ruhijes Plätzchen auf Friedhof in alter Heimat.«

Walde spürte, wie sein Gegenüber unruhig wurde und ihn verstohlen beobachtete.

»Dann gut' Nacht«, die Neugier erlosch ebenso schnell wie die Kippe in dem Gemisch aus Matsch, Filter und Tabak.

Walde leckte die Gummierung und winkte dem Davonschlurfenden mit der krummen Zigarette nach. Er ärgerte sich über seinen dämlichen Auftritt. Was war über ihn gekommen? Sein Verhalten kam ihm respektlos vor. Würde er sich jetzt besser fühlen, wenn er dem Mann einen italienischen Akzent vorgegaukelt hätte? Er dachte an die Standardbeschreibungen in vielen schlechten Polizeiberichten: südländisches Aussehen, südländischer Akzent.

Doch das lag jetzt alles hinter ihm, er hatte soeben die wohlgeordnete Welt der Polizei, der Vorschriften und Kleinkariertheit verlassen.

*

Walde steckte den Tabak ein und betrat durch die Schwingtür die Eingangshalle. Zu seiner Linken sprach hinter einer Glasscheibe eine Frau mit Kopfhörer in ein dünnes Mikrofon. Vor ihr blinkten kleine Lämpchen auf einer Anzeigetafel. Sie warf ihm einen kurzen Blick zu und widmete sich wieder der Telefonvermittlung.

Von innen sah das Haus weit freundlicher aus, als es der kantige Backsteinklotz erwarten ließ. In der Luft hing der typische Geruch nach Desinfektionsmitteln, verkochtem Essen und Krankheit.

In der Mitte des hellen Foyers plätscherte Wasser über eine große Bronzeplastik. Sie stand in einem reich begrünten Becken, um das orangefarbene Sitzschalen gruppiert waren.

Walde musste den Kopf drehen, um den gesamten Raum überblicken zu können. Die Glasbausteine in seiner Brille waren zwar aus Fensterglas, schränkten dennoch sein Sichtfeld erheblich ein.

Das Foyer war menschenleer. Neben den Fahrstühlen las Walde die Tafel mit den Wegweisern zu den Stationen. Station 4b, Innere, vierter Stock, Zimmer Nummer 431 – sollte es jemand wissen wollen, würde das seine genuschelte Adresse sein.

Hinter der Station mit dem Buchstaben F war als Chefarzt Prof. Dr. Sieblich eingetragen. Nebengebäude stand in Klammern dahinter.

An einer der Stuhllehnen hing ein dunkler Holzstock. Den hatte wohl ein Besucher der Ambulanz hier vergessen. Vielleicht ging es ihm aber auch nach der Behandlung bereits so gut, dass er auf die Gehhilfe verzichten konnte. Oder hatten die Ärzte den Stock als Indiz für ihre Heilkunst hingehängt? Walde konnte sich erinnern, einmal in einer Wallfahrtskapelle eine umfangreiche Sammlung zurückgelassener Krücken gesehen zu haben.

Ein Klingeln kündigte die Ankunft eines Fahrstuhls an. Walde schnappte sich den Stock und trat durch die auseinandergleitenden Türen in die Kabine. Sie war viel länger, als er erwartet hatte. Es schien sich um einen Bettenlift zu handeln.

Mit dem dunklen Gummi am Ende des Stocks zielte Walde auf die Knopfleiste. Beim dritten Versuch traf er die Taste U1. Die Abfahrt reichte, um einen der durchsichtigen Handschuhe überzustreifen. Der Lift wurde abgebremst.

*

Das rote Signallämpchen am Telefon zeigte Lilian Goedert, dass wieder jemand vergeblich versuchte, sie zu sprechen. Sie hatte den Ton ausgeschaltet. Heute Morgen hätte sie Hemp warnen sollen! Wenn sie auch den deutschen Wasserschutzpolizisten Stadler kannte und als harmlos einstufte, so hatte die späte Stunde und die angebliche Landpolizistin zu ihrer höchsten Beunruhigung beigetragen. Diese Frau hatte nicht so gewirkt, als würde sie sich mit Bagatellermittlungen befassen.

Sie musste vorsichtig sein. Eine lange Lebenszeit lag schon hinter ihr. Nicht, dass es immer leicht gewesen war, aber sie hatte einiges daraus gemacht. Außer ihrem blendenden Aussehen hatte sie in jungen Jahren keine Talente aufzuweisen. Ihr Mann brachte ihr bei, wie Kontakte geknüpft, gute Beziehungen gepflegt und zum richtigen Zeitpunkt Geschäfte gemacht wurden.

In seiner Werft verkehrten anfangs fast ausschließlich Mitglieder der damals noch recht kleinen Haute vollée der Luxemburger Gesellschaft. Das änderte sich mit dem Aufschwung des Landes zu einem Bankenzentrum, einem Mekka für Steuerflüchtige und Sitz der Europäischen Union. Die kleine und feine Gesellschaft bekam kräftig Zuwachs und konnte auch gegenüber den früher mit gerümpfter Nase als Neureiche bezeichneten Bewerbern nicht mehr wählerisch sein.

Madame Goedert hatte irgendwann dazugehört. Manchmal musste sie sich kneifen, wenn sie mit der Erzherzogin über irgendeinen Botschafter lästerte. He, ich bin im armen Stadtteil Grund, in ganz bescheidenen Verhältnissen aufgewachsen. Ich war zu blöd, um im fünften Schuljahr ihren Namen richtig zu schreiben und jetzt lache ich hier mit der Firstlady.

Es traf zu, dass im »Ländchen«, wie Luxemburg im Trierer Raum genannt wurde, alles anders war. Große Deals wurden ohne schriftliche Verträge in feinen Restaurants beim Mittagessen abgeschlossen. Jeder kannte jeden, wenn er zum inneren Kreis gehörte, egal ob Politiker, Kleriker oder Wirtschaftsboss. Darunter versteckte sich auch der ein oder andere Gangster. Wenn er aufflog, wurde die Sache meist diskret geregelt.

Im vorliegenden Fall konnte sie darauf nicht hoffen. Das Einzige, was ihr vielleicht gegönnt wurde, war Zeit, sich aus dem Staub zu machen. Sie hatte ausgesuchte Verstecke auf den Balearen, in Samoa und in Finnland zur Auswahl. Wenn alle Stricke rissen, blieb ihr immer noch das One-Way-Ticket in Form einer knapp drei Millimeter kleinen Tablette.

Wieder leuchtete das rote Lämpchen am Telefon.

Sie nahm ab: »Ja?«

»Es wird morgen Mittag erledigt. Ich brauch' mehr Geld. Schlafen Sie gut.«

Der Kontakt war abgebrochen. Sie hatte Hemps Stimme erkannt.

*

Im Keller roch es leicht modrig. Außer dem leisen Schlurfen von Waldes Birkenstocklatschen gab es kein Geräusch. Die Stahltüren waren grau lackiert. Sie trugen verblichene Aufdrucke mit Buchstaben und Zahlen, auf die er sich keinen Reim machen konnte. Wände und Decken waren hellgelb gestrichen. Es war ziemlich dunkel hier unten. Nach ein paar Metern bemerkte Walde, dass die meisten Lampen ausgeschaltet waren, als eine Art Not- oder Nachtbeleuchtung. Er orientierte sich an den grünen Hinweisen auf Fluchtwege. Am Ende des Gangs spähte er um die Ecke. Im Dämmerlicht war niemand zu sehen.

Walde schlich weiter an grauen Stahltüren vorbei. Links ging ein schmaler Seitengang ab. Walde bemerkte ihn erst, als er in gleicher Höhe war. Er blieb stehen und lauschte. Ganz leise summte ein Motor. Vielleicht ein Aggregat?

Walde ging weiter. Das Geräusch nahm ab. Hinter der nächsten Biegung zeigten die Pfeile der grünen Schilder in zwei

Richtungen. Der eine deutete direkt auf eine Stahltür. Hinter ihr befand sich wahrscheinlich ein Treppenaufgang.

Gegenüber leuchtete der Rufknopf eines Fahrstuhls. Die nächste Tür bestand aus zwei Flügeln. Das große P ließ auf die Pathologie schließen. Walde verspürte wenig Lust, dort hineinzuschauen. Dennoch versuchte er den Türgriff. Es war nicht abgeschlossen. Im Flur dahinter war es dunkel. Walde zögerte. Er schloss die Tür und drang weiter in die Unterwelt des Hauses ein. Wieder kreuzten sich die Gänge. Walde entschied sich für die rechte Seite. Dort, wo ein schmaler Nebengang abzweigte, hielt er unter einer Lampe an. Er breitete den Lageplan aus, in dem der Keller nicht eingezeichnet war. Den Fahrstuhl, mit dem er heruntergekommen war, fand er, aber dann wurde es schwierig. Er wollte sich an den Gegebenheiten im Erdgeschoss orientieren. Nach einer Weile gab er auf. Er hatte die Orientierung verloren.

Er ging zurück zu der nicht abgeschlossenen Tür. Kaum hatte er den dunklen Gang betreten, hörte er hinter sich dunkle Stimmen. Dazu gesellte sich ein schleifendes Geräusch, sicher die Räder eines Krankenbettes. Walde hielt die Stahltür mit gedrücktem Griff einen kleinen Spalt offen. Er konnte nicht lokalisieren, aus welcher Richtung die Leute kamen.

Sie waren schon ziemlich nah. Walde konnte einzelne Worte des Gesprächs verstehen. Es drehte sich um Fußball. Walde hatte sie aus der anderen Richtung erwartet. Die beiden Männer, die mit schnellen Schritten vor und hinter einem Krankenbett unterwegs waren, trugen helle Arbeitskleidung. Als Walde die Tür zudrückte, waren sie keine zehn Meter mehr entfernt. Zum Glück schienen sie so in ihre Unterhaltung vertieft zu sein, dass sie nicht weiter auf ihre Umgebung achteten.

In Waldes Gang war es dunkel. Der Karbolgeruch war nur schwach, bestätigte aber eindeutig seine Vermutung, dass sich hier die Pathologie befand. Er hatte die Taschenlampe nicht griffbereit. Es blieb ihm nichts anderes übrig, als die Brille wieder auf die Nase zu setzen und abzuwarten. Draußen hatten die Rollgeräusche aufgehört. Die Unterhaltung wurde munter weitergeführt. Walde konzentrierte sich darauf, was er gesehen hatte. Die beiden Pfleger – und was war in dem Bett? Helles Bettzeug. Er sah etwas Dunkles. Das könnte eine Hand gewesen sein. Dunkelbraun, zu braun für diese Breitengrade.

Mist, der Stock glitt ihm aus der Hand. Walde bückte sich blitzschnell und fuchtelte mit ausgebreiteten Armen ins Dunkel. Seine linke Hand hielt den Stock zurück, konnten ihn aber nicht greifen. Draußen quietschte die Fahrstuhlhydraulik. Dann bekam er ihn zu fassen.

Das Bett wurde in die Kabine geschoben. Walde entspannte sich.

Er schlich wieder auf den Gang hinaus und weiter in die Richtung, aus der die beiden Männer gekommen waren. Bevor er um die nächste Ecke bog, lugte er in den Gang. Dort war eine Stahltür mit einem großen weißen F darauf. Walde zog sofort den Kopf zurück. An der Decke waren zwei Kameras installiert. Eine auf die Tür, die andere auf den Gang gerichtet.

Walde zog sich zurück und betrat wiederum den dunklen Flur zur Pathologie. In der Tiefe des Bademantels fand er endlich die Taschenlampe.

*

Die zahlreichen Gäste in der *Gerüchteküche* redeten gegen die Musik von De-Phazz an. Doris' momentane Lieblings-CD lief noch ein paar Phon lauter als üblich. Sie war spontan für Britta eingesprungen. Zuletzt hatte sie vor mehr als zehn Jahren während ihres Modedesign-Studiums in einem Biergarten serviert.

»Noch zwei Viez!«, rief Jo von der anderen Seite der Theke, wo er in eine Unterhaltung mit dem Vorsitzenden des Münzvereins vertieft war.

»Fahr' nach Haus' zu deiner Frau!«

»Ich sag' Uli, wie geschäftstüchtig du dich hier gleich am ersten Abend anstellst.«

»Der ist noch froher, wenn du gehst«, lachte sie und schenkte nach.

Jo nahm die beiden über die Theke gereichten Steinkrüge entgegen: »Es war Ulis Idee, mir freies Trinken für den Rest des Jahres zu versprechen.«

»Wegen dieser verrückten Tauchgeschichte?«

Jo wies mit den Augen auf seinen Nebenmann.

Doris verstand. »Ich hab' den Altersschnitt gemeint, den hebst du hier mit deiner Anwesenheit um gut und gerne zehn Jahre.«

Sie wurden von einer jungen Frau unterbrochen: »Kann ich noch was Kleines zu essen haben?«

Doris schüttelte den Kopf: »Die Küche ist längst zu.«

»Nur was Kaltes, ein Sommerloch?«, blieb die Hungrige hartnäckig.

Doris wies auf die Tür mit der Aufschrift ‚Interne *Gerüchteküche*‘: »Höchstens noch einen Polizeibericht.«

»Was ist das?«

»Bulette mit Senf und Brötchen«, jetzt war Doris auch wieder eingefallen, was Sommerloch war. Hinter Sommerloch verbarg sich ein nur mit Essig und Öl zubereiteter grüner Salat. Am meisten gewünscht wurden die Ein- bis Fünfspalter. Das waren Baguettes mit verschieden dicken Belägen.

Die Glasscheibe der Redaktion wirkte milchig. In der winzigen Redaktion des *Käsblatts* waberten dichte Rauchwolken. Uli hackte in die Tasten. Eine frisch angerauchte Zigarette hing in seinem Mundwinkel und eine noch qualmende Kippe im Aschenbecher. Rob, ebenfalls mit Kippe im Mundwinkel, saß daneben und versuchte mit filigraner Maustechnik, dunkle Partien in einem Foto aufzuhellen.

Sie waren erst vor einer Stunde aus Cochem zurückgekommen, wo sie den ganzen Tag von einem Versteck im Weinberg aus die Yacht von Madame Goedert im Blick gehabt hatten. So konnten sie einerseits Hemps Besuch fotografieren und hatten andererseits mitgekriegt, dass auch die Polizei einen Wagen mit zwei Beamten zur Observierung abgestellt hatte.

»Shit«, Rob hackte fluchend eine Tastenkombination ein. »Schon wieder abgestürzt. Der brauch' viel mehr Arbeitsspeicher.« Begleitet von einer kurzen Tonfolge startete der Rechner neu.

»Sag' mal, wir sollten Walde Bescheid geben.« Rob, der warten musste, bis sein Gerät wieder hochgefahren war, las den Text auf Ulis Monitor.

Er bekam keine Antwort und wiederholte seinen Vorschlag.

»Hm?«, brummte Uli zurück, der ohne Pause in die Tasten hieb.

»Ich meine, das mit dem Schlauchboot, das sollte Walde wissen«, versuchte es Rob zum dritten Mal.

»Ich hab' noch nicht vergessen, wie mich diese Pressezicke behandelt hat. Die können sich das hier besorgen wie jeder andere auch«, er zeigte zum Bildschirm, wo das Seitenlayout des neuen *Käsblatts* nur noch wenige Lücken aufwies. »Außerdem hatten die doch selbst zwei Bullen auf Posten an der *Speed III*, kann ich doch nichts dafür, wenn die zu blöd sind, die richtigen Schlüsse zu ziehen.«

Ulis Finger zuckten wieder wild über die Tasten. Rob ließ ihn in Ruhe.

*

Die Notbeleuchtung tauchte den Gang in blassblaues Licht. Die nächste Tür war abgeschlossen. Walde benötigte weniger als eine Minute, um das einfache Zylinderschloss zu knacken.

An den Wänden standen dicht an dicht Aktenordner in Regalen. Zwei Schreibtische mit Rechnern und Bürostühlen mit hohen Lehnen standen sich gegenüber. Walde schrak zusammen. Im Schein der Taschenlampe zuckte der Schatten eines Menschen über die Wand. Ein lebensgroßes Skelett stand vor einer Vitrine. Walde entspannte sich wieder. Hinter den Scheiben spiegelte sich das Licht der Taschenlampe in großen Glasbehältern, deren Inhalt er geflissentlich ignorierte.

Er hatte schon den Finger am Schalter eines Rechners, als ihm das schwache Licht hinter dem Fenster unter der Decke auffiel. Er spähte in einen Innenhof. Alle Fenster waren dunkel. Von weiter oben, außerhalb seines Blickfeldes, musste das Licht herkommen.

Walde zog den Bademantel aus, breitete ihn über den Bildschirm und kauerte sich darunter, wie es vor hundert Jahren die Fotografen mit den Plattenkameras praktiziert hatten. Auf diese Weise wollte er vermeiden, dass der Lichtschein des Monitors von außen zu sehen war. Der Rechner fuhr hoch. Passwort! Walde stöhnte. Er zog die Schubladen am Schreibtisch auf, suchte nach Zetteln, Verstecken, wo eventuell der Code notiert war. Nichts.

Unter dem Bildschirm klebte ein gelber Zettel. Darauf stand w.schm1dt04. Ein vergesslicher Walter oder eine Waltraud Schmidt arbeitete wohl an diesem Schreibtisch.

Er gab w.schm1dt04 ein. Der Rechner akzeptierte es nicht. Er versuchte nacheinander alle ihm möglich erscheinenden Varianten. Der Zutritt zur Datenwelt des Krankenhauses blieb ihm verwehrt.

Ohne große Hoffnung auf Erfolg versuchte er es weiter. Nach ein paar Minuten hatte er die ihm bekannten, von Kollegen verwendeten Passwörter, die Namen der letzten Päpste und Bischöfe und alle Kinder-, Katzen-, Pferde- und Hundenamen, die ihm einfielen, eingetippt. Schön, dass ihm das vermaledeite System wenigstens so viele Versuche erlaubte.

Willkommen!

Das Programm öffnete sich! Der Scherzkeks, der hier arbeitete, hatte *VERMALEDEITE* als Passwort eingegeben.

Er begann unter dem Bademantel zu schwitzen. Die Wärme des Bildschirms und seine durch die Anspannung gestiegene Körpertemperatur erzeugten ein treibhausähnliches Klima.

Im Dokumentenordner befanden sich verschiedene Spiele. Der Nutzer hatte ein Faible für Jagden auf Moorhühner und Wespen. Dazwischen lagen Berichte von Obduktionen. Er hatte nichts anderes erwartet.

Das Intranet des Hauses war wieder passwortgeschützt. w.schm1dt04 war das Sesam-öffne-dich. Schweißtropfen liefen Walde über die Augenbrauen. Er nahm die Brille ab und rieb die brennenden Augen. Sein Genick schmerzte von der verkrampften Haltung. Er schaltete Bildschirm und Rechner aus und reckte sich. Ein paar Minuten genoss er die Abkühlung.

Im Dunkeln zog er sein Mobiltelefon aus der Tasche und tippte Harrys Nummer in die aufleuchtende Tastatur.

»Ja?«, meldete sich Harry mit belegter Stimme.

»Hast du was zum Schreiben?«, fragte Walde.

»Wo bist du?«

»Irgendwo im Keller an einem Rechner. Schreib' mal zwei Passwörter auf und gib sie sofort an Grabbe weiter. Er soll versuchen, sich in den Krankenhausrechner einzuloggen und besonderes Augenmerk auf die Station F richten.« Er diktierte.

»Wir haben einen Anruf bei der Madame aufgezeichnet. Morgen Mittag soll sich etwas tun«, sagte Harry, nachdem er die Notizen beendet hatte.

»Was wurde genau gesprochen?«, fragte Walde.

»Ein Mann sagte nur einen Satz. Moment, hab' ihn notiert.« Harry raschelte mit einem Blatt: »Es wird morgen Mittag erledigt. Ich brauch' mehr Geld. Schlafen Sie gut.«

»Soll das bedeuten, dass dann ein weiterer Transport mit Spendern ankommt?«, fragte Walde.

»Ist gut möglich, wann kommst du zurück?«

»Bald.« Walde legte auf.

*

Walde gelangte unbehelligt wieder nach oben ins Foyer. Auf den Fliesen des langen Gangs, dem sich hinter der ersten Biegung ein weiterer anschloss, verursachte der Gummi des Stocks ein leises Schmatzen.

Hinter der nächsten Abzweigung kam es Walde vor, als befinde er sich in einem anderen Gebäude. Die Türen und Zargen waren aus dunklem Holz. Walde stellte fest, dass die Türen deutlich niedriger waren als in den modernisierten Abteilungen. Befand er sich bereits im Kloster?

Er zog den Gebäudeplan aus der Tasche. Hier musste der Verwaltungstrakt untergebracht sein. Beim Weitergehen las er die kleinen Schilder neben den Türen. Der Eingang zum Vorzimmer der Schwester Oberin hatte ein uraltes Schloss. Walde lauschte einen Moment. Dann zog er den kleinen Bund mit Schlüsseln hervor und suchte den stabilsten Dietrich heraus. Nach der ersten Umdrehung drückte er die Klinke. Die Tür gab nach.

Walde zog die schweren Schubladen am Schreibtisch der Schwester Oberin heraus. Im Schein der kleinen Taschenlampe fand er bergeweise Korrespondenz. Viele Briefe waren von Hand geschrieben und kamen, wie es Walde schien, aus den verschiedenen Auslandsniederlassungen der Gebenedeiten Schwestern. Walde fand keinen einzigen Vorgang, der sich in irgendeiner Weise mit Personal, Einrichtungen, Patienten oder sonstigen Angelegenheiten des Krankenhauses befasste. Ebenso wie im Vorzimmer waren die Rollläden an den Fenstern nicht heruntergelassen. Er sah auf die schwach erleuchteten Fenster der gewaltigen Klosterkirche.

Draußen hallten Schritte. Seine Uhr zeigte zweiundzwanzig Uhr dreißig. Begannen jetzt schon die Rundgänge der Wachmannschaft? Die Tür zum Vorzimmer war nicht abgeschlossen. Er hielt den Atem an. Die Schritte entfernten sich.

Bevor Walde die Tür zum Flur öffnete, lauschte er. Draußen schloss er ab. Verdammt, er hatte den Stock vergessen!

Er überlegte kurz, ob er ihn stehen lassen sollte, dann schloss er wieder auf. Auf der anderen Seite des Flurs wurde eine Tür geöffnet. Walde konnte nicht mehr schnell genug in Deckung gehen.

Jetzt war es egal, er war entdeckt worden. Er lugte um die Ecke und sah eine Nonne tief gebeugt, auf eine rollende Gehhilfe gestützt, langsam durch die Tür kommen. Dort schien sich der Eingang zum Klosterbereich der Gebenedeiten Schwestern zu befinden. Sie hatte ihn nicht bemerkt.

»Moment, Schwester Apollonia, ich komme«, rief eine Frauenstimme.

Kurz darauf schwang vor dem Klostereingang eine Tür auf. Walde zog sich hinter die Tür zurück.

Der Stock hing noch am Arbeitssessel der Schwester Oberin. Die schwere Brille drückte auf seine Nase. Er nahm sie ab und steckte sie in eine Tasche des Bademantels.

Draußen ging eine Lampe an. Ein kleines, von Bänken umrahmtes Karrée wurde sichtbar.

Walde verließ das Zimmer, schloss ab und hastete an der Wand des Flurs entlang in Richtung Klosterpforte. Er kam unbehelligt an der Loge vorbei. Dahinter betrat er eine andere Welt.

Walde fragte sich, ob es anerzogene katholische Ehrfurcht war, die ihn kaum eine Minute, nachdem er das Kloster betreten hatte, diese Entscheidung bereuen ließ; oder war es der Respekt vor der selbst gewählten Abgeschiedenheit der Nonnen, die zu verletzen er kein Recht hatte?

Wenn er nicht einmal vor sich selbst sein Eindringen rechtfertigen konnte, wie viel weniger würde ihm das Präsidium oder die Staatsanwaltschaft im Falle einer Entdeckung zur Seite stehen?

Es ging um fünf Menschen, die ihr Leben verloren hatten und vielleicht auch darum, dass einer skrupellosen Bande das Handwerk gelegt werden sollte. Walde spürte, wie seine Motivation wieder zurückkehrte.

Der im Vergleich zu den Fluren des Krankenhauses sehr breite Gang hatte keine Türen und war nur spärlich durch wenige von Gittern umrahmte Deckenlampen beleuchtet. Die grob verputzten Wände, in denen sich die zugemauerten Bögen eines ehemaligen Kreuzganges abzeichneten, endeten an einer Wendeltreppe. Die Luft war frisch und um einige Grade kühler als im Krankenhaus. Walde überlegte noch, wie die betagte Nonne mit der Gehhilfe hier herunter gekommen sein mochte, als er den Lichtschein aus der offenen Kabinentür des Fahrstuhls am Fuß der Treppe bemerkte.

Die Stufen der Sandsteintreppe waren über die Jahrhunderte ausgetreten worden. Walde konzentrierte sich beim Treppensteigen auf den kleinsten Laut. Was verbarg sich hinter den dicken Mauern?

Oben machte der Gang einen weiten Bogen. Hier musste wohl der Chor der Kirche umgangen werden. Nach dem Gebäudeplan ragte sie wie ein auf eine Insel aufgelaufener Ozeanriese in das Atrium des Klosters.

In der Mitte des Bogens ging eine Tür ab. Das musste die Verbindung vom Kloster zur Kirche sein. Am Ende des Bogens gelangte Walde an eine Abzweigung mit drei Gängen. Er entschied sich für den Weg durch einen Flur, in dem sich eine Vielzahl alter, mit Metallbändern beschlagene Bogentüren, befanden. Es blieb ruhig. An den Türen waren keine Schilder angebracht. Nach der Größe zu urteilen, konnte es sich nur um die Zellen der Nonnen handeln. Hatte die Äbtissin ein weiteres Büro im Kloster, wo Walde das finden konnte, was er suchte?

Am Bademantel hatte sich der Gürtel gelöst, er verknotete ihn und spürte plötzlich einen leisen Luftzug aufkommen. Eine Tür fiel ins Schloss. Walde blieb stehen. Der Luftzug hatte aufgehört. Schritte, sie näherten sich von vorn. Er schlich rückwärts. Die Schritte wurden lauter.

Er flüchtete so schnell er konnte. Als er den Bogengang erreichte, hörte er den Anschlag der Fahrstuhltüren. Kurz darauf scharrten die Rollen der Gehhilfe über die Steinplatten. Die Schritte in seinem Rücken waren immer noch da.

Er erreichte die Tür in der Mitte des Bogens. Sein Stock stieß hart gegen den Türrahmen. Walde drückte die Klinke herunter und atmete durch. Es war nicht abgesperrt. Er trat auf einen knarrenden Holzboden. Sofort schloss er die Tür hinter sich. Es war stockfinster. Wenn er jetzt eine Treppe vor sich hatte, würde er stürzen.

Aber er konnte nicht warten. Endlich, der Lichtstrahl seiner Taschenlampe traf das Chorgestühl. Walde wich den hohen Lehnen aus. Der Bodenbelag wechselte von Holz zu Stein. Walde stieß mit der Hüfte an. Es war der Altartisch. Dahinter beleuchtete ein rotes Licht schemenhaft ein Seitenschiff. Walde tastete sich vorsichtig vier Stufen hinunter. Er stand vor einem Vorhang, er zu einem Beichtstuhl gehörte. Walde kletterte hinein und ertastete ein Bänkchen, auf das sich gewöhnlich die Bußwilligen knieten. Er setzte sich darauf und zog seine langen Beine an.

Irgendwo wurde eine Tür geschlossen. Das Geräusch floss wie eine unsichtbare Welle durch die Kirche. Erst nach Sekunden verhallte es in den Weiten des Raums.

Walde spürte den Saum des Vorhangs an seinen nackten Zehen. Der weinrote Stoff wurde mit einem Mal hellrosa. Draußen war Licht angeschaltet worden. Hoffentlich waren seine Sandalen nicht zu sehen. Ganz vorsichtig teilte Walde den Vorhang soweit auseinander, dass er mit einem Auge hinausspähen konnte.

Der Chor war hell erleuchtet.

»Hallo?«

Das eine Wort genügte, um zu erkennen, dass es keine Deutsche war, die da zaghaft rief. Walde konnte niemanden sehen. Der Altar verdeckte ihm die Sicht.

»Hallo?«

Er versuchte, den Akzent einer bestimmten Sprache zuzu-
ordnen. Es gelang ihm nicht. Der Vorhang wurde wieder dunkel. Abermals hallte das Echo der zugefallenen Tür lange nach.

Die Kälte kroch langsam von den Füßen die Beine hoch. Er
rollte die Hosenbeine nach unten. Den Kragen des Bademantels schlug er hoch.

Er saß in der Falle.

*

Zuerst würde er zu erklären versuchen, was ihn dazu bewo-
gen hatte, in Klinik und Kloster einzudringen. Es kam ihm
jetzt schon von Minute zu Minute lächerlicher vor. Die Telefonnummer eines vor Monaten gestohlen gemeldeten Autotelefons führte zu einer hoch angesehenen Luxemburgerin. Die
wiederum hatte einen ihrer vielen Kontakte zu einem Krankenhaus – und das war von besonderem Interesse – mit Transplantationszentrum in der Eifel. Und das reichte aus, um dort
in das Büro der Äbtissin und dann sogar in die Klostermauern
der Gebenedeiten Schwestern einzudringen. Stiermann und
Roth würden ihn fallen lassen wie eine heiße Kartoffel.

Walde stellte sich die Schlagzeilen der Zeitungen vor. Es
folgte die Gerichtsverhandlung. Vielleicht würde er auf den
Vorschlag seines Anwalts eingehen, auf Grund der schweren
Gehirnerschütterung, die er vor Jahren bei einer spektakulären
Festnahme erlitten hatte, auf mildernde Umstände wegen be-
dingter Unzurechnungsfähigkeit zu plädieren.

Beim Aufstehen zog er sich am Vorhang hoch. Wo sollte er
diese lächerliche Kostümierung verschwinden lassen? Der dem

Beichtvater vorbehaltene Mittelteil war verschlossen. Walde knipste kurz die Taschenlampe an. Das zweite Werkzeug an seinem Schlüsselbund passte. Ähnliche Schlösser befanden sich in Omas Küchenschränken.

Walde zuckte zusammen, Metall schlug auf Metall, dann noch einmal. Ein Schlüssel wurde gedreht. Eine Türklinke schlug fest an. In Wellen sausten die harten Klänge durch der dunklen Bau.

Walde schlüpfte in den Mittelteil des Beichtstuhls und zog die Tür zu. Noch bevor die ersten schweren Schritte auf den Kirchenfliesen hallten, hatte sein Dietrich das Schlüsselloch gefunden. Leiser als eine Kirchenmaus nieste, schnappte das Schloss wieder zu.

Die kleinen Vorhänge vor den fein geschnitzten Fensterchen leuchteten nun ebenso rosa im Schein der Lampen wie die Vorhänge vor den Sünderbänkchen.

Walde saß sehr bequem. Keine Beine zu lang, keine Sandalen nach draußen, nicht zu kalt. Es geht mir gut, dachte er und versuchte, seine Gedanken abschweifen zu lassen. Noch geht es mir gut.

Draußen hallten schwere Schuhe über die Fliesen. Zuerst fast im Gleichschritt, dann mal schneller, mal langsamer. Es waren zwei Personen. Keine Nonnen. Wahrscheinlich Wachleute.

Walde schob einen Zipfel eines der beiden kleinen Vorhänge zur Seite. So hatte es in Waldes Kindheit der Priester getan, um zu schauen, wie viele noch da draußen in den Armesünderbänkchen ihrer Absolution harrten.

Die beiden Wachleute schritten parallel links und rechts des Hauptschiffes zum Altar. Immer wieder bückten sie sich, um unter die Bänke zu sehen. Ohne einen Kniefall oder ein Kreuzzeichen nur anzudeuten, erklommen sie den Altarraum, umkreisten den Tisch in der Mitte und schritten durch das Chorgestühl bis zur Tür, aus der Walde gekommen war. Vielleicht lauschte die Schwester, die eben noch ihr zaghaftes Hallo gerufen hatte, hinter der Tür und würde, sobald die Wachleute ihren Kontrollgang beendet hatten, sich beruhigt in ihre Zelle zur Nachtruhe begeben.

Auf dem Rückweg patrouillierten die Wachmänner ganz außen durch die Seitenschiffe. Walde ließ den Vorhang zurückgleiten. Er spürte, wie sich sein Puls beschleunigte. Die Situation hatte ihn gepackt. Es gab kein Entrinnen. Das dumpfe Pochen seines Herzens wurde zu Schlägen, die von seinem Brustraum bis in den Kopf schwangen, in den Ohren pochten, sich auf das Holz übertrugen und schließlich, wie er glaubte, den ganzen Beichtstuhl zum Schwingen brachten.

Die Schritte kamen näher. Walde filterte sie aus dem Hall und den vielen anderen Geräuschen, die von den dicken Kirchenmauern vervielfältigt zurückgeworfen wurden, heraus. Jetzt war der Wachmann ganz nah. Etwas schlug an das Holz. Walde zuckte zusammen. Dann kam der gleiche Stoß von der anderen Seite. Der Wachmann hatte links und rechts von ihm die langen Vorhänge zur Seite geschlagen. Waldes Puls überschlug sich. Der ganze Beichtstuhl bebte.

Was war mit seinem Atem? Wie lange hatte er ihn schon angehalten? Die Schritte gingen weiter. Walde nahm einen schier unendlichen Atemzug. Die Schritte stockten. Walde hielt wieder die Luft an. Endlich, die Schritte wurden wieder aufgenommen und entfernten sich.

Er zuckte ein letztes Mal zusammen, als die großen Türen ins Schloss fielen. Zwei Mal wurde der Schlüssel gedreht, dann war es wieder ruhig.

»Ego te absolvo«, murmelte Walde.

Er musste lange warten, bis Harry sich verschlafen am

Telefon meldete.

»Wo bleibst du?«

»Es dauert noch ein Weilchen, komm' bitte noch mal morgen früh vorbei«, bat Walde.

»Das ist doch nicht dein Ernst!«

»Ich komm' hier nicht weg.«

»Hast du 'ne Braut oder was ist los?«

»Erzähle ich dir morgen«, flüsterte Walde ins Telefon. »Es reicht, wenn du gegen acht wieder da bist.«

Walde machte es sich so bequem wie möglich. Anfangs fuhr er immer wieder zusammen, wenn im Kirchenschiff eine Bank knarrte oder andere nicht identifizierbare Geräusche durch das düstere Kirchenrund klangen.

*

Die Engel hörten auf zu singen, Gott sprach salbungsvolle Worte. Walde tauchte aus einem tiefen Schlaf auf. Er fand nicht bis zur Oberfläche. Erneut sangen die Engel. Er tauchte wieder ab.

Doris, ganz in Schwarz, wurde von Jo und Marie gestützt. Seine Schwester ging mit ihren Kindern dahinter. Im Trauerzug folgten Kollegen und Freunde, er vermisste viele Gesichter. Wo war Uli, der ihm das Ganze eingebrockt hatte? Wenigstens zu seiner Beerdigung hätte er kommen können.

Schön, dass sie ihn in einen Sarg mit Fenster gebettet hatten. Da war Uli ja, er hatte ihn nicht sehen können, weil er am Grab wartete. Uli half, den Sarg hinunter zu lassen. Doris beugte sich über den Rand der Grube und warf einen Strauß Rosen herunter. Wer war diese alte Dame mit dem dunklen

Hut? Wo hatte sie diese riesige Schaufel her? Sie schaufelte dicke Klumpen Erde auf seinen Sarg. He! Stopp! Ich kann nichts mehr sehen! Aufhören! He! Hört mich denn niemand?

Glocken läuteten Sturm. Mit einem Ruck schlugen seine Knie an. Rabenschwärze umgab ihn. Wo war er? Waldes Hände tasteten umher, rundherum Holz. Er saß in einer engen Kiste. Seine Nase fühlte sich an, als werde sie zugedrückt. Er schnappte nach Luft. Sein Herz raste. Panik kam auf. Hier war kein Sauerstoff mehr. Den hatte er längst verbraucht. Deshalb raste sein Puls so, sein Herz würde es bald nicht mehr schaffen. Nach Luft ringend fuchtelte er wie ein Ertrinkender mit den Armen. Seine Hand streifte Stoff. Für einen Moment hielt er inne. »…erhöre uns!«

Die Glocken schwangen aus.

Hinter dem Stoff ertastete er ein Gitter. Er riss den Vorhang zur Seite, dahinter war Licht. Walde presste den Mund an die Öffnung und saugte gierig die kühle Luft ein.

»Wir bitten dich, erhöre uns!«

Er musste raus hier! Walde versuchte, sich zu beruhigen. Er hatte schlecht geträumt. Es war kein Sarg, nur ein Beichtstuhl. Er konnte hier raus. Er hatte den passenden Schlüssel. Nur nicht jetzt, wo das ganze Konvent versammelt war, um den Tag mit einer Andacht zu beginnen.

Seine Blase hatte einen enormen Druck entwickelt. Er schlug mühsam die Beine übereinander. Ein Wunder, dass ihn niemand hatte im Beichtstuhl poltern hören. Er wischte sich die schweißnasse Schläfe. Seine Finger glitten auf den Bügel der Brille. Dieses Glasbausteinmonster hatte seit Stunden seine Nasenflügel eingezwängt. Er nahm es ab. Gleich schienen Kilolasten von ihnen genommen.

»…voll der Gnaden, der Herr ist mit dir…«

Walde konzentrierte sich auf die Gebete. Er kannte sie

noch. Bei der dritten Wiederholung war er wieder vollkommen textsicher. Er entwirrte die Beine. Seine Latschen standen dicht nebeneinander. Der Harndruck war so gewaltig, dass er am liebsten auf der Stelle getrippelt wäre.

Notfalls musste er in den Beichtstuhl pinkeln.

Walde war noch nie bei einer Laudes gewesen. Hoffentlich hatte er bereits den größten Teil der Liturgie verschlafen.

Er linste nochmals durch den Vorhang. Am Altar breitete ein Priester die Arme zur leeren Kirche hin aus. Hinter den Kirchenfenstern deutete sich die Dämmerung an. Es war noch vor sechs Uhr.

Walde versuchte, die nächtliche Exkursion durch die Gebäude Revue passieren zu lassen. Das Kloster zog hier nicht die Fäden. Soviel war klar...

Die Blase begann zu pochen. Wie lange konnte er das noch aushalten, einhalten, durchhalten, inne halten, bei sich behalten, an sich halten? Walde kämpfte mit dieser Ablenkung inzwischen um Sekunden. Er schlug die Beine wieder übereinander und presste die heiße Stirn an das Gitter der Tür.

Ein Lied wurde gesungen. Der Bass des Priesters unterlegte die hohen Stimmen des Konvents.

Das Scharren von Füßen schreckte Walde aus seinen Gedanken auf. Er schaute durch den Vorhang. Der Priester war verschwunden.

Das Scheppern von Putzeimern auf dem Steinfußboden erübrigte die Frage, ob sich die Nonnen nun zum gemeinsamen Frühstück zurückzogen.

Waldes Blasendruck hatte etwas nachgelassen. Er lüftete den Vorhang. Im Licht der nun eingeschalteten Deckenlampen wischten in blaue Kutten gekleidete Nonnen den Boden. Immer wieder trugen sie die Zinkeimer ein Stück nach vorn, wobei die Henkel mit einem hellen Plopp an die

Eimer schlugen. Walde spürte, wie ein Putzlappen am Sockel des Beichtstuhls entlangstrich.

Die Novizinnen, oder waren sie bereits in den Orden aufgenommen?, unterhielten sich in einem gedämpften, aber nie nachlassenden Schwatzton. Es waren zweifellos Inderinnen, die hier in der kalten Eifel am frühen Morgen den Boden wischten. Die Nonnen bewegten sich emsig vom Altar aus durch die Gänge in Richtung des Eingangsportals. Das Quietschen der Metallstiele und die Geräusche der Putzeimer begleiteten das Hereinbrechen des Morgens hinter den hohen Kirchenfenstern. Es dauerte nicht lange, bis eine der Nonnen die Kirchentür aufstieß und den Eimer nach draußen beförderte. Kurz darauf folgten ihr die anderen.

Walde wartete. Sie kamen nicht zurück. Das Portal blieb offen. Durch die Vorhänge konnte er niemanden in der Kirche erspähen.

Er fingerte den Dietrich aus seinem Schlüsselbund. Ein erneuter heftiger innerer Ansturm unterhalb der Bademantelgürtellinie ließ ihn inne halten. Das Schloss knackte erlösend.

Er wollte kein Risiko mehr eingehen und wartete. Nichts rührte sich. Vorsichtig schob er die Tür auf. Nein, jetzt bloß nicht vorstellen, wie er draußen einen Busch erreichte… diese Phantasie hatte er sich vorhin schon bei den einladenden Putzeimern verkniffen…

Der Beichtstuhl wackelte. Adrenalin schoss Walde mit Wucht durch Arme, Beine und Kopf. Eine brüchige Frauenstimme flüsterte dicht an seinem rechten Ohr: »Gelobt sei Jesus Christus!«

Walde räusperte sich. Er zog die Tür zurück, die Vorhänge bei: »In Ewigkeit Amen.«

Er wagte nicht, den Kopf zu der Nonne zu drehen, die neben ihm kniete.

»Pater, ich habe gesündigt«, sie machte eine Pause. »In Gedanken, Worten und Werken.«

Waldes Blasendruck überwog das Interesse am sündigen Leben der Nonne.

Er versuchte, salbungsvoll zu sprechen: »In nomini patri et filii et«, er überlegte kurz, dann fiel es ihm wieder ein. »Spiriti sancti, ego te absolvo.«

Die Nonne flüsterte etwas Unverständliches.

»Bete fünf Vaterunser«, Walde besann sich, »aber vorher tröste diejenige deiner Schwestern, die es am wenigsten verdient hat.« Wie kam er auf diese verquere Aufgabe? Jedenfalls musste er hier so schnell wie möglich raus.

»Gehe hin in Frieden!«, versuchte er, die Sünderin zu verscheuchen.

Sie antwortete: »Dank sei Gott, dem Herrn.«

»Vergiss deine Buße nicht!«, mahnte er.

Tatsächlich, es rumpelte leicht. Er beobachtete, wie die Nonne sich wenig später in Richtung Altar bewegte und endlich zwischen dem Chorgestühl verschwand.

Er ordnete den Bademantel, zog den Gürtel fest und schob die schwere Brille auf die gleich wieder schmerzende Nase. Er drückte die Tür auf und musste sich mit beiden Händen aus dem Beichtstuhl ziehen. Ein paar Sekunden harrte er auf den Stock gestützt aus, bis er seinen tauben Beinen zutraute, ihn zu halten.

Er wusste nicht, warum er den Weg zum mittleren Gang durch eine Bank nahm. Jedenfalls fiel es ihm so leichter, nieder zu knien und den Kopf so weit nach vorn sinken zu lassen, wie es seine schwere Brille zuließ. Im Chorraum hinter dem Altar hatte sich eine Tür geöffnet. Eine Nonne in weißem Gewand erschien. Walde faltete die Hände zum demütigen Gebet. Er hatte noch die dünnen Handschuhe an. Er streifte sie ab und warf sie hinter sich auf die Sitzbank.

Die Nonne schien ihn zu ignorieren. Sie ging zum Altar, löschte die Kerzen und nahm ein Buch vom Lesungspult, bevor sie sich wieder zurückzog.

Walde hätte nicht länger in der Bank zappeln können. Er eilte durch den Mittelgang zum Portal hinaus. Auf den Kirchenstufen stolperte er, als er Ausschau nach einem Platz für sein dringendstes Bedürfnis hielt. Mit beiden Händen umklammerte er den Stock, der ihn vor einem Sturz bewahrte. Als er sich wieder aufrichtete, fiel sein Blick auf die beiden Männer in dunkler Uniform. Hatten sie hier schon länger rumgelungert oder war es Zufall, dass sie just in dem Moment, wo er sich am Ziel seiner drängendsten Wünsche fühlte, hier vorbeikamen? Er erkannte denjenigen, der in der Nacht seinen Beichtstuhl untersucht hatte. Die beiden musterten ihn eindringlich.

Walde ging den Weg an der hohen Backsteinfassade mit den erleuchteten Fenstern des Krankenhauses entlang. Nur in der unteren Etage brannte kein Licht.

Sollte er einfach das tun, was die meisten Männer taten, wenn ihnen danach war? Erlaubt war das auf diesem Gelände sicher nicht. Die Wachleute würden wahrscheinlich gezwungen sein, einzugreifen, ihn zumindest zu verwarnen und nach Namen, Station und Zimmer zu befragen, ihn vielleicht auch dorthin zu begleiten und das Pflegepersonal zu informieren.

Waldes Unterleib bestand inzwischen nur noch aus einer vollkommen überdehnten, den ganzen restlichen Körper und die nächste Umgebung bedrohenden hochexplosiven Blase. Nur eine Kuh mit einem gewaltigen, seit Tagen nicht mehr gemolkenen Euter konnte ermessen, welche Qualen er durchstand.

Mist, er hatte vergessen, die Hosenbeine wieder hochzukrempeln. Die Jeans unter dem Bademantel passte nicht zu seiner Maskerade.

Verstohlen blickte sich Walde um. Beide Männer beobachteten ihn. Er blieb stehen, hob den Stock und salutierte damit zur Mütze.

Die Männer nickten zurück.

Womit habe ich das verdient? Walde konnte vor Schmerzen nicht mehr vernünftig gehen. Aber in dieser Maskerade war es wahrscheinlich besser, nicht vernünftig zu sein. Er eierte mit zusammengepressten Oberschenkeln und nach hinten gestrecktem Po über den roten Sandweg.

Vor dem Eingang der Klinik genossen eine Handvoll Patienten die ersten Zigaretten auf nüchternen Magen. Walde erkannte den Mann vom gestrigen Abend im längs gestreiften Bademantel und den Lederpantoffeln. Walde gesellte sich zu ihm und fingerte den Tabak aus der Tasche.

»Ist sich Beste von ganze beschissene Tag!« Walde hob das mit Tabak gefüllte Zigarettenblättchen in die Höhe und musste gleich wieder gegen eine Eruption ankämpfen.

»Hann Sie Schmerzen?«, fragte sein Gegenüber.

Walde schüttelte den Kopf. Nur noch wenige Sekunden konnte er diesen Druck ertragen. Er ließ sich auf den Rand eines Blumenkübels sinken und schlug die Beine übereinander. Das erbärmliche Resultat seiner Dreherei baumelte zwischen seinen Lippen. Wo waren die Wachleute? Ihm wurde die Sicht versperrt, weil ihm jemand ein brennendes Feuerzeug unter die Nase hielt.

Walde blies den Rauch sofort wieder aus. Wenn er jetzt einen Lungenzug nahm, würde er husten müssen und dann kannte seine Blase kein Halten mehr.

Die Sicht war wieder frei. Von den Wachleuten keine Spur.

Walde richtete sich vorsichtig auf. Gestern Abend hatte er neben der Ambulanz eine Besuchertoilette gesehen. Er musste es bis dahin schaffen! Im Vorbeigehen schleuderte er die Zigarette in den Kübel.

»He!«, rief jemand hinter ihm. Walde drehte sich nicht um. Vielleicht war er auch gar nicht gemeint. Walde passierte die Pforte.

»He, warte doch!«, kam es wieder.

Verdammt, waren die Kerle doch noch auf seinen Fersen. Er ging unbeirrt weiter. Wenn er eines genau wusste, dann war es dies: Keine Minute würde es dauern, bis ihm das passieren würde, was ihm seit seinem zweiten Lebensjahr nicht mehr passiert war.

»Warte doch!«, sein Verfolger musste dicht hinter ihm sein.

Walde schätzte die Entfernung bis zur Toilette auf unter zwanzig Meter. Vielleicht konnte er es bis dahin schaffen.

Jemand schlug auf seine Schulter. Walde war paralysiert. Er hatte nur noch das Eine im Sinn. Davon wollte er sich von nichts und niemandem abhalten lassen. Noch fünf Meter. Etwas schlug in Gürtelhöhe schmerzhaft an seinen Bademantel.

»Hier, den hast du vergessen. Scheint ja auch ganz gut ohne zu gehen.«

Der Typ vom Raucherplatz hatte sich zwischen ihn und die Tür gestellt und fuchtelte ihm mit dem Stock vor der Nase herum.

»Moment!« Walde langte an dem Mann vorbei nach dem Türgriff. Offen. Im Vorraum riss er den Knoten des Gürtels auf. Da war noch der Reißverschluss der Jeans.

Warum mussten die drei Nonnen in den blauen Kutten jetzt ausgerechnet hier sauber machen? Er konnte darauf keine Rücksicht nehmen.

»Sorry!«

Er jagte durch die offene Kabinentür und schob einen Zinkeimer zur Seite.

*

Als Walde die Kabine verließ, war der Vorraum leer. Er wollte es eigentlich vermeiden, hatte aber eine Sekunde nicht daran gedacht und in den Spiegel geschaut.

Er lachte. Darüber, dass er noch lebte, sein Unterleib nicht explodiert war, er heute Nacht nicht geschnappt worden war und ein total dämlicher Kerl ihn anblickte.

Er hielt sich die Hand vor den Mund.

Das Pflaster hatte sich auf einer Seite gelöst und baumelte herunter. Er riss es ab und steckte es zu dem Gerümpel in seinen Taschen.

Wie sollte er sich dazu überwinden, hier jemals wieder rauszugehen? So ähnlich war er an Karneval zu einer Party erschienen, aber da waren alle verkleidet gewesen. Doris hatte ein sexy Krankenschwesternkostüm getragen und die Blicke von ihm abgelenkt. Außerdem dämpften schummriges Licht und der Alkohol die Hemmungen.

Es klopfte an der Tür. Er reagierte nicht und nahm das Handy aus der Tasche. Der Akku war leer.

Er fühlte sich, als wäre er in dem Traum, den er als Kind so oft geträumt hatte. Er saß im Schlafanzug auf seinem Bett und fuhr damit durch die Straßen von Trier, alle Leute starrten ihn an. Walde blieb nichts anderes übrig, als die Hosenbeine hochzukrempeln und sich in den Albtraum zu fügen.

Auf dem Gang sah er niemanden. Gott sei Dank. Die Nonnen waren weg.

»Geht's widder?«

Walde zuckte zusammen: »Bei Oleg jeht's immer.«

»Ich dacht' schon«, der Mann reichte ihm nachdenklich den Stock. »Weil die Nonnen haben ziemlich blöd geguckt, als die vorhin da raus kamen.« Er deutete auf die Tür hinter Walde.

»Ich dacht' schon, die rufen den Notdienst.«

»Sollen wirr noch eine rauchen?«, schlug Walde vor.

»En Schnaps wär' mir jetzt lieber.«

»Schnaps immer jut für Oleg!«

»Ich bin der Willi«, sagte Willi und schlug den Weg zurück in Richtung Ausgang ein.

Für sein Alter, Walde schätzte ihn auf weit über siebzig, bewegte sich der Mann erstaunlich schnell. Walde humpelte hinter ihm her.

Er geriet ins Grübeln. Im Moment hatte er keinerlei Rückhalt durch seinen Job. Kein Polizeiapparat stand hinter ihm. Sein Eigenwertgefühl bestand sicherlich auch aus seiner Bildung, seiner Wohnung, den Büchern, Rechnern, Musikinstrumenten, seinem Bankkonto, dem Wagen, Fahrrad, Freunden und seiner Freundin. Was war er im Moment? Eine lächerliche Figur im Bademantel. Etwas zu groß, hungrig, ohne Geld auf einem Territorium, wo er nicht hingehörte. Bisher hatte er geglaubt, in sich ruhen zu können, nur sich selbst zu brauchen. Daran zweifelte er im Moment.

Wenn man den Papst in diesen Bademantel gesteckt, ihm diese Mütze und Brille aufgesetzt hätte, wo wäre dann dessen Autorität geblieben?

Wo war Waldes Stärke, sein Selbstbewusstsein, die Sicherheit seines Auftretens, die Bestimmtheit, mit der er seine Wünsche durchsetzte, seine Ziele erreichte, Widerspruch ausräumte?

Während seiner Ausbildung in der Ersatzdienstschule hatte er einen Tag im Rollstuhl verbracht und sich durch die Stadt schieben lassen. Walde war es bis dahin gewohnt gewesen, mit seinen fast zwei Metern gewissermaßen über den Dingen zu stehen und den Überblick zu haben. Nun war er zwei Etagen tiefer gelandet und musste sich mit dem begnügen, was ihm die anderen an Sicht gewährten. An diesem Tag war ihm bewusst geworden, auf welch schmalem Fundament seine Selbstsicherheit gebaut war.

»Watt iss, haste keinen Durst?«, sein Vordermann riss ihn aus seinen Gedanken.

»Warum?«, fragte Walde.

»Weil du nit voran machst.« Willi drehte kurz den Kopf zu ihm um.

»Oleg kein D-Zug.«

»Datt seh' ich!«, sagte Willi. »Eben warst du schneller, als du aufs Klo musstest, dat muss ich aber sagen.«

Sie hatten das Gebäude verlassen und folgten dem Weg in Richtung Parkhaus. Walde schaute auf seine Uhr. Erst in eineinhalb Stunden war er mit Harry verabredet. Kurz vor einem Pavillon mit einem noch geschlossenen Blumenladen machte Willi einen abrupten Richtungswechsel um neunzig Grad. Das offene Fenster mit den Zeitungen und dem Langnesefähnchen war Walde bisher nicht aufgefallen. Er blieb stehen und sah, wie geschäftige Hände einen Geldschein ins Innere zogen und kurz darauf Wechselgeld aufs lackierte Holz schoben.

Willi drückte ihm ein viereckiges keines Fläschchen in die Hand. Kaum hatte Walde es aufgeschraubt, prostete ihm sein Gegenüber zu.

Mehr als die Hälfte des Schnapses bekam Walde nicht hinunter. Der alte Mann hatte bereits ausgetrunken und grinste ihn an: »Du bist wirklich kein Russe.«

Hatte er sein Spiel durchschaut?

»Jetzt guck nit so!« Willi bekam ein weiteres Fläschchen aus dem Fenster gereicht. »Ich war bis fünfzig in Odessa.«

»Was haste da jemarrt.«

»Geschafft hab' ich, die ganze Scheiß' wieder aufgebaut,

sechs Jahre lang in einer Werft, bis der Ivan mich endlich nach Haus gelassen hat.«

»Und?«, fragte Walde.

»Nix und, die Russen waren korrekt, ich kann mich nit beklagen. Ich war ja selbst Kommunist, ich hab' denen vorgelesen, was unser Karl Marx geschrieben hat über Kriegsgefangenschaft und so. Wer Kriegsgefangene länger als sechs Monate einsperrt, verstößt gegen das Völkerrecht. Da hann sie mir den Marx wieder abgeholt.« Willi trank an seiner Flasche. »Ich hann gleich en bisschen russisch gelernt, dat hat denen imponiert.«

»Und wachum bist du hirr in Krankenhaus?«, lenkte Walde ab, der befürchtete, dass er womöglich auf Russisch angesprochen wurde.

»Die hatten auch genug Öl«, Willi deutete in Richtung des Parks. »Ohne Kommunismus hätten die es genauso machen können, wie die da drüben.«

»Wer da drüben?«, fragte Walde.

»Die Scheichs, die kommen mit dem Hubschrauber hier angeflogen, haben ihren ganzen Harem dabei und lassen sich hier generalüberholen.«

Willi leerte seine Flasche und stellte sie auf das Brett.

»Ich verstehe nirrt, was für Scheichs?«

»In dem Kasten auf dem Hügel hat sich der Professor Sieblich ein OP mit allen Schikanen bauen lassen. Da kann er in den Ölbaronen so lange rumstochern, bis er seine eigene Ölquelle gefunden hat.«

Walde trank den Rest aus der Flasche. Eigentlich ging die nächste Runde auf ihn, aber er hatte kein Geld dabei. Er zog den Tabak aus der Tasche und bot ihn an.

Der alte Mann winkte ab: »Raucht ihr immer noch dasselbe Kraut?« Er nahm seine Zigaretten ohne Walde eine anzubieten.

»Ich hab' es ja selbst erlebt, der Russe an sich ist genügsam, eigentlich so wie wir hier in der Eifel. Mir hatten ja früher auch nit viel.«

Willi deutete mit zwei Fingern eine weitere Bestellung an.

Sofort wurden zwei Flaschen auf das Thekenbrett gestellt.

»Oleg, kein Geld«, versuchte Walde den Mann zu stoppen.

»Lass et gut sein, mir ging et och gut da drüben, ich hann en Meng Geschäfte mit den Russen gemacht. Ich hatt meistens mehr zu essen als die Russen, die auf uns aufgepasst hann.« Er hatte sich in Rage geredet und war lauter geworden. Hier und da erregte er die Aufmerksamkeit der übrigen Kundschaft. Der morgendliche Betrieb lief am Kiosk an. Die meisten Besucher kauften die Bildzeitung und Zigaretten, die von geschäftigen Händen herausgereicht wurden.

Walde nippte an der Flasche. Der Alkohol stieg ihm zu Kopf. Er fühlte sich längst nicht mehr so unwohl wie noch vor ein paar Minuten.

»Jab es da auch Öl, in Odessa?«, fragte er.

»Sag mal, dich hätt ich auch aus Russland rausgeschmissen.« Willi schlug ihm an die Schulter. »Nix für ungut, Prost, Oleg!«

Walde setzte die Flasche wieder ab: »Was haben die Scheichs hirr verloren?«

»Was weiß ich, da musst du die selbst fragen. Aber an die kommst du nicht ran. Die sitzen da auf ihrem Hügel und haben mit uns gemeinem Volk nix zu tun. Die haben eine eigene Küche, da gibt es keinen Kantinenfraß.«

»Und wachum sind die hier?«

»Der Professor Sieblich ist ne echte Koryphäe, der hat hier wieder alles auf Vordermann gebracht. Ohne den hätten die Nonnen über kurz oder lang den Laden dicht machen können. Mein Schwiegersohn schafft hier in der Intensivstation. Der lässt nix auf den Sieblich kommen.«

»Und Scheichs kommen mit Hubschrauber?«

»Die landen in Frankfurt und fliegen von dort aus direkt hierher.« Willi hatte seine zweite Ration intus.

»Haben zu Haus keine juten Krankenhäuser?«, fragte Walde.

»Viagra kriegen die da sicher auch verschrieben. Dat iss es bestimmt nicht. Nee, die Religion ist ziemlich streng. Die dürfen nix trinken, ich mein Alkohol und so. Aber datt wird die nit scheren, dat sieht ja keiner, watt die in ihren Beduinenzelten trinken. Aber wenn die Leber kaputt ist, kriegst du keine neue mehr. Dat erlaubt denen ihren Allah nitt. Bei Organen und so verstehen die keinen Spaß.«

»Und dann hierher?«

»So ähnlich wird et wohl sein.« Willi legte erneut einen Geldschein auf den Tresen.

*

Der rostige Honda stand immer noch an der gleichen Stelle auf dem Parkdeck. Walde setzte sich auf die Motorhaube und wartete.

Eine Viertel Stunde zu spät kam Harry die Auffahrt hochgefahren. Walde warf seine Tüte auf den Rücksitz. Dann klappte er die Sonnenblende herunter und betrachtete sein Gesicht in dem kleinen Spiegel.

»Sorry«, Harry fuhr gemächlich aus dem Parkhaus. »In meinem alten Tempo wäre ich mindestens zehn Minuten zu früh hier gewesen. Aber jetzt...« Harry hob kurz beide Hände über das Lenkrad, um es gleich darauf wieder sicher festzuhalten.

Mit angefeuchteten Fingern rubbelte Walde die letzten Spuren der lila Filzstiftstriche weg. Seine Nasenflügel hatten so tiefe Druckstellen, als hätte er ein paar Tage lang eine Wäscheklammer darauf getragen.

»Und, hat deine Exkursion neue Erkenntnisse gebracht?«, fragte Harry.

»Die Station von Professor Sieblich möchte ich mir unbedingt genauer ansehen. Hat sich sonst etwas bei den Kollegen getan?«

»Das kann man wohl sagen«, antwortete Harry. »Bei Grabbe sind die ganze Nacht die Rechner heißgelaufen. Gabi hat einiges in Luxemburg und Frankreich in Erfahrung bringen können. Monika hat eben angerufen. Ein neues *Extrablatt* ist erschienen. Mit Foto.« Harry wartete an der Auffahrt zur Bundesstraße, bis die Lücke groß genug war, um sich in den Verkehr einzufädeln.

»Was ist drauf?«, fragte Walde.

»Ach so, auf dem Foto?«

Walde nickte genervt.

»Ein Schlauchboot mit einem Typen drin. Wahrscheinlich ist das dieser Hemp, der gerade an der Yacht von unserer Madame Goedert anlegt.«

»Wie kommt das *Käsblatt* an dieses Foto?«

Harry gab keine Antwort.

»Kannst du nicht etwas schneller fahren?«

»Hier ist Tempo Hundert erlaubt«, entrüstete sich Harry.

»Wir haben keine Zeit für solche Witze«, Walde schaute nervös auf den Tacho.

»Ach so, um halb zehn ist Besprechung.«

»Na dann los, setz’ das Blaulicht aufs Dach!«

»Nützt nichts«, sagte Harry kleinlaut. »Ich kann nicht schneller fahren. Seitdem wir bei den Gebenedeiten Schwestern waren, ist sie wieder da, die Blockade.«

»Was für eine Blockade?«

»Eine Blockade, nach dem Unfall hat es über ein Jahr gedauert, bis ich wieder schneller fahren konnte.«

»So lange können wir aber jetzt nicht warten. Halt' an, ich fahre!«, befahl Walde.

»Aber doch nicht hier, mitten auf der Landstraße!«

»Halt' sofort an!« Walde drückte den Knopf der Warnblinkanlage.

*

Um 9 Uhr 28 am Samstagmorgen fuhr Walde in den Hof des Präsidiums. Er griff die Plastiktüte und eilte ins Gebäude. Vor dem Fahrstuhl lief er Staatsanwalt Roth in die Arme.

»Na, verschlafen?«, rief dieser ihm gut gelaunt entgegen.

Walde konnte nicht einschätzen, wie die Frage gemeint war.

»Eine Observierung«, antwortete er knapp.

Die Fahrstuhltür öffnete sich, Harry kam hinzu und drückte die Taste zum ersten Stock: »Die paar Stufen hätten wir auch laufen können.«

»Waren Sie auch heute Nacht bei der Observierung dabei?«, fragte ihn Staatsanwalt Roth und warf einen kritischen Blick auf Waldes Tüte.

Harry schaute zu Walde hinüber, der den Zeigefinger an die Oberlippe hielt und den Kopf leicht hin und her bewegte.

»Nein, Herr Staatsanwalt, aber ich war auch nicht in meinem Bett.«

»Was sie privat treiben, geht mich nichts an«, sagte Roth in seinem scharfen Tonfall, der vor Gericht bei vielen Angeklagten und Verteidigern gefürchtet war.

Der Fahrstuhl war im ersten Stock angelangt.

»Wer oder was war das Ziel Ihrer Observierung?«, wandte sich Roth wieder an Walde.

Stiermann war auf dem Flur unterwegs zum Konferenzraum. Walde nutzte die Gelegenheit, seinen Chef zu begrüßen. Der nickte nur kurz und nahm gleich den Staatsanwalt in Beschlag. Walde entschwand mit Harry im Besprechungsraum.

Dort war bereits ein Dutzend Kollegen um den großen Tisch versammelt. Walde nickte ihnen zu und setzte sich neben Monika. Er bekam die aktuelle Ausgabe des *Extrablatt*s in die Hand gedrückt und überflog den Text: »Da hätten wir auch drauf kommen können, dass dieser Hemp der Kerl im Boot war, der in der ominösen Nacht die zwei Taucher zur *Populis* gefahren hat.«

Walde bemerkte, dass einige der Anwesenden ihn verstohlen beobachteten. Sah er wirklich so abgerissen aus?

»Guten Morgen!«, rief Stiermann. Die Gespräche verstummten. »Ich hoffe, wir sind in Sachen *Populis* ein Stück weiter gekommen. Ich übergebe gleich das Wort an Herrn Bock.«

Walde war instinktiv ein wenig zusammengezuckt, als er seinen Namen hörte. Das hatte er sich von seiner Schulzeit her bewahrt. Um sich auf diese Besprechung vorzubereiten, war keine Zeit gewesen.

»Ich glaube, es ist gelungen, unserem Puzzle wieder einige Steine hinzuzufügen. Was hier im *Extrablatt* steht, brauche ich nicht zu wiederholen. Ich schlage vor, dass Kollege Grabbe selbst seine neuen Erkenntnisse vorträgt, lasse aber der geschätzten Kollegin von der Sitte den Vortritt. Gabi?«

Sie erwiderte sein Nicken mit einem Augenzwinkern: »Ich muss etwas weiter ausholen, was meine Informationen zu diesem Hemp angehen. Hemp ist die rechte Hand von Madame Goedert. Die Luxemburger Polizei kennt ihn nur noch von Jahrzehnte zurückliegenden kleineren Delikten. Bei den Franzosen ist er bisher nicht polizeilich in Erscheinung getreten. Soweit der offizielle Teil. Ich habe in den letzten beiden Tagen und Nächten«, Gabi blickte misstrauisch in die Runde, die Gesichter zeigten keine Reaktion, »Metz, Nancy, Thionville und die Stadt Luxemburg abgeklappert. Dieser Hemp hat seine Finger in vielen Geschäften. Das Foto, das ich von ihm aufgetrieben hab', ist vor über zehn Jahren aufgenommen worden. Aber er scheint sich kaum verändert zu haben. Übrigens nennt er sich in Frankreich englisch ausgesprochen Hank. Wie der Protagonist von Charles Bukowski, falls dieser Autor einem in der Runde etwas sagt.«

Kam es Walde nur so vor oder zuckte an Monikas auf dem Schreibblock ruhenden rechten Hand der Mittelfinger? Gabi schien es ebenfalls bemerkt zu haben und grinste sie an: »In jüngster Zeit hat er sich unter anderem um die Beschaffung von Teilzeitkräften für die Luxemburger Gebäudereinigungsfirma Klein gekümmert. Sie unterhält Dependancen in Deutschland und Frankreich. Fensterputzer sind zumeist Männer. Für die Böden werden Frauen eingesetzt. Frauen sind nicht so dämlich, sich für einen Hungerlohn auch noch die Gräten zu brechen.«

»Sorry, werte Kollegin, aber das gehört nicht zum heutigen Thema«, unterbrach sie Stiermann.

»Pardon, Herr Präsident, aber wenn man wie ich tagtäglich mit benachteiligten, entwürdigten und gepeinigten Frauen konfrontiert ist, entwickelt man so etwas wie Sensibilität und Mitgefühl.« Sie winkte ab. »Lassen wir das! Dieser Hank oder Hemp wirbt also Leute für schlecht bezahlte, teils nicht einmal ordentlich gemeldete Jobs. Da hat er automatisch Kontakt zu den ärmeren bis ärmsten Bevölkerungsschichten, zu denen in Frankreich – nicht anders als bei uns – Immigranten und Asylsuchende zählen. In Nancy ist man ganz schlecht auf ihn zu sprechen. Nichts Genaues sagt man nicht, aber ich verwette meinen...«, sie legte eine Pause ein, »Rosenkranz darauf, dass die fünf Toten aus der *Populis* von dort kommen.«

»Ich glaube zu wissen, wer dieser ominöse Taucher ist, der nachts für das *Käsblatt* an der *Populis* war«, nutzte Stadler die Gelegenheit, sich zu Wort zu melden.

»Das hilft uns jetzt nicht recht weiter«, schaltete sich Walde ein. »Grabbe, berichte bitte!«

Stadler schnaubte tief durch und lehnte sich in seinen Stuhl zurück.

*

Grabbe richtete mehrere Häufchen Papiere vor sich in Reih' und Glied aus.

»Leider ist die Situation bei der Besatzung der *Populis* unverändert. Aber ich habe hier Unterlagen, die darauf hindeuten, dass im Krankenhaus der Gebenedeiten Schwestern Steineroth in der Station mit Schwerpunkt Transplan...«, diesmal blieb er schon viel früher hängen. Dabei hatte er sich heute darauf konzentriert, das Wort Transplantationstourismus zu vermeiden. »Dass dort in der Station mit Schwerpunkt Organverpflanzung unter Chefarzt Prof. Dr. Sieblich Ungereimtheiten auftreten.«

»Was heißt Ungereimtheiten und wie kommen Sie an diese Informationen?«, fragte Staatsanwalt Roth, der sich Notizen machte.

Grabbe war auf diese Frage vorbereitet: »Die sind mir zugespielt worden.«

»Ich hoffe, hier ist alles mit rechten Dingen zugegangen, in solch sensible Bereiche wie Krankendaten et cetera möchte ich keinesfalls ohne die erforderlichen Genehmigungen...«

»...gegen die meisten Informationen, egal ob anonym oder nicht, habe ich nichts einzuwenden. Sollen wir sie ignorieren, wo wir sie schon mal auf dem Tisch liegen haben?«, unterbrach ihn Stiermann.

»So einfach ist das nicht, im Falle eines Prozesses ist das ganze Material nichts wert und kann unter Umständen sogar kontraproduktiv sein.«

»Ich schlage vor, wir hören uns an, was Kollege Grabbe zu sagen hat«, schlug Walde vor.

Als niemand etwas einwandte, fuhr Grabbe fort: »Bei den Privatpatienten ist mir eine Ungereimtheit aufgefallen. Prof. Dr. Sieblich rechnet seine Leistungen mit den Patienten direkt ab. Das Krankenhaus stellt lediglich einen Tagessatz in Rechnung. Dieser wird in der Regel von den entsprechenden Versicherungen beglichen. Ich möchte da nicht allzu sehr ins Detail gehen. Dies trifft aber nur auf deutsche Patienten zu.«

»Werden auch Ausländer in seiner Transplantationsabteilung behandelt?«, fragte Monika.

»Soweit sie hier leben und in den entsprechenden Wartelisten geführt werden, ja. Aber hier handelt es sich fast ausnahmslos um Araber aus Dubai und benachbarten Ländern.«

»Wie viele?«

»Ich habe siebenunddreißig gezählt«, antwortete Grabbe.

»Und die haben alle Organe erhalten?«, wollte Monika weiter wissen.

»Das geht aus den Unterlagen nicht hervor. Ich habe auch keine Diagnosen oder Rechnungen von Prof. Sieblich. Nein, lediglich die Rechnungen über die Tagessätze der Gebenedeiten Schwestern. Und die wurden – da liegt für mich der Hund begraben – bei allen arabischen Patienten von ein und demselben Konto überwiesen. Dieses Konto wird geführt auf

einen gewissen Dr. Singh. Er ist Inder und arbeitet als Anästhesist in der Klinik der Gebenedeiten Schwestern...«

»In der Abteilung von Prof. Dr. Sieblich«, ergänzte Monika.
Grabbes anfängliche Scheu war einer Begeisterung gewichen. Seine Wangen färbten sich vor Aufregung rot: »Nicht
nur das, er war vorher mit Sieblich zusammen an einem Krankenhaus der Gebenedeiten Schwestern in Indien.«

»Und was soll uns das Ganze sagen?«, fragte Staatsanwalt
Roth.

»Kein Arzt bezahlt seinen Patienten den Krankenhausauf-
enthalt. Besonders, wenn es sich um Ölscheichs aus Dubai
handelt. Oder?«, Grabbe bekam keine Widerrede. »Für mich
gibt es nur eine Erklärung. Dr. Singh und Prof. Sieblich be-
rechnen ihren arabischen Gästen eine Pauschale. Da ist alles
drin. All inclusive, wie es so schön im Reisebüro heißt.«

»Auch die Bezahlung der Spender und der Schleuser«,
Staatsanwalt Roth nickte.

Grabbe hielt ein Blatt in die Höhe: »Hier stehen vierund-
dreißig Namen von Menschen mit afrikanisch klingenden
Namen, die meisten haben als Wohnsitz Nancy angegeben.
Alle haben Rechnungen nur über die Tagessätze erhalten, keinerlei zusätzliche Leistungen. Alle Überweisungen kamen
ausnahmslos vom Konto Dr. Singh. Ich bin sicher, dass ihnen
von Prof. Sieblich keine Leistungen in Rechnung gestellt worden sind. Die durchschnittliche Verweildauer lag bei etwa
drei Wochen. Das Alter der Patienten liegt zwischen zwanzig
und fünfundzwanzig Jahren.«

Als Grabbe geendet hatte, gab es zunächst kein Halten am
Tisch. Alle redeten durcheinander und mussten erst einmal
ihren Gefühlen Luft verschaffen.

Walde wartete ein wenig ab und bat dann um Ruhe: »Nicht
zu fassen, wenn das zutrifft, was ich vermute.«

Stiermann und Roth nickten einvernehmlich.

»Ich weiß, dass die meisten von euch diese Nacht nicht geschlafen haben«, fuhr Walde fort. »Es scheint sich gelohnt zu haben. Ich danke den beiden Kollegen für die wieder einmal hervorragende Arbeit im Team. Dazu gehören auch die beiden Kollegen, die am späten gestrigen Abend das Gespräch zwischen Madame Goedert und einem Mann – höchstwahrscheinlich handelt es sich um Hemp – abgehört haben. Daraus geht hervor, wenn ich es richtig interpretiere, dass am heutigen Nachmittag Nachschub für die in der *Populis* Ertrunkenen zur Klinik gebracht werden soll.«

»Die fühlen sich wohl ziemlich sicher«, der sonst so sachliche Staatsanwalt ballte eine Faust. »Wenn wir nur mehr in der Hand hätten als diese Papiere.« Er langte über den Tisch und schlug auf Grabbes Unterlagen.

Der versuchte, sie gleich wieder zu ordnen: »Aber das ist doch Dynamit!«

»Bringen Sie mir einen der Spender und ich lasse sofort die ganze Klinik hochgehen. Wir haben die Namen der Leute, da sollen sich die französischen Kollegen, besser noch Europol, dahinter klemmen.« Roth schaute auf seine Uhr. »Halten Sie mich auf dem Laufenden.« Er klappte seinen Notizblock zu, gab Stiermann die Hand und verließ den Raum.

»Und?«, fragte Stiermann zu Walde gerichtet.

»Wir schaffen das auch ohne Durchsuchungsbefehl«, antwortete dieser und erhob sich ebenfalls.

*

Walde stand allein an einem der offenen Fenster des Konferenzraumes und schaute auf die Kaiserthermen, wo eine große Tribüne aufgebaut wurde. Er ließ alle Informationen in seinem Kopf zusammenfließen. Dann konnte er eine Richtung finden, in die es jetzt gehen sollte.

War die Fensterbank nicht etwas zu niedrig? Waldes Gedankengang wurde jäh unterbrochen. Ein Stoß traf ihn in den Rücken. Im letzten Moment bekam er den Fensterrahmen zu fassen. Gabi!

»Du siehst ziemlich scheiße aus«, schrillte ihre Stimme.

»Danke, was würde ich nur ohne deine kleinen Aufmerksamkeiten machen, Gabi?«

Walde atmete durch. Seine Lungenflügel funktionierten noch.

»Hier, trink' nen Kaffee«, sie reichte ihm einen Pappbecher. »Nimm' eine Dusche und zieh' dir frische Klamotten an! Vergiss die Zähne nicht, du stinkst, als hättest du schon in aller Frühe Schnaps getrunken.«

Walde verschluckte sich an dem heißen Kaffee. »Wo hast du den denn her?«

»Meine neue Assistentin hat ihn gebrüht.« Sie winkte einer dunkelhaarigen Frau zu, die sich mit Grabbe unterhielt und dabei ein Auge auf Gabi und Walde hatte.

»Gut!«, kam Waldes Kommentar.

»Gell, sagenhafte Figur«, stimmte ihm Gabi bei.

»Ich meinte den Kaffee«, korrigierte Walde.

»Du hast Recht, Dienst ist Dienst und Schnaps ist Schnaps, wobei...«

Walde unterbrach sie: »...man sich auch mal im Dienst einen Schnaps genehmigen sollte.«

Gabi grinste ihn an: »Das hast du heute wohl schon hinter dir...«

»Wenn du wüsstest, was ich heute schon alles hinter mir habe«, unterbrach sie Walde. »Du würdest es nicht glauben.«

»Das ist Waldemar, Walde, darf ich dir Sonja vorstellen?«

Vor ihm stand die gutaussehende Frau, die ihm vor ein paar Tagen auf der Treppe zum Präsidium aufgefallen war. Die Dunkelhaarige hatte einen festen Händedruck. Von nahem sah sie etwas älter aus. Sie konnte Ende zwanzig sein.

»Ich hab' schon von Ihnen gehört«, sie hatte eine warme, ziemlich dunkle Stimme.

Walde wollte nicht mit einer Floskel antworten. Er schaute auf ihren Mund, ihre Augen und wieder auf den Mund. Ihm fiel spontan nichts ein. Die Stille dehnte sich an den Rand der Peinlichkeit. Gabi hätte sich eher einen ihrer hohen Absätze abgebrochen, als Walde zur Seite zu stehen.

»Danke für den Kaffee, der ist wirklich gut«, er hatte noch gerade so die Kurve gekriegt.

»Danke! Gabi sagt, Sie machen Musik?«, ihr Lächeln entblößte ebenmäßige Zähne.

Walde wiegte den Kopf: »Nur ein wenig für den Hausgebrauch.« Er überlegte, was er sie fragen könnte, um weiter ihre Stimme zu hören.

»Können wir?«, Harry hatte sich mit Stadler unterhalten und war jetzt zu ihnen getreten, ohne dass Walde es bemerkt hatte.

Das müssen noch die Nachwirkungen des Alkohols sein, dachte Walde, als er sich wieder bewusst wurde, wo er war.

»Wie ist es mit Umziehen?«, fragte Gabi.

»Keine Zeit, wir müssen...«

»Ich hab' Feierabend, ich kann dir was aus deiner Wohnung holen«, bot Gabi an.

»Nein, danke«, Walde zögerte.

»Willst du in dem Aufzug den ganzen Tag verbringen?«

»Gut«, Walde gab ihr die Schlüssel, »du weißt ja noch vom Spaghettiessen, wo es ist.«

»Soll ich das hier mitnehmen?«, sie wedelte mit der Plastiktüte.

Walde nickte und wandte sich Harry zu.

*

»Entschuldige, dass ich dich stören musste...«, Harry sprach den Satz nicht zu Ende.

»Warum?«, fragte Walde.

»Tu doch nicht so. Du hast dagestanden wie ein pubertärer Junge, der zum ersten Mal ein Mädchen zum Tanzen auffordert«, lachte Harry. »Wegen der hast du dir vor ein paar Tagen fast den Hals verrenkt, obwohl du mir immer vorhältst, das wär' Macho-Gehabe.«

»Was?«

»Den Frauen nachzuglotzen.«

»Ach...« Walde blieb die Antwort erspart. Grabbe steuerte auf sie zu.

»Ich wüsste, wie wir die Klinik der Gebenedeiten Schwestern in Steineroth auf den Kopf stellen könnten, Chef« er grinste. Seine Euphorie von vorhin war noch spürbar. »Und in der Klinik wären sie obendrein noch froh, wenn die Polizei käme.«

»Du meinst doch nicht etwa?«, fragte Harry mit wissendem Blick.

Grabbe nickte.

»Gibst du uns grünes Licht, Chef?«

Walde stöhnte: »Von mir aus auch Blaulicht, wenn mir einer von euch sagt, worum es geht.«

Grabbe schaute sich um und flüsterte: »Bombenalarm.«

»Genau, Bombenalarm«, Harry nickte heuchlerisch.

»Wir räumen die Gebäude und können uns ganz ungestört umsehen.«

»Bloß nicht. Die haben über fünfhundert Patienten, viele bettlägerig, ein Teil davon auf Intensivstationen an Maschinen angeschlossen«, Walde schüttelte den Kopf. »Wenn der Anruf bei Madame Goedert kein faules Versprechen war, wird die Klinik heute Mittag interessante Neuzugänge erhalten, die wir abfangen sollten.«

»Die Handwerkskammer geht auch anonymen Hinweisen nach, wenn jemand Schwarzarbeit meldet«, versuchte Grabbe es nochmals. »Dann müssen keine Patienten evakuiert werden.«

»Erstens können wir uns da nicht ohne weiteres ranhängen und zweitens halten wir dann vielleicht mit einer solch auffälligen Aktion die Neuzugänge ab, falls sie…« Harry hielt inne. Stiermann kam auf sie zu.

»Und, meine Herren, Kriegsrat im kleinen Kreis?« Der Polizeipräsident schaute auf seine Uhr. »Briefen Sie mich, wenn Sie sich eine Strategie zurechtgelegt haben. See you!«

Walde nickte.

»Later, Alligator«, raunte Harry dem Polizeipräsidenten nach.

»Besorgt mal eine Topo von der Klinik«, bat Walde.

»Liegt da vorn bereit«, kam Grabbes Antwort wie aus der Dienstpistole geschossen.

»Wenn du jetzt auch noch ein Handtuch und Duschzeug hast, dann…«, sagte Walde.

Grabbe machte ein konsterniertes Gesicht.

Walde winkte ab und ging zurück zum Tisch, wo die meisten Kollegen noch rauchend und Kaffee trinkend saßen: »Wo ist die Karte?«

Grabbe zog sie unter seinen Unterlagen hervor und breitete sie aus. Sogleich wurde es still am Tisch. Die Kollegen rückten näher heran.

*

Walde hatte nicht gewusst, dass dieser Wagen mit Danner Zivilnummer noch zum Polizeibestand gehörte. Meier steuerte den alten Ford Granada. Im Heckfenster lag eine umhäkelte Klopapierrolle.

Als Walde fünfzehn Jahre zuvor Meier kennen gelernt hatte, sah dieser aus, als stünde er kurz vor der Pension. Hager, faltig, groß, gebeugt. In seinen wenigen Worten schwangen immer ein Hauch Sarkasmus und Ironie mit. Meier hatte sich in den letzten fünfzehn Jahren nicht verändert. Vielleicht war er nun so alt wie Walde bei seinem Dienstantritt vermutet hatte? Gab es Menschen, die schon zu Lebzeiten mumifizierten?

Waldes Rasierwasser und Duschgel hatten nach vierzig Minuten Fahrt gegen Meiers Geruch nach ungelüfteter, verrauchter Kleidung verloren.

Walde war selten, aber gern mit Meier zusammen. Meier erinnerte ihn an seinen Vater. Besonders der Geruch. Genau die gleiche Duftwolke hatte Vater am Abend umgeben, wenn er aus der verqualmten Werkstatt gekommen war.

Im letzten Jahr hatte Walde im Erpressungsfall eines Zigarettenkonzerns von der Erfahrung des Kollegen profitieren können. Bis Polizeipräsident Stiermann es für nötig gehalten hatte, das Landeskriminalamt einzuschalten, und Walde der Fall entzogen worden war.

Meiers näselnde Stimme unterbrach Waldes Gedanken: »Ich kann mich noch gut erinnern, als wir das letzte Mal die Bereitschaftspolizei aus Wengerohr eingesetzt hatten, um diese Frittenbude zu stürmen.«

»Sie meinen den McDrive auf dem Messeplatz. Ich war leider verhindert.«

»Ich dachte damals, dieser Erpresser hätte Sie...« Meier zog die Hand an der Kehle vorbei.

»Mein Schädel hat es ausgehalten«, Walde fuhr sich reflexartig mit den Fingerspitzen durch die feuchten Haare. »Diesmal sind die aus Wengerohr nur in Alarmbereitschaft versetzt.«

»Samt Hubschrauber«, kam es knapp von Meier.

»Wenn schon, denn schon«, Walde hatte einen kritischen Unterton registriert.

»Was ist denn mit dem los?« Meier deutete nach rechts. Soeben überholten sie einen in sehr gemäßigtem Tempo fahrenden Wagen mit Harry am Steuer und Grabbe auf dem Beifahrersitz. »Die beiden sind doch eine viertel Stunde vor uns losgefahren!«

Harry schaute konzentriert geradeaus und reagierte nicht auf Waldes Handzeichen.

*

Der Nieselregen hatte aufgehört. Alle waren auf Position. Walde hatte die Leute auf dem Klinikgelände verteilt. Weitere beobachteten die Bundesstraße. Neben den alten Pilgerwegen war das die einzige Straße, die nach Steineroth führte. Die zehn Kripoleute verloren sich auf dem großen Gelände zwischen Besuchern, Lieferanten, Personal und Patienten.

Harry und Grabbe saßen in der Pförtnerloge. Harry kannte einen der diensthabenden Wachleute, der früher als Schließer in der Justizvollzugsanstalt Wittlich gearbeitet hatte.

Walde und Meier hatten sich auf einer trocken geriebenen Bank in dem kleinen Park gegenüber dem Haupteingang des Klinikgebäudes niedergelassen. Hier am Fuß des Hügels, auf dem das Gebäude mit der ominösen Station von Prof. Sieblich stand, war eine gute Position für die Zentrale der Überwachungsaktion. Jeder hatte zwei Mobiltelefone griffbereit. Kein Wort sollte über Funk gehen.

Walde genoss die zwischen den Wolken heraus lugende Maisonne.

Die Schwestern hatten hier eine geschützte Stelle für ihr Kloster gewählt, wo das raue Eifelklima durch die in Wetterrichtung liegenden Hügel gemildert wurde. Er stellte sich vor, wie die Backsteinmauern in der Abendsonne leuchteten. Der Name Steineroth kam sicher nicht von ungefähr. Hin und wieder wehte eine Rauchschwade von Meier herüber. Walde hatte Lust auf Musik. Ein getragener Rhythmus kam ihm in den Sinn: ruhiger Bass, Schlagzeug mit Besen, Bongos, zarte Gitarrenriffs...

»Der sieht aus wie neu«, Meier griff über die Lehne und zog hinter der Bank einen Schirm aus dem Rasen. Er spannte ihn auf. Walde erkannte seinen Schirm vom Vorabend wieder.

Ein Telefon klingelte. Sie hatten es versäumt, unterschiedliche Klingeltöne einzugeben. Es war einer von Waldes Apparaten.

»Lieferwagen mit der Aufschrift ,KLEIN – fein und rein' etwa fünf Kilometer vor Steineroth. Zwei Personen vorn, können sonst nichts erkennen. Die hinteren Scheiben sind mit dunkler Folie überklebt.«

»Verstanden, danke«, Walde erhob sich und wählte Harry an. »Es geht los. In zirka fünf Minuten trifft Hemp hier ein. Es bleibt dabei, Zugriff erst, wenn ich es sage.«

Meier führte die Telefonkette zu den übrigen Kollegen weiter.

Dunkle Wolken schoben sich vor die Sonne. Meier zündete eine neue Zigarette an. Walde überlegte, wie es weitergehen sollte.

»Kennen Sie den«, fragte Meier und deutete rüber zum Eingang. »Der glotzt schon die ganze Zeit hierher.«

Walde erkannte sogleich den Mann im längs gestreiften Bademantel und den Lederpantoffeln neben dem Kippenbecken. Als sich ihre Blicke begegneten, hob Willi zaghaft den Arm, ließ ihn aber gleich wieder sinken.

»Ist sich keine Zwillingsbruder von Oleg«, murmelte Walde kopfschüttelnd. War seine Verkleidung doch nicht so wirksam gewesen, wie er sich vorgestellt hatte? Kein Hahn krähte. Das hatte der hilfsbereite Willi nicht verdient...

Es klingelte abermals. Der Wagen passierte die Pforte.

Kurze Zeit später sahen sie den weißen Kombi im Schritttempo über den breiten Teerweg kommen. Vor dem Hauptgebäude bog er auf den roten Sandweg nach links ab und beschleunigte. Die beiden starrten ihm nach, bis er hinter der Kirche verschwand.

Am Hügel gab es nur einen schmalen Fußpfad. Der Kombi musste um den zentralen Komplex herumfahren, um zum Haus F zu gelangen. Während des Gehens rief Walde in der Pförtnerloge an: »War Hemp im Wagen?«

»Konnten wir nicht erkennen«, antwortete Grabbe.

»Wo ist Harry...?«

»Hier«, kam es keuchend von hinten, wo Harry gerade an Meier vorbei den Pfad hochlief.

»Was soll das, alle haben auf ihrem Posten zu bleiben!«, rief Walde.

»Du hast doch bestimmt wieder keine Waffe dabei!«, versuchte es Harry.

»Dann gib' her«, Walde marschierte unbeirrt weiter.

»So war das eigentlich nicht gedacht.« Harry zog seine Pistole aus dem Halfter.

Walde drehte sich um und nahm die Waffe. Er überprüfte, ob sie gesichert war und steckte sie sich am Rücken in den Gürtel: »Danke, dann bis später.«

Harry schaute verdutzt. Der ebenfalls laut nach Atem ringende Meier drängte sich an ihm vorbei.

Walde winkte und war dann zwischen niedrigem Buschwerk verschwunden.

Das als Station F ausgewiesene Haus ähnelte auf den ersten Blick in nichts der Backsteinarchitektur der Gebäude, die Walde bisher in Steineroth gesehen hatte. Die prachtvollen blumengeschmückten Balkons mit ihren raffiniert gestalteten schmiedeeisernen Geländern, die blauen Fensterläden auf weißem Putz, die große Terrasse mit der breiten Freitreppe zum ausladenden Rasen hätten hinter diesen Mauern eher ein Vier-Sterne-Hotel vermuten lassen als ein Krankenhaus.

»Wir müssen zur Vorderseite«, Meier hielt sich nicht lange mit der Betrachtung auf. Walde folgte ihm. Er schaute auf die Uhr. Sie waren bereits etwas mehr als vier Minuten unterwegs. Der Wagen konnte schon angekommen sein. Warum hatten sich die Kollegen noch nicht gemeldet?

Als würde er Waldes Gedanken lesen, verlangsamte Meier

seine Schritte. Vor ihnen lag eine schmale Straße. Ein Taxi blockierte die Durchfahrt. Sie gingen daran vorbei und befanden sich in einem Wendekreis an der Vorderseite des Gebäudes. Die schlichte Fassade eines Zweckbaus ließ nie und nimmer vermuten, wie sich das Gebäude zur Parkseite präsentierte.

Da waren die zwei Kollegen, die hier oben Posten bezogen hatten. Sie standen allein am Raucherplatz, den es auch hier oben gab, nur mit dem feinen Unterschied, dass ein kleines Dach vor Regen schützte.

Mit Kopfschütteln signalisierten sie den beiden Ankommenden, dass sich noch nichts getan hatte.

Da stimmte etwas nicht. Waldes Telefon klingelte.

»Die sind abgebogen«, sagte eine herbe Stimme. Sie gehörte unzweifelhaft zu Gabi, aber was machte sie hier? »Okay, ich kann auch Gedanken lesen. Zwanzig Kerle, da fehlt die weibliche Intuition. Deshalb bin ich mitgekommen und hab' mich hinter dem Kloster postiert. Und da sind die Kerle abgebogen.«

»Wohin?«

»Was weiß ich, zu den Gärten, zu den Fischteichen? Was Nonnen so hinter ihrem Kloster haben«, gab sie zurück. »Jedenfalls kann ich da nicht hin, nicht mit diesen Schuhen.«

»Gabi, bleib' bitte dran.«

»Wissen Sie, wie man eine Konferenzschaltung macht?« Walde streckte sein zweites Handy Meier entgegen. In dem Moment klingelte es.

»Es kommt noch ein Kombi von ‚Klein' hier durch,« rief Grabbe.

»Es kann auch sein, dass er irgendwo rausgefahren ist und wieder zurückkommt«, sagte Walde.

Im anderen Telefon krächzte Gabis Stimme: »Er kommt wieder.«

»Woher?«

»Ich hab' doch gesagt, dass ich nicht weiß, was da ist«, zischte Gabi. »Da kommt noch einer, sieht genauso aus wie der, der...«, sie stockte. »Der Typ am Steuer, das müsste Hemp sein.«

Meier telefonierte kurz. »Wir sollten hier weg, die sind gleich hier.«

Sie zwängten sich an den offenen Türen des Taxis vorbei. Jemand stieg auf der Beifahrerseite ein. Der Taxifahrer verstaute Taschen im Kofferraum.

Nach ein paar Metern blieb Walde stehen: »Wie gesagt, Zugriff nur, wenn ich es sage.«

Damit ließ Walde die drei allein zum Fußweg gehen. Er selbst wandte sich wieder dem Eingang zu.

Die beiden Kombis kamen hintereinander die Auffahrt hoch, als das Taxi startete. Sie ließen es durch und fuhren durch den Wendekreis direkt vor dem Eingang auf den Bordstein.

An den Kombis gingen die ersten Türen auf. Vor Walde öffneten sich die Schwingtüren des Gebäudes. Er hatte keinen Plan. Welche Namen kamen in diesem Teil der Eifel häufig vor, außer Müller, Schmitt und Meier? Ihm fiel sein Vater ein. Wie sagte er noch? Schlage den Gegner mit seinen eigenen Waffen!

Etwas Katholisches musste her.

»Den Herrn Schmitt möchte ich gern besuchen.« Die Frau hinter der Glasscheibe ließ flink den Zeigefinger an einer Liste entlang gleiten.

Draußen hatten sich allesamt in blaue Overalls mit der Aufschrift »*KLEIN – fein und rein*« gekleidete Männer um die Kombis versammelt.

Walde beobachtete sie und fuhr fort: »Ich komme von der Pfarrei Christkönig. Der Herr Pastor hat inzwischen vier Pfarreien und ich spring' ja gern ein, wenn jemand so krank ist. Dafür bin ich schließlich im Pfarrgemeinderat.«

Während er laberte, schaute er zu, wie draußen Leitern vom Dach abgeschnallt und Eimer, Behälter mit Reinigungsmitteln und Putzgeräte entladen wurden.

»Das ist ja christliche Nächstenliebe. Oder können Sie mir eine Quittung geben, Fräulein. Der Bong, der kommt nicht mehr aus dem Automaten und dann hab' ich nix, wenn ich wieder aus dem Parkhaus raus fahr.«

Die Eingangstür glitt erneut auf. Drei weiße und drei dunkelhäutige Männer in blauen Overalls, bepackt mit Arbeitsutensilien, kamen herein. Nur der Rothaarige musterte ihn. Die anderen mieden den Blickkontakt und konzentrierten sich darauf, ins Haus zu gelangen, ohne mit den Leitern und Teleskopstielen irgendwo anzustoßen. Die Dunkelhäutigen wirkten gedrungen. Nicht so schlank wie die Menschen aus der *Populis*. Einer hatte ein von Narben gezeichnetes Gesicht.

Die nächste Tür öffnete sich. Der Trupp verschwand.

»Mit dt oder Doppel-t?«, fragte die Frau hinter der Glasscheibe.

»Weiß ich auch nicht, ich kenn' den ja nicht persönlich. Unsere Schäfchen kommen längst nicht mehr jeden Sonntag zur Messe. Wir sind ja froh, wenn sie an Weihnachten oder zur Kommunion der Kinder...«

»Ich habe überhaupt keinen Schmitt«, unterbrach ihn die Frau.

»Ja, sagen Sie mal, ich muss heute noch ins Kreiskrankenhaus nach Wittlich und nach Bernkastel-Kues in die Reha. Vielleicht hab' ich auch die Namen verwechselt.«

Walde kramte in seiner Jacke: »Jetzt find' ich den verdammten...«, er fasste sich verschämt an den Mund. »Ist mir so rausgerutscht. Also ich find' den blöden Zettel nicht. Dann war es bestimmt der Weber. Ich hab' heute nur Allerweltsnamen auf der Liste. Da dachte ich, die vergesse ich nicht. Jedenfalls hat der es mit den Nieren.«

Wieder kam jemand herein, ganz in Weiß, schwarze Haare, bronzefarbene Haut.

»Tag, Herr Dr. Singh.«

Der Mann deutete eine Verbeugung und das Zusammen-falten der Hände an. Wieder glitt lautlos die nächste Tür auf.

Walde besann sich, dass er weder einen Blumenstrauß noch sonst ein sichtbares Mitbringsel vorweisen konnte: »Ich wollte ihm die Kommunion bringen, bevor er operiert wird und er vielleicht keine Gelegenheit...«

»Jürgen Weber, hab' ich hier.«

»Ist der aus Christkönig?«

»Das steht hier nicht.«

»Dann wird er es wohl sein.«

Diese Logik überzeugte die Dame hinter der Glasscheibe: »Der ist eben entlassen worden. Den müssten Sie eigentlich noch gesehen haben. Ist gerade mit dem Taxi weg.«

*

So oft wie an diesem Tag hatte er schon lange nicht mehr an seinen Vater gedacht. Lieblingsweisheiten wie »Ehrlich währt am längsten« und »Der gerade Weg ist meist der schnellste« fielen ihm wieder ein. Aber wo verlief der gerade Weg?

Es regnete. Vor der Tür sah Walde nach links und rechts. Die beiden Kollegen standen wieder in der Raucherecke.

Er ging durch den Wendekreis zum Fußweg. Den Hügel hinunter bot das junge Blattwerk nur wenig Schutz. Hagel mischte sich unter den Regen. Immer wieder trieben ihm starke Böen die Tropfen und Körner direkt ins Gesicht.

Meier saß wie vorhin auf der Bank gegenüber dem Haupteingang. Unter seinem Schirm quoll Rauch hervor.

»Schon zurück?«, war sein trockener Kommentar, als Walde das Wasser von der Bank wischte und sich neben ihn setzte.

Ein wenig bedauerte Walde, dass er nicht rauchte. Jetzt hätte er eine Kippe vertragen können.

Meier ertrug das Schweigen mehrere Minuten, dann fragte er: »Und?«

»Sechs Leute von ‚Klein' sind ins Haus, drei Weiße und drei Farbige. Kurz darauf ist Dr. Singh, dieser indische Anästhesist, eingetroffen.«

»Ich fress' einen Besen, wenn mehr als drei wieder rauskommen.«

Die Müdigkeit kam von einem Augenblick zum anderen. Walde fröstelte. Er fühlte sich mies. Er schloss die Augen und war sofort weg.

»Sie kommen raus.«

»Was?«, es fiel ihm schwer, die Augen zu öffnen. Sein Kopf lag auf Meiers Schulter.

Er schrak hoch und richtete sich im Sitzen kerzengerade auf.

»Alle sechs«, ergänzte Meier.

»Festhalten. Die schnappen wir uns an der Pforte«, Walde brauchte jetzt dringend zwei Tassen Kaffee. »Lassen Sie zur Sicherheit einen Wagen quer stellen. Waffen entsichern, kein Risiko eingehen.«

Walde wollte aufstehen. Sein rechtes Bein trug ihn nicht. Wie am Morgen brauchte er eine Weile, bis das taube Gefühl nachließ.

*

Ein Taxi hielt vor der geschlossenen Schranke der Pforte. Fahrer- und Beifahrertür standen offen. Harry hatte die Insassen hinter der Pförtnerloge in Sicherheit gebracht. Die beiden Kombis stoppten hinter dem Mercedes.

In dem Moment, als der erste Polizist mit gezückter Pistole aus der Pforte stürmte, gab Hemp Gas. Er zog links am Taxi vorbei. Die Aufhängung knackte, dann wurde die Tür gegen den Kotflügel geknallt. Hemp riss den Kombi nach rechts. Die Schranke brach wie ein Streichholz. Mit hoher Drehzahl rammte Hemp den hinteren Kotflügel des quer gestellten Wagens, der mit splitternden Scheiben den Weg freigab.

Grabbe und Harry sahen, wie der zerbeulte Kombi durch Glasscherben und Blech davon sauste und mit quietschenden Reifen auf die Bundesstraße schlitterte.

Der zweite Kombi befand sich noch an der gleichen Stelle. Neben dem Wagen stand Gabi an der Fahrertür. Sie hatte beide Arme durch die offene Scheibe gestreckt. Eine kleinere Pistole presste sie unter das Kinn des Fahrers, die andere war auf den Kopf des Beifahrers gerichtet. Die beiden waren zu Wachsfiguren erstarrt. Aus dem Umstand, dass sich Gabis Lippen bewegten, konnten die Kollegen erraten, dass die beiden gerade eine kostenlose Nachhilfe in unflätigen Beschimpfungen erhielten.

Walde, Meier und die übrigen Kripoleute trafen fast zeitgleich ein. Die fünf Insassen wurden aus dem Kombi gezerrt und mit den Händen am Dach des Wagens aufgestellt.

Lediglich bei den zwei weißen Männern wurden Waffen gefunden. Im Nu klickten die Handschellen.

Harry hatte die Streifen an der Bundesstraße alarmiert.

»Gib' eine Fahndung an alle raus und fordere den Hubschrauber an. Der lässt sich nicht so einfach stoppen«, befahl Walde.

»Wir fahren hinterher«, Harry packte Grabbe am Arm. »Komm mit.«

»Den kriegen wir doch nicht mehr«, protestierte Grabbe, dennoch verfiel er in Laufschritt, um mit Harry mitzuhalten.

»Gib' mir deine Knarre«, rief Harry.

Grabbe kam seiner Forderung nach und bekam im Gegenzug die Autoschlüssel in die Hand gedrückt.

»Was, ich soll fahren?«, fragte er entgeistert.

Die drei dunkelhäutigen Männer hatten bisher kein Wort gesagt. Walde sah ihnen in die ausdruckslosen Gesichter. Der mit dem vernarbten Gesicht war nicht dabei.

»Das sind nicht dieselben, die ins Haus gingen«, sagte er zu Gabi.

»Mach' mal auf«, Gabi deutete auf den Reißverschluss eines Overalls.

Walde riss dem überraschten Mann den Verschluss über die Brust. Bevor dieser die gefesselten Hände zur Abwehr heben konnte, hatte Gabi ihm von hinten den Stoff heruntergezogen.

»Was haben wir denn da?«, sie deutete auf die frische Narbe unterhalb der Rippen.

Meier kam hinzu: »Da gehen wir jetzt sofort rein und holen die drei anderen raus.«

»Singh und Sieblich ebenfalls«, pflichtete ihm Walde bei.

»Vier Mann kommen mit! Ruft Verstärkung, wir brauchen alle verfügbaren Leute.« Und mit Blick auf den beschädigten Wagen: »Sorgt dafür, dass die Einfahrt schnell wieder frei wird.«

Hinter dem Kombi hatten sich weitere Fahrzeuge gestaut.

Eine stetig wachsende Zahl von Schaulustigen schob sich Schritt für Schritt näher heran. Als Walde mit seinen Leuten auf sie zueilte, machten sie Platz.

Am Ende der Reihe wartender Autos saß ein weiß gekleideter Mann in einem Saab. Er gehörte offensichtlich zu dem Typ Cabriofahrer, die, wenn das Wetter es gerade so zuließ, offen fuhren.

Walde hielt ihm seine Marke unter die Nase: »Steigen Sie bitte aus. Der Wagen ist beschlagnahmt. Sie können ihn später vor der Station F abholen.«

Hilflos musste der Arzt mit ansehen, wie sieben Leute in das Fahrzeug kletterten und drei davon ihre Schuhe auf die Ledersitze stellten und oben auf dem Heck Platz nahmen.

Walde suchte unter dem Lenkrad den Zündschlüssel.

»Hier«, Gabi deutete vom Beifahrersitz auf das Zündschloss, das sich zwischen ihren Sitzen befand. Walde setzte auf den Rasen zurück und fuhr am Krankenhaus vorbei, wo einigen Rauchern vor Überraschung die Zigaretten aus den Mündern fielen. Wie Teenies in einem amerikanischen Film brausten sie um den ausladenden Bau herum. Oben vor der Station F parkte Walde direkt an der Eingangstreppe. Die Frau hinter der Glasscheibe verstand nicht sofort, dass der großgewachsene Herr, eben noch Mitglied des Pfarrgemeinderates Christkönig, jetzt Polizist sein sollte.

»Mach keine Zicken«, Gabi schlug mit der flachen Hand gegen die Glasscheibe. »Wo werden hier die Organe gewechselt?«

Die verschreckte Frau deutete mit dem Finger nach oben.

»Mädchen, mach', welche Etage?«

»Vier«, die Frau sprach sehr leise.

»Finger weg vom Telefon!«, warnte Gabi und drängte mit den anderen durch die Tür zum Treppenhaus.

Das Klappern von Gabis Stöckelschuhen hallte auf den Treppen und übertönte die Schritte ihrer sechs Kollegen.

Oben mündete das Treppenhaus in zwei Korridore.

»Meier, bleiben Sie hier, die anderen kommen mit«, rief Walde. »Haltet die Waffen griffbereit!«

Eine Schwester trat aus einem der Stationszimmer: »Was wollen Sie...«

Walde zeigte seine Dienstmarke: »Wo ist der Professor?«

Sie schüttelte den Kopf: »Vielleicht auf der Station nebenan.«

»Bleiben Sie bitte hier auf dem Gang!«

»Aber...«, versuchte sie zu protestieren, als die Türen aufgerissen wurden.

Nicht alle Krankenzimmer waren belegt.

Walde hatte zuerst die Seite, die zur Vorderfront des Hauses lag, gewählt. Hier fehlten die großen Balkons.

»So, jetzt schauen wir uns mal auf der anderen Seite um.«

Auf dem Weg zur Station unterrichteten sie Meier.

Die Stationstür war verschlossen. Walde fand eine Klingel mit Gegensprechanlage und Kamera.

»Hallo, Sie wünschen?«, meldete sich eine Stimme.

»Polizei, machen Sie sofort die Tür auf.«

Es tat sich nichts.

»Aufmachen, Polizei«, Gabi trommelte gegen die dicke Milchglasscheibe.

»Zeigen Sie ihren Dienstausweis in die Kamera«, schallte es aus dem Lautsprecher.

Walde kam der Aufforderung nach: »Noch drei Sekunden, dann lass' ich Sie festnehmen.«

Der Türschließer summte. Ein kräftiger Mann in weißer Arbeitskleidung stellte sich ihnen in den Weg: »Haben Sie einen Durchsuchungsbefehl?«

»Aus dem Weg! Jetzt reicht es!« Gabi wollte ihn rüber schubsen. Der Mann wich keinen Zentimeter und hielt sie mit beiden Armen an den Schultern fest.

Gabi rammte ihm blitzschnell ein Knie in die Weichteile. Der Pfleger ließ Gabi los und krümmte sich. Ein zweiter Pfleger kam auf den Gang gestürzt. Walde streckte ihm seine Marke entgegen.

»Kümmern Sie sich um Ihren Kollegen. Er hat wohl einen Schwächeanfall«, sagte Gabi. »Ach, noch was. Wo finde ich die drei Afrikaner?«

Der Pfleger schaute unsicher zu seinem am Boden liegenden Kollegen, der sich nicht rührte: »Gucken Sie mal in 412.«

Hinter der Tür mit der Nr. 412 befand sich eine Diele. Von hier gingen Türen zu einem großen Bad, einem Schlafraum, der außer drei Krankenbetten und einigen Vorrichtungen für Apparate nichts von einem Krankenzimmer hatte. Im Wohnzimmer fanden sie die drei Afrikaner. Sie ließen sich widerstandslos festnehmen. Walde erkannte die Narben im Gesicht des einen wieder. Sie verstanden offensichtlich, als Gabi sie in französischer Sprache über ihre Rechte aufklärte. Walde tat es Leid, ihnen Handschellen anlegen zu müssen. Sie waren die Opfer in dieser Affäre. Aber er durfte nicht riskieren, dass sie flohen.

Ein Hubschrauber dröhnte. Der Krach wurde schnell immer lauter.

»Der landet«, Gabi wies durch die Scheibe, hinter der ein roter Rettungshubschrauber niederging. Walde trat mit Gabi im Schlepptau auf den Balkon hinaus.

Der Helikopter setzte im Park auf einem mit einem großen Kreuz gekennzeichneten Landeplatz auf.

Die Rotoren liefen weiter, niemand stieg aus.

»Da«, Gabi wies nach unten, wo zwei Männer auf den

Landeplatz zuliefen. »Das sind Sieblich und Singh, die hauen ab!«

Auf den letzten Metern zogen sie die Köpfe ein und stiegen in den Hubschrauber, der sofort aufstieg.

*

Das Blaulicht auf dem Dach des BMW rotierte. Der Wagen hatte sich noch keinen Zentimeter bewegt.

Grabbe schob seinen Sitz nach vorn, dann ein kleines Stück zurück. Er startete den Wagen und schaute in den Innenspiegel, er korrigierte die Einstellung. Auch der Außenspiegel zeigte nicht den gewünschten Blick.

»Fahr' endlich los!«, Harrys Nerven waren bis zum Zerreißen gespannt. »Du kannst unterwegs die Außenspiegel verstellen.«

An der Auffahrt zur Bundesstraße ließ Grabbe einen Lkw vorbeifahren.

»Dieser Bananenbomber hätte ruhig bremsen können!«, maulte Harry.

»Das musst du dem sagen, nicht mir.«

Wenig später hatten sie den Lkw überholt und rasten mit hundertfünfzig Stundenkilometern durch die Eifel.

Grabbe ließ seine Seitenscheibe herunter. Der Fahrtwind fuhr mit Wucht ins Wageninnere.

»Was ist los?«, rief Harry.

»Ich verstelle den Außenspiegel.«

»Mach' wieder zu, das geht von innen«, Harry deutete auf einen Schalter.

Grabbe fuhr die Scheibe wieder hoch und fummelte an dem Knopf herum.

»Das ist meiner«, brummelte Harry zwischen zusammenge-bissenen Zähnen.

»Was ist?«

»Du fummelst an m e i n e m Spiegel, dem Beifahrer-spiegel.«

»Ach so«, Grabbe gab es auf und konzentrierte sich auf die Straße.

Die meisten Wagen machten Platz, aber nun hingen sie auf einer kurvigen Strecke hinter einem alten Polo.

»Da passen wir noch daneben«, sagte Harry. Er telefonierte: »Die anderen haben sich schon hinter den Kombi gehängt, Walde hat einen Hubschrauber angefordert. Dieser Hemp geht uns nicht durch die Lappen.«

»Nee, das ist mir zu eng, wenn ein Lkw entgegen kommt.«

»Dann fahr' näher ran«, sagte Harry. »Gib' dem Blödmann Lichthupe. Der hat bestimmt seinen Subwoofer bis zum An-schlag aufgedreht und fährt mit Tunnelblick.«

Grabbe fuhr dicht an die Stoßstange des Vordermanns.

Der trat vor Schreck auf die Bremse, Grabbe wich im letzten Moment aus.

»Das war knapp, danke für den blöden Tipp«, motzte er.

Eine lange Gerade eröffnete eine weite Sicht. Etwa fünfhun-dert Meter vor ihnen war Blaulicht zu sehen.

»Da vorne sind sie.«

Ein grüner Polizei-Hubschrauber flog dicht über sie hinweg.

*

Als Walde den Helikopter über Telefon erreichte, meldete der Pilot, er habe gerade die Bundesstraße erreicht, auf der der Kombi flüchte, und sei in entgegengesetzter Richtung unterwegs. Walde dirigierte ihn zum Krankenhaus um und gab eine Beschreibung des Rettungshubschraubers durch, mit dem Sieblich und Singh abgeflogen waren. Währenddessen unterrichtete Meier den Polizeipräsidenten und die Staatsanwaltschaft. Fotos und Täterbeschreibungen von Singh und Sieblich sollten umgehend auch an alle Zollbehörden gehen.

Walde sprach weder Gabi noch Meier direkt an: »Wir müssen zum Landeplatz, der Helikopter ist schon ganz in der Nähe.«

»Gut, ich halte dann hier die Stellung. Verstärkung und Hausdurchsuchungsbefehl werden hoffentlich nicht lange auf sich warten lassen.«

»Mensch, heute ist mein Tag, erst darf ich in deiner Unterwäsche wühlen, dann fahren wir zusammen im offenen Cabrio und nun noch ein gemeinsamer Flug durch den Eifelhimmel«, Gabi stöckelte neben Walde her, der mit großen Schritten über die Terrasse eilte.

»Vielleicht hätten wir uns noch kurz in der Klosterkirche das Ja-Wort geben sollen. Trauzeugen hatten wir genug dabei. Dann wäre das jetzt unsere Hochzeitsreise«, bemerkte Walde.

In der Ferne war bereits Hubschraubergeknatter zu hören.

»Wenn ich dich nicht schon so gerne hätte, ich würde noch einen drauf setzen. Du weißt, was in einer Frau vorgeht«, schwärmte Gabi. »Aber das kann ich nicht.«

»Mich heiraten?«, fragte Walde erstaunt.

»Nee, guck mal«, sie zeigte auf den vom Regen aufgeweichten Rasen, der zwischen der Terrasse und dem Landeplatz lag.

»Dann zieh' dich aus, ich meine, zieh' die Schuhe aus«, korrigierte sich Walde.

Der Helikopter schwebte ein.

»Trag' mich«, flehte sie. »Von mir aus Huckepack.«

Walde stellte sich den Anblick vor, wie Gabi mit gespreizten Beinen...

»Okay, bleib hier«, Walde spurtete los.

»Warte«, Gabi streifte die Stöckel ab und stakste hinter ihm her.

»Soll die auch mit?«, fragte ihn der Co-Pilot, der Walde die Tür aufhielt.

*

Keine hundert Meter trennten sie von dem vor ihnen fahrenden Polizeiwagen, als der Kombi nach links über die Fahrbahn schoss und knapp vor einem heranbrausenden Lkw-Konvoi im Wald verschwand. Der Streifenwagen musste eine Vollbremsung machen. Grabbe schloss auf. Endlich bogen sie in den Wald ein. Ein schmaler Sandweg führte zwischen Tannen hindurch. Der Kombi war nicht mehr zu sehen. Nach ein paar hundert Metern teilte sich der Weg. Der Einsatzwagen fuhr nach rechts.

»Links«, rief Harry.

Grabbe bremste und lenkte scharf ein. Der Wagen brach hinten aus und rutschte quer zur Strecke in das unbewachsene Dreieck zwischen den beiden Wegen, wo er zum Stillstand kam.

»Bei Hinterradantrieb muss man schon ein bisschen Gefühl haben«, schrie Harry.

»Woher soll ich denn wissen, wo die Karre ihren Antrieb hat? Dafür brauch' ich mich nicht anschreien zu lassen«, Grabbe verschränkte trotzig die Arme.

»Komm' lass mich mal ans Steuer«, Harry sprang aus dem Wagen und lief zur Fahrerseite, wo Grabbe unschlüssig hinauskletterte: »Dann will ich aber meine Pistole wieder!«

»Bleib' draußen, vielleicht musst du anschieben«, befahl Harry. Er schaltete das Martinshorn aus, startete den Motor und schaffte es, wieder auf den Weg zu kommen.

»So, jetzt zeig' ich dir mal, was man aus der Kiste rausholen kann«, Harry reichte die Pistole hinüber und fuhr mit durchdrehenden Reifen durch die Kurve. »Achte darauf, wann ich wieder Gas gebe«, er hatte den Ton eines Fahrlehrers.

»Wie kommt es, dass du wieder Gas geben kannst?«, rief Grabbe.

»Das ist einfach stärker!« Harry führte einen Tanz auf den Pedalen auf.

Jedes Mal, wenn Grabbe glaubte, sie würden an einem Baum landen, fing Harry den Wagen im letzten Moment ab, um mit Vollgas die nächste Gerade hinunter zu brettern.

Urplötzlich hatten sie Asphalt unter den Rädern. Neben dem schnurgeraden Weg lief eine etwa zwanzig Meter breite Schneise mit einem hohen Natozaun in der Mitte.

»Da«, Grabbe deutete nach vorn, wo der weiße Kombi schemenhaft zu sehen war.

Der BMW machte schnell Boden gut. Vom Wagen der Kollegen war nichts zu sehen.

Grabbe gab ihre Position durch.

»Wo ist nur der Helikopter?«, rief er, als er aufgelegt hatte.

»Den kriegen wir auch so.« Im selben Moment verschwand

der Kombi nach rechts. Wenig später sahen sie das aufgerissene Gittertor. Hier war Hemp durchgebrochen.

Beim Passieren des Tores verzog Harry schmerzlich das Gesicht, als der BMW am Draht vorbeikratzte.

»Grabbe, kuck' nach rechts, ich übernehme die linke Seite.«

Harry schoss über eine betonierte Straße zwischen einer Unzahl von Seitenwegen, die jeweils mit einem Buchstaben gekennzeichnet waren, hindurch. Daran reihten sich unzählige Hügel. Auf jedes Stahltor waren eine Zahl und ein Buchstabe gemalt.

»Wo sind wir hier?«, fragte Grabbe.

»Das sind Bunker mit Material für die große Mobilmachung«, antwortete Harry, »da werden Jeeps, Panzer und was weiß ich drin sein.«

»Da«, rief Grabbe aufgeregt, »ich hab' ihn gesehen. Er ist in Sektor G.«

Die Reifen des BMW radierten die Kurve auf den Beton, die Harry in Sektor F nahm. Die Sicht in die andere Straße war ihnen durch die Hügel genommen. An der nächsten Kreuzung bremste Harry ab, bevor er nach links abbog und kurz darauf wieder Sektor G erreichte.

Sie blickten die lange Trasse rauf und runter. Der Kombi war wie vom Erdboden verschluckt.

Harry fuhr an den Bunkern entlang. Die doppelflügeligen Stahltüren waren mit schweren Vorhängeschlössern gesichert.

»Wie gehabt, du kuckst rechts, ich links«, sagte Harry.

Sie rollten über den Beton.

»Bingo, G 45.«

Das Bügelschloss steckte nur in einem Türflügel.

Harry fuhr in die Auffahrt und parkte den Wagen so nah vor der Tür, dass gerade noch eine Zeitung dazwischen passte.

Er zog die Handbremse, schnallte sich los und schaltete den

Motor ab: »Wenn er da drin ist, muss er sich etwas einfallen lassen.«

»Und wenn er uns nur reinlegen will?«, bemerkte Grabbe.

»Psst«, Harry hielt den Zeigefinger an die Lippen. »Was ist das?«

Es klang, als würde ein Lkw gestartet.

»Raus!«, schrie Harry und rollte sich aus der Tür. Er krachte auf den Beton und wusste sogleich, dass er sich etwas gebrochen hatte.

Die Stahltüren wurden mit solcher Wucht aufgestoßen, dass der BMW einen Satz nach hinten machte. Ein stählernes Ungeheuer schoss heraus. Das schwere Kettenfahrzeug zermalmte den Wagen.

»Verdammt, Grabbe, hättest du dich nicht auch abschnallen können?«, Harry lag auf dem Beton neben dem Wrack.

Der Turm des Panzers schwenkte um einhundertachtzig Grad. Das Schießrohr senkte sich. Harry fasste in sein Halfter. Es war leer.

Das Rohr hatte ihn nun voll im Visier. Mit dem höllischen Schmerz in seinem Bein war an Flucht nicht zu denken.

»Dann drück' doch ab«, schrie Harry dem Panzer entgegen.

Harry schaute direkt in die Schwärze des Rohrs, aus der jeden Moment eine Granate mit einer solchen Geschwindigkeit geschleudert werden konnte, dass er ihre Explosion nicht mehr hören würde.

Die Sekunden verstrichen.

Harry schrie: »Mach' Schluss, du Drecksack.«

Der Deckel des Panzers öffnete sich. Eine mit roten Strähnen verklebte Glatze kam zum Vorschein. Der Motor heulte auf, dann rasselten die Ketten los. Ganz langsam änderte das Gefährt seinen Kurs und rollte Zentimeter um Zentimeter auf ihn zu.

Harry schrie die Spannung, das Entsetzen, das Leben aus sich heraus.

Den Knall hielt er für eine Fehlzündung.

Die Glatze verschwand. Der Deckel blieb offen. Die Ketten rasselten näher.

Die Hölle brach in seinem Bein los. Er schrie wie am Spieß, als er von hinten an den Armen gepackt und über den Beton geschleift wurde.

Das Gefährt rasselte dicht an ihm vorbei und mahlte sich an der Wand des Bunkers fest.

»Grabbe, schalt' den Panzer aus!«, eine Ohnmacht erlöste Harry von seinen Schmerzen.

*

Der Helikopter schnellte mit so viel Tempo in die Höhe, dass Waldes Eingeweide brutal nach unten geschleudert wurden. Walde und Gabi legten die Gurte an und setzten die Helme auf. Obwohl gerade erst die Tür aufgestanden hatte, war die Luft im Flieger stickig und warm. Walde fasste sich an den Bauch. Seine Hand wurde von einer anderen, ziemlich feuchten ergriffen und so fest gedrückt, dass er einen Moment mehr um seine Mittelhandknochen fürchtete als um seine schmerzenden Eingeweide.

Vor den Fenstern tat sich ein riesiger Abgrund auf. Walde schloss die Augen, um nicht dem Schwindelgefühl zu erliegen. Nach wenigen Sekunden öffnete er sie wieder. Unten verloren sich die blauen Dächer und roten Mauern von Steineroth in einer grünen Landschaft aus Wald und Ackerflächen.

»Das ist das erste Mal«, schrie Gabi in sein Ohr.

»Gabi, du hast ein Mikrofon vor dem Mund, wir haben alle Kopfhörer in unseren Helmen und können uns sehr gut verständigen«, Walde machte eine Pause, damit Gabi es kapierte, »o h n e zu schreien.«

»Hab' verstanden«, Gabi hob den Daumen und nickte.

Ganze drei Sekunden schwieg sie, dann fragte sie in normaler Lautstärke: »Wo ist die Kotztüte... oder habt ihr vielleicht gleich zwei zur Hand?«

Der Copilot fummelte hektisch herum.

Gabis dreckiges Lachen tönte über die Kopfhörer »Jungs, guckt nicht so, es war nur ein Scherz. Ich kotz' nur, wenn ich mit einem Jungen schwanger bin.«

Pilot und Copilot ließen sich nichts anmerken.

»Ich hab' noch eine Frage, dann red' ich nur noch, wenn ihr was von mir wissen wollt«, meldete sich Gabi wieder zu Wort.

»Ja?«, die Stimme schien zum Copiloten zu gehören.

»Was ist, wenn der Sprit ausgeht oder der Motor einfach nicht mehr will?«, fragte Gabi und fügte beschwichtigend hinzu. »Soll ja vorkommen.«

»Ist mir auch schon untergekommen«, die Stimme kam eindeutig nicht vom Copiloten. »Zwar nicht im Heli, aber das proben wir einmal im Monat. Dann wird bei achttausend Fuß der Motor ausgeschaltet und wir trudeln runter. Wie du siehst, leben wir noch, Schwester.«

Der Pilot war eine Frau.

Gabis Finger entspannten sich. Sie drückte kurz Waldes Hand, bevor sie sie losließ, und murmelte: »Unterwäsche, Cabrio, über den Wolken Händchen gehalten.«

»Der Rettungsflieger ist Richtung Koblenz unterwegs?«, fragte die Pilotin.

»Wo könnten sie dann hin?«, fragte Walde.

»Frankfurt, Köln, Düsseldorf und noch hundert kleinere

Flugplätze stehen zur Auswahl.«

»Warum reagiert der Pilot nicht auf die Funksprüche?«, wollte Walde wissen.

»Keine Verbindung, irgendein Defekt. Er wird sich schon rausreden...«, die Pilotin unterbrach und zeigte dahin, wo ihre Ohren unter dem Helm steckten. Sie hörte eine Weile zu, dann sah Walde, dass sie etwas sagte, hören konnte er nichts.

»Was stinkt hier so?«, fragte Gabi.

»Scheint Kerosin zu sein«, vermutete Walde. »Soll ich ein Fenster aufmachen?«

»Bloß nicht, das nächste Mal fliege ich mit einem Ballon«, stöhnte sie.

»Sieh mal, die Dauner Maare«, Walde zeigte nach unten, wo zwei tiefblaue Seen wie Augen nach oben starrten.

»Das waren der Jungfernweiher und das Ulmener Maar, genau dazwischen haben die Deppen eine Autobahn gebaut«, klärte sie der Copilot auf.

»Das Zielobjekt ist bei Mayen vom Radar verschwunden«, die Pilotin hatte sich wieder in den Bordfunk geschaltet.

»Sind sie abgestürzt?«, fragte Gabi.

»Nein, die sind nur tiefer runter gegangen. Da kriegt sie der Radar nicht mehr«, sagte die Pilotin. »Ich hab' eine Meldung an alle rausgegeben, Ausschau nach einem roten Rettungshubschrauber zu halten. Im Tiefflug ist er nicht zu überhören.«

»Na hoffentlich überfliegt er einen von den zwei Bullen, die hier in der Einöde Dienst machen«, Gabi fand langsam ihren Biss wieder. Solange sie nicht nach unten sah und nur den Horizont beobachtete, konnte sie inzwischen auch aus den Fenstern sehen.

»Sie kommen zurück, sie sind von Kaisersesch in Richtung Büchel unterwegs«, meldete die Pilotin. »Die haben eine Finte geflogen.«

Dicker Regen prasselte an die Scheiben. Im Nu war der Hubschrauber von einem undurchsichtigen Schleier umgeben.

»Mist, ausgerechnet jetzt, wo wir sie vielleicht hätten sehen können«, fluchte die Pilotin und flog einen weiten Bogen.

Der Copilot betätigte das Funkgerät. Nach einer Weile drehte er sich nach hinten: »Nichts, immer noch kein Kontakt.«

Das Motorengeräusch wurde lauter, ebenfalls die Vibration. Walde wurde durch die Beschleunigung in den Sitz gedrückt. Die Temperatur stieg weiter an. Eine Schweißperle lief ihm über die Schläfe.

Neben ihm knöpfte sich die nach Luft ringende Gabi ihre Bluse noch weiter auf.

Der Helikopter durchbrach den Dunstschleier. Sie sausten über ein kreisrundes Maar. Wenig später folgte ein weiterer Vulkansee und gleich dahinter Hügel mit Burgruinen.

»Pulvermaar, der tiefste Kratersee Deutschlands, Eckfelder Maar und Manderscheid«, der Copilot sagte das im gleichen Tonfall wie ein Steward in der Touristenklasse beim Überfliegen der Niagarafälle.

»Die liegen aber dichter zusammen, als ich dachte«, Walde überlegte, ob er nicht darum bitten könne, ihn irgendwo abzusetzen und ohne ihn weiterzufliegen.

Er atmete tief durch: »Wie schnell sind wir überhaupt?«

»Knapp alle neun Sekunden überqueren wir einen Kilometer«, antwortete der Copilot.

Walde rechnete. Er konnte sich kaum konzentrieren. Das waren etwa sieben Kilometer pro Minute und...

»Sie sind westlich von Wittlich«, rief die Pilotin. »Die können wir kriegen.«

Walde gab den Rechenversuch auf.

Es hatte den Anschein, dass die Vibration weiter zugenommen hatte. Wie lange reichte der Sprit?

»Da«, der Copilot wies nach vorn.

Walde brauchte eine Weile, bis er den winzigen roten Punkt am Horizont ausmachte.

Als er nach ein paar Sekunden nochmals hinsah, konnte er ihn nicht mehr finden.

Sie überflogen einen Ort.

»Das ist Hetzerath, dahinter kommt der Föhrener Sportflugplatz«, die Pilotin sprach ganz ruhig.

Als sie einschwebten, stand der rote Rettungshubschrauber mit ausschwingenden Rotoren neben einem offenen Hangar. Noch bevor sie aufsetzten, griff Walde nach der Pistole.

Er befreite sich von Helm und Gurt und sprang heraus. Als er aus dem Wirbel des Helikopters kam, spürte er das Rauschen in den Ohren. Die Flügel des Rettungshubschraubers standen still. Durch die Cockpitscheibe sah er nur den Piloten, der sich aus seinem Sitz erhob.

Walde entsicherte die Pistole. Mit der Linken signalisierte er dem Piloten, auszusteigen. Der schaute ihn verdutzt an, kam aber seiner Aufforderung nach.

»Polizei, wo sind Sieblich und Singh?«, Walde schaute an dem mit erhobenen Händen dastehenden Piloten vorbei in die Maschine.

»In Mayen«, antwortete er unsicher.

»Wie?«, Walde verstand nicht, was der Mann in der roten Hose sagte.

»Ich habe sie zu einem Notfall ins Mayener Krankenhaus gebracht.«

»Shit, Shit, Shit, Shit«, Walde schlug sich mit der Hand an die Stirn. »Warum haben Sie nicht geantwortet?«

»Das Funkgerät ist defekt, darum bin ich ja hier zur…«

Walde lief zum Hubschrauber zurück.

»Geben Sie sofort eine Fahndung nach Sieblich und Singh an alle Flughäfen im Rhein-Main-Gebiet durch.«

Dann ließ er sich neben den Hubschrauber ins Gras sinken.

*

Der Wagen bremste scharf. Stadler und Monika sprangen heraus und eilten zum Flussufer. Die *Speed III* lag noch am Landesteg des kleinen Hafens.

»Warten wir auf Verstärkung?«, fragte Stadler und hielt seine Mütze fest.

Monika schüttelte während des Laufens den Kopf: »Wer weiß, ob noch jemand an Bord ist.« Sie zückte ihre Pistole.

Stadler hatte nicht bemerkt, wo sie die Waffe getragen hatte.

»Haben Sie keine Waffe?«, fragte Monika. »Oder gibt es bei Ihnen nur Wasserpistolen?«

Stadler stellte die Ohren auf Durchzug. Er schaffte es, vor ihr an Bord zu sein. Das hatte er der frechen Landratte voraus.

»Gehen Sie aus meinem Schussfeld«, zischte sie ihn an.

Das fehlte noch, dass sie ihm in den Rücken ballerte. Er blieb stehen.

»Ich möchte Ihnen kein Loch in Ihre schöne Uniform schießen.« Sie schlängelte sich an ihm vorbei.

Er fasste ihren Ellbogen, um ihr behilflich zu sein.

»Finger weg«, sie wehrte seine Hand ab.

Er überlegte noch, was er ihr getan hatte. Da riss sie schon die Tür auf und sprang ins Innere der Yacht. Wenn jemand an Bord war, hatte er längst bemerkt, dass Besucher kamen.

»Wo bleiben Sie?«, kam es barsch von innen. Stadler folgte

seiner Kollegin. Es brannte kein Licht. Die Vorhänge waren zugezogen. Monika stand in der Mitte des Salons. Sie hatte die Waffe sinken lassen. Sonst war niemand anwesend. Alles machte einen aufgeräumten Eindruck.

Sie trat zur nächsten Tür, lauschte einen Moment, hob wieder die Waffe und riss die Tür auf. Stadler folgte. Er achtete darauf, auf keinen Fall gegen sie zu stoßen. Von oben fiel Licht durch eine Luke in den schmalen Flur. Nach und nach schaute Monika hinter alle Türen, die von hier abgingen.

»Ausgeflogen!«

»Haben Sie auch unter den Betten nachgesehen?«, fragte Stadler.

»Gute Idee, das können Sie ja machen. Ich geb' Ihnen Feuerschutz.«

Er rangierte wahrscheinlich, was den Dienstgrad anging, über dieser eingebildeten Tante. Gut, er hatte keine Erfahrung mit Kolleginnen, außer den Sekretärinnen im Innendienst. Aber das war etwas anderes. Hatten die womöglich etwas erzählt?

Monika riss ihn aus seinen Gedanken: »Was ist mit den Betten?«

Er nickte und zwängte sich vorsichtig an ihr vorbei in den Schlafraum.

Das hätte er eigentlich wissen müssen. Die Betten waren eingebaut. Hier gab es keinen Platz für unnötige Lücken. Er öffnete in beiden Schlafräumen die Wandschränke und zog größere Schubladen heraus. In der Kombüse war nicht einmal unter der Spüle genug Platz für ein Versteck.

»Schauen Sie auch unter die Brille«, riet ihm Monika als er ins Bad ging. Er hatte sich vorgenommen, bei der nächsten frechen Bemerkung der Tussi mal gewaltig Kontra zu geben. Aber aus seinem Mund kam nur ein langgezogenes »Oooh.«

Monika war sofort neben ihm.

Madame Goedert lag in der Badewanne. Aus weit aufgerissenen Augen starrte sie mit glasigem Blick auf die beiden zu Salzsäulen erstarrten Personen. Sie trug ein weißes Kleid, das ab der Hüfte dunkelrot verfärbt war. Stadler beugte sich über die Wanne. Er suchte ihren Puls am Hals. Die Haut war kalt. Der Tod war schon länger eingetreten. Jetzt sah er auch die Wunden an ihren Handgelenken. Madame Goedert hatte sich offensichtlich beide Pulsadern aufgeschnitten und den Abfluss der Wanne offen gelassen. An ihrer Hand stand der Deckel des Siegelringes offen. Ihr Gesichtsausdruck ließ nicht darauf schließen, dass sie einen friedlichen Tod gehabt hatte. Mit dem Öffnen der Pulsadern war sie auf Nummer Sicher gegangen.

*

Jo servierte in der noch unbewachsenen Gartenlaube drei Tassen Espresso. Marie schenkte sich aus der Flasche vom Tablett einen Schuss Grappa ein.

Die Sonne trocknete die frisch ausgehobene Erde neben einer mehrere Meter langen Vertiefung.

»Ich halte euch von der Gartenarbeit ab«, sagte Walde.

Jo trank aus einer Wasserflasche: »Wir haben das Hügelbeet schon komplett ausgehoben. Eine Pause tut uns ganz gut. Du siehst so aus, als ob du auch Erholung nötig hättest.«

Walde trank in kleinen Schlucken. Ins Präsidium wollte er noch nicht fahren.

»Ich brüh' dir noch einen auf«, Marie nahm Waldes leere Tasse und ging ins Haus.

Walde berichtete Jo, was geschehen war. »Harry ist mit einem Oberschenkelbruch nach Trier ins Brüderkrankenhaus gebracht worden. Ich kann verstehen, dass er nicht in die Klinik der Gebenedeiten Schwestern wollte. Grabbe ist übrigens auch gleich dageblieben. Er steht unter Schock. Es hat ihn ganz schön mitgenommen, diesen Hemp erschossen zu haben«, endete sein Bericht.

Eine Weile saßen beide nachdenklich da. Walde betrachtete die kleinen Blumen, die das zarte Grün des Rasens überragten.

»Und die beiden Ärzte sind entkommen?«, fragte Jo.

»Wie es aussieht.« Walde musste blinzeln, wenn er Jo anschaute, der die Sonne im Rücken hatte. »Es läuft eine Fahndung, hauptsächlich auf die Flughäfen konzentriert.«

Marie brachte den Espresso: »Jo, dieser Stadler von der Wasserschutzpolizei hat wieder angerufen. Er versucht es nachher noch mal.«

Walde schlürfte den Kaffee: »Sag' ihm, dass du ein Alibi hast. Du warst mit mir unterwegs.« Walde zwinkerte: »Stimmt ja auch.«

Kurz nach neunzehn Uhr kam Walde ins Präsidium. Zeugen mussten vernommen, Berichte geschrieben und vieles andere getan werden.

In den Büros herrschte Hochbetrieb. Er deponierte Harrys Pistole in dessen Schreibtisch. Dann steckte er den Kopf zu Monikas Büro herein.

»Wo warst du denn?«, Monika klang aufgeregt. »Ich hab' versucht, dich auf dem Handy zu erreichen. Du landest hier mit dem Hubschrauber und fährst anschließend mit deinem Wagen weg.« Monika schüttelte den Kopf.

Bei Jo und Marie hatte er den Apparat abgestellt und danach vergessen, ihn wieder einzuschalten.

»Jetzt bin ich ja da«, sagte er.

»Wir haben einen Taxifahrer, der sich sicher ist, die beiden von Mayen zum Koblenzer Bahnhof gebracht zu haben«, berichtete Monika. »Jetzt versuchen die Kollegen herauszubekommen, ob Sieblich und Singh einen Zug genommen haben und wenn ja, wohin sie gefahren sind.«

»Zwei Männer, einer davon ein Inder, das müsste den Leuten am Schalter doch noch in Erinnerung sein«, meinte Walde.

»Möglicherweise, aber zwischenzeitlich war Schichtwechsel.«

Staatsanwalt Roth kam herein. »Koblenz hat angerufen, sie haben wahrscheinlich den Zug um siebzehn Uhr sechzehn nach Metz genom… «

»…der kommt hier durch«, unterbrach ihn Monika.

»Kam! Das war um 18.38«, Roth schaute auf die Uhr. »In etwa dreißig Minuten ist er in Saarbrücken.«

»Der Hubschrauber ist noch da«, Walde deutete auf die gegenüber liegende Palästra der Kaiserthermen, wo die grüne Maschine stand.

»Ich komme mit«, sagte Roth. Er lief zum Schreibtisch und ließ sich mit der Kantine verbinden, wo sich die Besatzung befand.

*

Der Helikopter flog schon seit Kilometern entlang der Bahnstrecke. Um neunzehn Uhr fünfzig schwebte er über Saarbrücken ein und steuerte das Blaulichtspektakel vor dem Hauptbahnhof an.

»Mist, warum muss der Zug ausgerechnet heute pünktlich sein«, fluchte Roth.

Nach der Landung wurden sie von zwei Polizisten durch die Bahnhofshalle geführt. Die Wartebänke waren leer. Nur an den An- und Abfahrtstafeln und am Stand der Bahnhofsbuchhandlung hielten sich ein paar Leute auf.

An den Bahnsteigen war eine Gruppe Polizisten vor dem Zug Koblenz-Saarbrücken versammelt. In den erleuchteten Wagen war niemand zu sehen.

Walde und Roth wurden zu den Räumen der Bahnhofspolizei geleitet.

Ein Mann von der Kripo Saarbrücken begrüßte sie knapp und zeigte auf die beiden Männer, die in Handschellen auf einer Bank saßen, jeder einen Polizisten an der Seite.

»Hier sind die Papiere, die wir bei den Personen gefunden haben.«

Die zwei indischen Pässe wiesen jeweils das gleiche Foto auf, einer war auf Dr. Ravi Singh ausgestellt.

Walde betrachtete das Foto und dann den mit zum Boden gerichteten Blick auf der Bank sitzenden Mann. Es war eindeutig derjenige, den er vor wenigen Stunden in die Station F der Klinik hatte eintreten sehen.

»Das ist er nicht.« Staatsanwalt Roth hatte sich derweil mit der zweiten Person befasst. Er zog Sieblichs Fahndungsfoto aus der Tasche.

»Die saßen allein in einem Abteil, und auf dem Fax hier ist kaum etwas zu erkennen.« Der Saarbrücker Kripomann packte ein zerknittertes Papier aus.

»Sag' ich doch«, ließ sich der Mann im dunklen Anzug vernehmen, der ruhig neben Singh auf der Bank saß. »Aber einen von den Terroristen haben Sie ja jetzt.«

»Scheiße, sofort den Zug durchsuchen«, rief der Kripomann. Ein Uniformierter lief auf den Bahnsteig und gab den Befehl an seine Kollegen weiter.

»Wo sind die anderen Passagiere?«, fragte Roth.

»Weg, nach Hause, was weiß ich, ich dachte…«

Walde ließ den Saarbrücker Kollegen nicht zu Ende reden: »Jagen Sie das Fahndungsfoto durch den Kopierer und geben Sie es allen verfügbaren Streifenwagen mit.« Er wandte sich einem der Bahnpolizisten zu: »Gibt es hier einen Fahrradverleih?«

»Ja, aber da ist jetzt niemand mehr«, antwortete dieser verdutzt.

»Haben Sie einen Schlüssel zu dem Raum?«

Der Mann nickte.

*

Der sonst so besonnene Anästhesist Dr. Singh hatte vollkommen panisch auf die Polizeiaktion in der Klinik reagiert. Noch stundenlang danach war er zu keiner vernünftigen Handlung fähig gewesen. Professor Sieblich wollte nicht riskieren, dass er der Polizei in die Arme lief. Bis ins nahe französische Forbach wollte er ihn begleiten, dort sollten sich ihre Wege trennen. Zum Glück hatten sie ab Trier nicht mehr im gleichen Zugabteil gesessen.

Eberhard Sieblich reagierte auf die Invasion der Polizei im Waggon äußerlich vollkommen gelassen. Er gelangte weitgehend unbehelligt aus dem Bahnhofsgebäude. Auf dem Vorplatz standen Taxis. Sie waren von Polizeiwagen eingekeilt. Als der Hubschrauber landete, blieb er bei einer Gruppe Schaulustiger stehen. Erst als die Insassen im Laufschritt im Bahnhof verschwanden, ging er in gemäßigtem Schritt in Richtung Innenstadt.

Langsam wurde ihm bewusst, in welcher Situation er sich befand. Mit einem solchen Polizeiaufgebot hatte er nicht gerechnet.

Wollten sie ihm die fünf Toten in der *Populis* anlasten?

Er musste raus aus Deutschland. Es gab genügend Länder auf der Erde, die ihm keine Steine in Form von Transplantationsgesetzen in den Weg legten.

Auf der anderen Seite der St.-Johanner-Straße folgte er der Reichsstraße. Er erinnerte sich daran, vor Jahren einmal hier die Ärztekammer besucht zu haben.

Es wurde dunkel. Die Geschäfte waren geschlossen, nur wenige Fußgänger begegneten ihm auf den Straßen. Vor weiter vorn kam ein Streifenwagen auf ihn zu. Sieblich kauerte sich hinter ein am Straßenrand geparktes Auto und fummelte so lange an seinen Schnürsenkeln bis die Polizisten außer Sichtweite waren. Suchten Sie ihn noch, oder nahm die Polizei an, er sei nicht im Zug gewesen? Hatte Singh ihn schon verraten?

Er musste irgendwo untertauchen. In einer Kneipe, Kino oder Hotel, notfalls konnte es auch ein Bordell sein. Runter von der Straße und die Gedanken sammeln.

Welch eine entwürdigende Situation!

Er überquerte den leeren Parkplatz an der Kongresshalle. Dahinter schloss sich ein Park an. Er sah die Reklame eines großen Hotels. Ein tütenbepackter Stadtstreicher kam ihm entgegen.

In der letzten Nacht war es in Steineroth sehr kühl gewesen. Eine Übernachtung im Freien würde sicher sehr ungemütlich werden. Der Weg führte zum Saarufer. Auf der nahen Brücke und auf der anderen Seite des Flusses zog ein steter Strom von Autoscheinwerfern vorbei. Er blieb auf dem Uferweg, beim nächsten Übergang würde er auf die andere Seite wechseln.

*

Ein paar Mal wurde Walde auf der Viktoriastraße so dicht überholt, dass er am liebsten mit dem Fuß gegen das Blech der Wagen getreten hätte.

Er wechselte auf den Bürgersteig. Ihm war klar, dass er die Nadel im Heuhaufen suchte. Mit dem Rad konnte er sich hier weit diskreter bewegen, als das mit einem Streifenwagen der Fall gewesen wäre. Wenn jemand vor ihm auftauchte, auf den Sieblichs Beschreibung im weitesten Sinne passte, rief er jedesmal laut: »Eberhard!«

Er fuhr die Viktoria-, Kaiser-, Trierer- und Bahnhofstraße ab. Dann versuchte er es in den Seitenstraßen. Hier gab es viele Möglichkeiten, sich in Kinos, Restaurants oder Kneipen zurückzuziehen. Er stoppte vor den Auslagen einer großen Buchhandlung und rief Staatsanwalt Roth an: »Gibt's was Neues?«

»Nein, ich bin auf dem Weg zum Saarbrücker Präsidium, wo sind Sie?«

»Irgendwo in der City«, antwortete Walde. »Wir sollten im Umkreis vom Bahnhof auch alle Kneipen, Restaurants und Kinos kontrollieren.«

»Das wird bereits getan. Wenn wir ihn nicht bald finden, können wir die Sache vergessen.« Roth klang skeptisch.

»Okay«, Walde schwang sich wieder aufs Rad. Am Ende der Dudweiler Straße entschied er sich, nicht über die Saarbrücke zu fahren. Er fuhr runter zur Berliner Promenade. Ein paar Leute mit Hunden reagierten irritiert auf Waldes Rufe. Er drehte um und fuhr saaraufwärts.

In Höhe eines Stegs, der zu einem hell erleuchteten Boot führte, drehte sich ein Mann sofort um, als Walde ihn von hinten mit *Eberhard* anrief. Waldes Bremsen quietschten. Der

Mann lief über den Steg zum Boot hinauf, das einen Gastronomiebetrieb beherbergte. Walde kam ein paar Meter hinter dem Steg zum Stehen, sprang vom Rad und lief zurück. Er hatte schon den Holzsteg erreicht, als das Rad scheppernd umfiel. Im Gastraum des Schiffes waren Tische entlang der Fenster angeordnet. Fast alle waren besetzt. Walde griff an seinen Gürtel, wo bis zum Abend Harrys Waffe gesteckt hatte. Verdammt, die hatte er im Trierer Präsidium gelassen. Er hastete durch den Mittelgang zwischen den Tischen. Die meisten Gäste beachteten ihn nicht. Von Sieblich keine Spur. Ein Kellner mit mehreren dampfenden Speisen auf dem Arm kam durch eine Schwingtür. Walde hielt ihm seine Dienstmarke und ein Bild von Sieblich entgegen: »Haben Sie diesen Mann hier reinkommen sehen?«

Der Ober schüttelte den Kopf und versuchte, an Walde vorbei zu kommen.

»Gibt es noch einen weiteren Raum?« Walde verstellte ihm den Weg.

»Eine Toilette am anderen Ende, kann ich jetzt durch?«

Walde lief durch den Gang zwischen den Tischen zurück. Die Unterhaltungen waren verstummt. Alle starrten ihn an.

»Ist hier gerade ein Mann durchgekommen?«, rief er zwei Frauen am letzten Tisch vor der Tür zur Toilette zu. Die beiden reagierten nicht und starrten ihn nur verständnislos an.

Walde stürmte in den kleinen Vorraum, von dem links und rechts eine Tür abging. Links die zum Damenklo war verschlossen, rechts war offen. Die Toilette war leer. Walde pochte gegen die verschlossene Tür: »Aufmachen, Polizei.«

Eine Klospülung wurde gedrückt.

Er klopfte wieder.

»Was wollen Sie?«, die Tür wurde nach innen aufgezogen und eine ärgerlich blickende Frau zwängte sich durch die Tür.

Jetzt fiel Walde der Vorhang am Ende des winzigen Flurs auf. Dahinter führte eine Tür zum Vorschiff. Walde stolperte die Stufen hinunter. Er schaute hinter zwei große Holzkisten, dann fiel ihm das flussabwärts treibende Ruderboot auf. Scheiße!

Walde spurtete zurück durch das Restaurant, die Reling hinunter zum Fahrrad. Als er das Boot wieder im Blick hatte, rief er, immer wieder Schlaglöchern ausweichend, Staatsanwalt Roth an und gab ihm seine Position durch.

Die Saar war nicht sehr breit. Er kam schnell näher. Das Boot hatte keine Ruder und trieb führerlos in der Strömung.

*

Sieblich beobachtete den Radfahrer, der jetzt auf gleicher Höhe neben ihm fuhr. Er glaubte in ihm einen der Zivilpolizisten wiederzuerkennen, die am Nachmittag in die Klinik eingedrungen waren. Sieblich hatte keine Chance mehr. Seine Freiheit würde noch so lange dauern, bis das Boot an Land trieb oder die Polizei es aufhielt. Vor ihm tauchten gewaltige Brückenpfeiler auf. Zuerst glaubte er noch, das Boot treibe dicht daran vorbei, als es im letzten Moment auf Kollisionskurs ging. Der Aufprall war so heftig, dass Sieblichs Hände von der Bank, an die er sich zu klammern versuchte, gerissen wurden. Er stürzte kopfüber in den Fluss und schluckte eine gehörige Portion Saarwasser. Hustend kam er an die Oberfläche, prallte mit der Schulter gegen den Pfeiler und schrammte mehrere Meter an ihm entlang. Seine nasse Kleidung zerrte ihn nach unten. Mit äußerster Anstrengung hielt er sich über Wasser. Er versuchte, das Sakko abzustreifen, das so schwer wog, als wäre es mit Sand gefüllt. Er bekam den rechten Arm frei. Jetzt lastete das ganze Gewicht auf seiner linken Schulter, die dermaßen schmerzte, dass er den Arm kaum mehr bewegen konnte. Er trieb unter der dunklen Brücke hervor ins Licht der Abenddämmerung.

*

Walde hatte Sieblichs Kollision beobachtet. Er sprang vom Rad und wählte die Notrufnummer der Feuerwehr. Weiter flussabwärts gehend, kam Sieblich wieder in sein Blickfeld. Er kämpfte offensichtlich um sein Leben. Waldes Gedanken rasten. Sollte er ihm zu Hilfe kommen? Er entschied sich, abzuwarten. So lange Sieblich über Wasser blieb und nicht um Hilfe rief, wollte er am Ufer bleiben.

*

Den linken Arm konnte er nicht mehr bewegen. Sieblich drehte sich auf den Rücken und streckte den Kopf nach hinten, um den Mund über Wasser zu halten. Er strampelte nach Leibeskräften. Lange würde es nicht mehr gehen. War das Ufer näher gekommen? Er hatte beim Sturz seine Brille verloren. Nur verschwommen nahm er eine Gestalt am Ufer wahr.

Walde hatte nicht bemerkt, woher der zweite Mann kam, der jetzt mit kräftigen Stößen auf Sieblich zuschwamm. Er musste von der Brücke gesprungen sein. Mit geübtem Griff fasste der Retter Sieblich von hinten unter das Kinn und half ihm die letzten Meter bis zum Ufer. Dort zog Walde gemeinsam mit dem Helfer Sieblich aus dem Wasser. Fast zeitgleich traf die Feuerwehr ein.

*

Um zwei Uhr in der Nacht machte sich Walde zu Fuß auf den Heimweg. Am Hauptmarkt schimmerte schwaches Licht hinter den Scheiben der *Gerüchteküche*. Morgen war Sonntag, keine Tageszeitung erschien, Uli ließ es sich wohl nicht nehmen, noch ein *Extrablatt* zu produzieren.

Walde beachtete nicht die bierselige Gruppe, die ihm grölend in der Jakobstraße entgegen kam. Auf dem Stockplatz fielen erste Regentropfen und wuchsen sich schnell zu einem Platzregen aus. Walde war nicht mehr in der Lage, seine Schritte zu beschleunigen. Sein Telefon klingelte. Im Schutz eines Erkers blieb er in der Bruchhausenstraße stehen. Walde verstand den Namen des Kollegen nicht. Er hörte: »…Anwalt von Sieblich eingetroffen…will mit Mandanten…« Der Mann nannte einen Namen, aber dieser ging im Prasseln des Regens unter.

»Benachrichtigen Sie Staatsanwalt Roth oder den Präsidenten, ich hab' Feierabend«, Walde legte auf.

Auf den letzten Metern nahm er die Abkürzung über den aufgeweichten Rasen quer durch die Allee.

Walde schloss seine Wohnungstür auf. Er war todmüde. In der Diele hängte er die nasse Jacke an die Garderobe, die Schuhe kickte er weg. Er knöpfte im Gehen sein Hemd auf und ließ es hinter der Tür des dunklen Schlafzimmers fallen. Hose und Socken landeten daneben. Im letzten Moment, bevor er sich aufs Bett fallen ließ, nahm er die Erhebung wahr. Doris' Haare lugten unter der Bettdecke hervor.

Walde legte sich vorsichtig neben sie und lauschte ihrem Atem. Sie hatte noch keinen Zug getan, als er tief und fest eingeschlafen war.

Draußen war es hell geworden. Er rückte näher an Doris heran, legte den Arm um sie und schnupperte an ihrem Haar. Es roch nicht gut. Nach Rauch und etwas Undefinierbarem. Sie regte sich nicht. Seine Hand glitt unter die Decke. Walde streichelte zart ihren Bauch und stockte.

Er riss die Bettdecke hoch und gab dem Ding vor sich einen Stoß mit den Knien. Auf dem Bettvorleger zappelte die Gummipuppe auf dem Rücken. Perücke und Glasbausteinbrille waren verrutscht. Der Bademantel gab eine ihrer obszönen Stellen frei.

...die Moselkrimis

von Mischa Martini

AKTE MOSEL

Kommissar Walde sieht alamie-
rende Anzeichen dafür, dass ein
Psychopath, der vor Jahren die
kleine Nicole tötete, wieder
aktiv wird. Besteht eine
Verbindung zu dem längst
abgelegten Fall »Akte Mosel«
oder jagt er ein Phantom?

288 Seiten
ISBN 3-924 631-90-5
€ 8,90

SOKO MOSEL

Mysteriöse Drohungen, hoch-
gradig vergiftete Zigaretten,
der Chef der Wachmannschaft
verschwindet – ein
Zigarettenkonzern wird im
großen Stil erpresst.

220 Seiten
ISBN 3-924 631-99-9
€ 8,90

Klaus Jacobs

Jugend- was sonst?

Eine wahre Geschichte

Mit 15 Jahren meldet sich der Trierer Klaus Jacobs in jugendlichem Überschwang freiwillig zum Militär. Er landet – weil für die Wehrmacht zu jung – bei der SS. Nach einer aberwitzigen Odyssee kehrt er im Alter von 26 Jahren seelisch schwer angeschlagen heim.

ISBN 3-935 281-01-3 · € 14,90